目　录

2

李增辉　主编

天使最美丽

人民日报出版社
北京

图书在版编目(CIP)数据

天使最美丽/李增辉主编. -- 北京：人民日报出
版社,2020.11
ISBN 978-7-5115-6600-3

Ⅰ.①天… Ⅱ.①李… Ⅲ.①新闻—作品集—中国—
当代 Ⅳ.①I253

中国版本图书馆 CIP 数据核字(2020)第 232207 号

书　　　名：天使最美丽
　　　　　　TIANSHI ZUIMEILI
作　　　者：李增辉

出 版 人：刘华新
责任编辑：张炜煜　贾若莹
版式设计：马宝霞
封面设计：观止堂＿未　氓

出版发行：人民日报 出版社
社　　　址：北京金台西路2号
邮政编码：100733
发行热线：(010) 65369509　65369512　65363531　65363528
邮购热线：(010) 65369530　65369527
编辑热线：(010) 65369509　65369514
网　　　址：www.peopledailypress.com
经　　　销：新华书店
印　　　刷：宁夏银报智能印刷科技有限公司
法律顾问：北京科宇律师事务所　010-83622312

开　　　本：889mm×1194mm　　1/16
字　　　数：200千字
印　　　张：13.5
版　　　次：2020年11月第1版
印　　　次：2020年11月第1次印刷

书　　　号：ISBN 978-7-5115-6600-3
定　　　价：76.00元

编 委 会

主　编：李增辉

副主编：方开燕　宽　容　贾　茹

梁宏鑫　刘　峰　穆国虎

前　言

一曲离骚，唱不尽楚地高风亮节。

赤壁烈焰，掩映着白袍执甲逆行身影。

山花烂漫，迎来亲爱的战友凯旋。

大江东去，淘不尽你们的丰功伟绩。

2020年开春，一场新型冠状病毒肺炎引发的疫情突如其来！疫情就是命令！从1月28日起，宁夏先后派出六批援助湖北医疗队共785人（3名随行记者），他们中有的来不及告别父母，有的取消休假，有的把年幼的孩子送回老家。"哪里有什么白衣天使，不过是一群孩子换了一身衣服，学着前辈的样子，治病救人和死神抢人罢了！"在这个不见硝烟的战场上，他们是逆行者，更是战士。

为广泛宣传一线医务工作者，进一步讴歌宁夏援湖北一线医护工作者和宁夏抗击疫情一线医护人员英勇奋战和无私奉献的可贵精神，激发全社会形成尊医重卫的良好氛围，人民网宁夏频道联合宁夏回族自治区党委宣传部、宁夏回族自治区卫生健康委员会，特别策划推出图书《天使最美丽》。让我们跟随这些"逆行者"的脚步，走进战"疫"最前线，深度了解这场战役的艰难与不易，听听他们对亲人的思念，对战友的深情，对患者的温暖。口罩下的面孔人们也许无法一一知晓，但战士们的名字值得我们牢记！

4

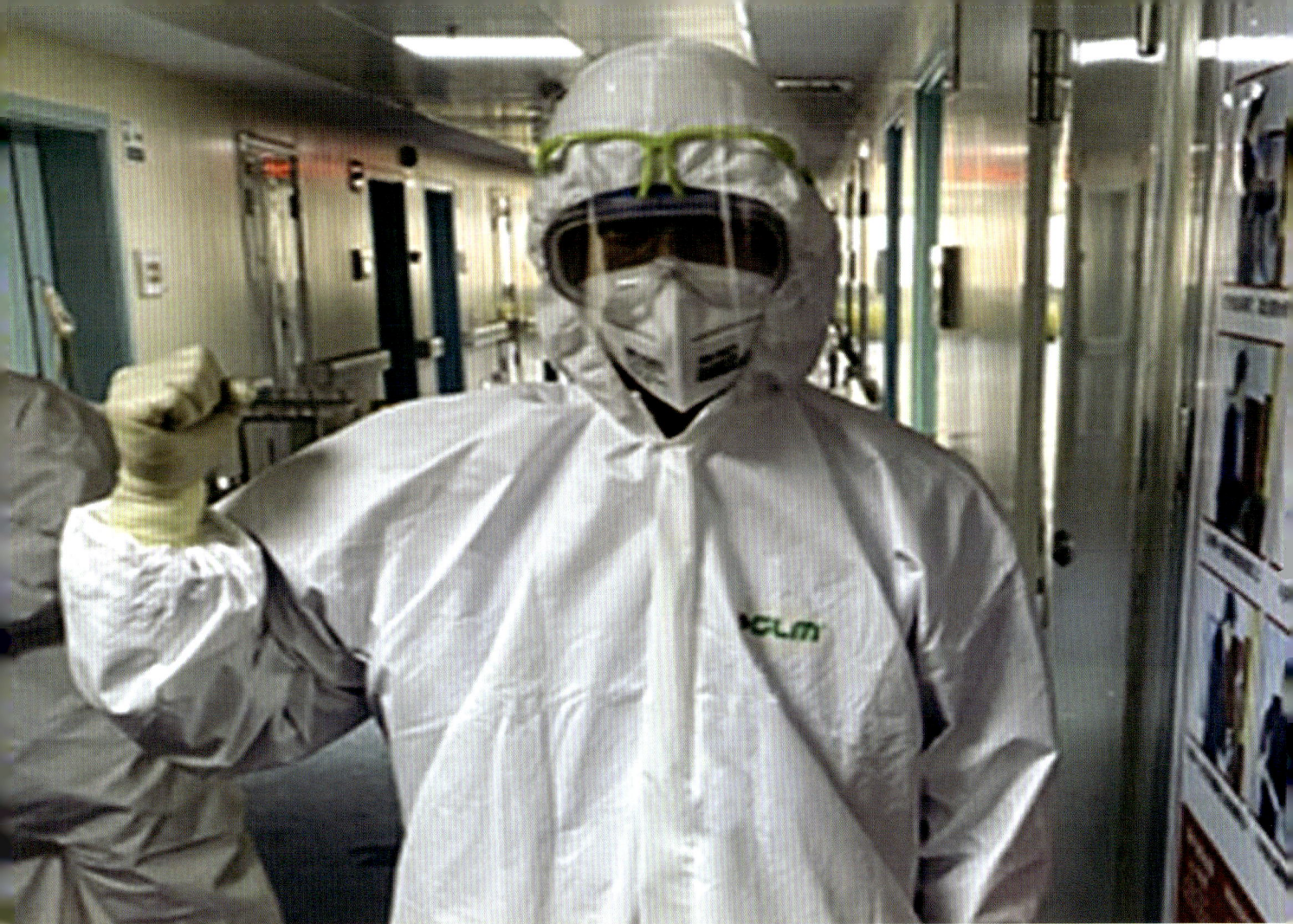

战"疫"日记

"多扎几针不要紧，你们都是我们的恩人！"

时　间：2020 年 1 月 31 日

地　点：湖北襄阳市第一人民医院

记录人：宁夏医科大学总医院　刘江龙

人民网 people.cn

"多扎几针不要紧，你们都是我们的恩人！"

来到襄阳的第四天，我已基本熟悉了当地的工作环境和流程：一大早来到医院餐厅，迅速解决了两个鸡蛋一块饼一碗粥，匆匆赶往六楼病房，即将开始今天的"征程"。

齐志华护士长安排我在隔离病区里面上班，我毫不犹豫地快速进入战斗状态，和孙璐璐老师并肩作战。幸运的是，我找到了解决护目镜上雾气太重导致视野不清的小窍门——用75%的酒精喷雾直接搞定。

我接班的病区全是疑似患者，今天给一个病情加重的患者上了无创呼吸机，希望他能早日度过危险期。今天工作中遇到了一个很大的挑战：我为了自身安全戴了三层乳胶手套，给第一位男性患者输液时，因看他血管条件挺好，就想留个套管针，不料第一针失败了，顿时感觉压力有点大，厚厚的手套带来了手上的不适感和心理上的排斥，裹在防护服里的我急得汗直流。给病人口头致歉时，他一句"没事，你都从宁夏来照顾我啦，多扎几针都不要紧，新闻里说你们宁夏来了130多人呢，你们都是我们湖北人的恩人啊！"，瞬间让我的心里五味杂陈，看到他眼里闪过的泪花，我故作镇定，稳定自己的心态，再次扎针，为患者留置成功，患者连连致谢。

想起今天这样的瞬间，我深刻认识到，无论是疑似患者还是确诊患者，他们都是重点隔离的对象，是这次疫情里的最大受害者。一个人住在隔离病房里，无论是何职业年龄性别，都要面对身体上的伤痛，更要承受巨大的心理压力，他们理应得到更多的照顾和关注。我作为一名护士，深感责任重大。敬佑生命，救死扶伤，这是我的承诺，也是我此行的意义。不负韶华，逆向而行。

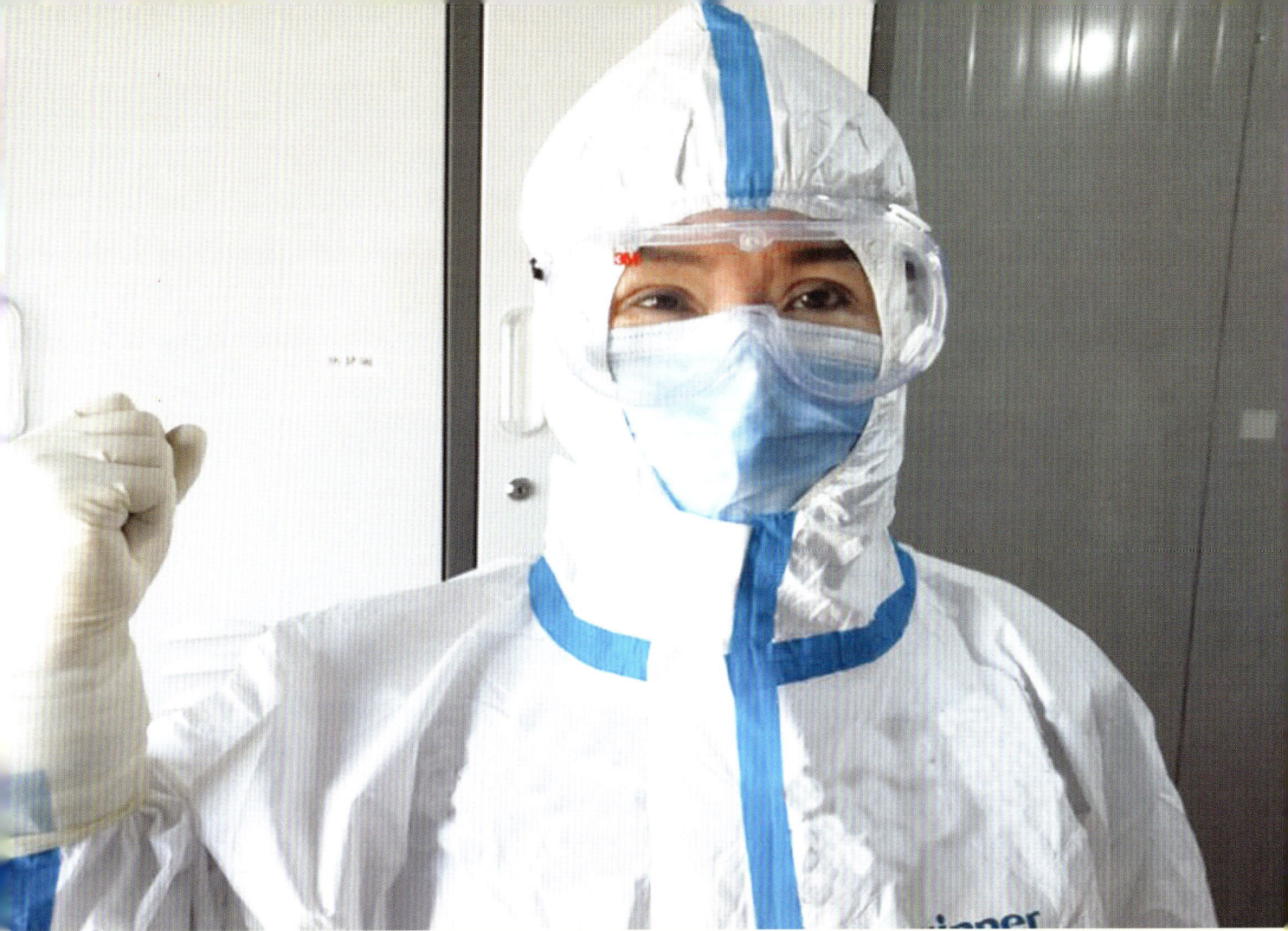

战"疫"日记

我为患者穿上"心理防护衣"

时　间：2020 年 1 月 31 日

地　点：湖北襄阳枣阳市第一人民医院

记录人：宁夏回族自治区第五人民医院　张明君

我为患者穿上"心理防护衣"

1月31日，缕缕晨光送我走进枣阳市第一人民医院新型冠状病毒感染肺炎的隔离区，参加集体交接班后，医疗队队员奔赴各个病区，而我也加入了各项诊疗护理工作中。

我是一名护师，更是一名心理治疗师，具有多年的临床心理咨询工作经验。到达援助地枣阳市第一人民医院后，我便向院方强调心理治疗在救治过程中的重要性，希望可以在做好患者护理工作的同时为病区的医护和患者开展心理咨询服务，及时纾解患者的紧张情绪和医护人员的工作压力。有些患者心理压力很大，如果他自己没有信心也会影响治疗效果。疫情当前，患者需要我做什么我就做什么。

得知我是一名心理治疗师，四病区护士长李蓓说："医护人员压力很大，病区内有一位患者非常焦躁，拒绝治疗，给医护人员的救治造成很大困难。"在简单了解患者情况后，我穿好隔离服进入病区，对这位患者进行心理疏导。

初到病区，我深深感受到医护人员的压力非常大。医护人员按照规范流程有条不紊地开展工作，这可以帮助医护人员稳定情绪，也可以安抚患者的情绪，进而增加患者治疗的依从性，减轻患者的恐惧、焦虑等不良情绪。

经过两个多小时的接触，我分别为3位患者做了个案心理咨询，充分地倾听、巧妙地言语安慰、温柔地陪伴，渐渐地，患者平静了许多，病区医护人员看到患者舒展的眉头和展露的笑容，大家信心倍增，纷纷为我竖起了大拇指。

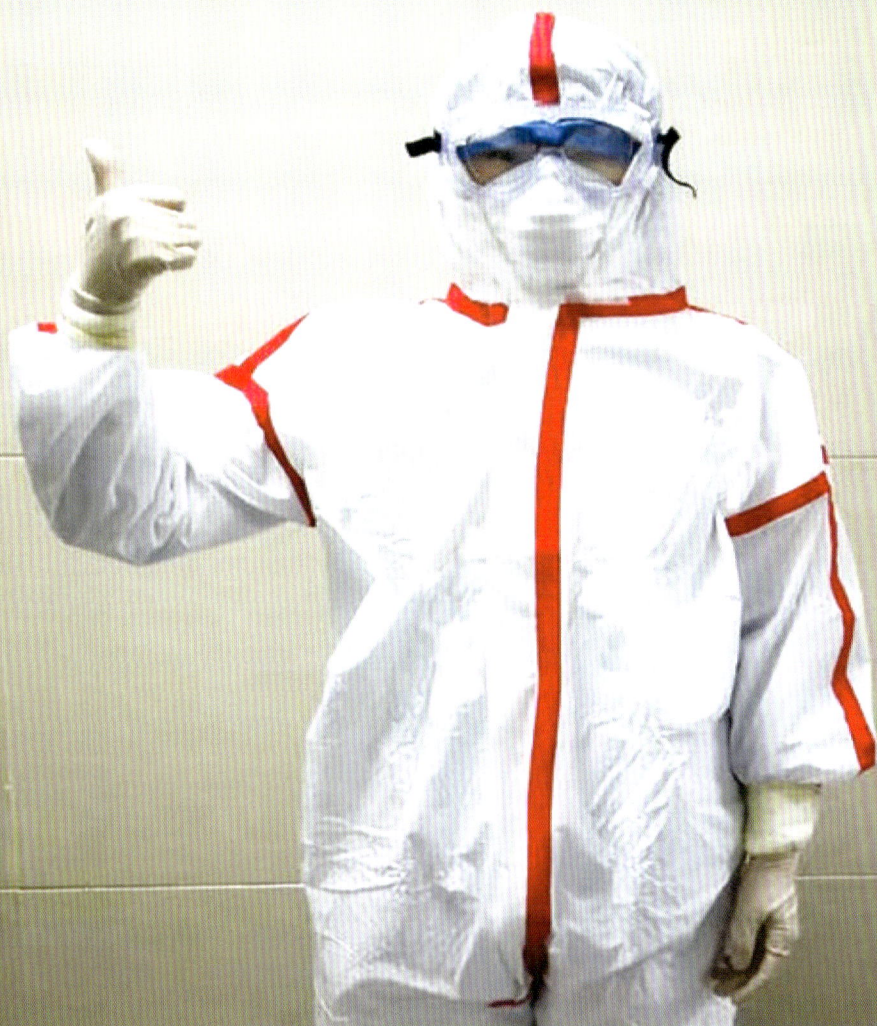

战"疫"日记

我是和平年代的医务人员，用自己的方式回报这片热土

时　　间：2020 年 2 月 2 日

地　　点：湖北襄阳市中心医院

记录人：宁夏回族自治区人民医院　翟谦倩

人民网
people.cn

我是和平年代的医务人员，用自己的方式回报这片热土

望着窗外空旷的街道，我感觉自己像极了战争年代的一名小战士。当然，我是没办法与枪林弹雨里浴血奋战的革命先辈相提并论的，所幸，我是和平年代的医务人员，也可以用自己的方式回报这片热土！

来襄阳第一天，我把准备了很久但一直没送出去的入党申请书递交给了领导。其实我一直在怀疑自己的德行是否能配得上"共产党员"这个称号。只是抵达武汉的那天，望着那么空旷的机场、冷清无车辆的道路，我内心真的很受震动。这场疫情，对这片钟灵毓秀的大地造成了巨大的创伤，需要有人让它恢复往日的繁华。我想，也只有共产党员站出来为这个国家奔走，才能在任何时候都不会被拒绝！所以我提交了我的入党申请书，希望自己能够加入党组织，在国家需要的时候，第一个站出来！

其实从申请来支援到真正踏上这片土地，我内心都很坦然。倒是亲朋们哭了好多次。走的前一天，跟丹丹姐聊天，她说要是她自己来，心里不会有什么，但是我来，她内心无法平静。换位想想，也许这正是我想来支援的原因，一切苦难我自己可以承受，但是无法看见同胞手足遭受这些磨难，也许这也正是自古以来那么多仁人志士在民族危难之际挺身而出的原因！论大爱，我们都是一样的！

我在这里被照顾得很好，生活上，医院给了我们很大的支持，很温暖。我也很快适应了工作。我会认真工作，帮助病患，跟所有奋战在一线的人员一起，保护好我们的同胞！保护好我们的国家！

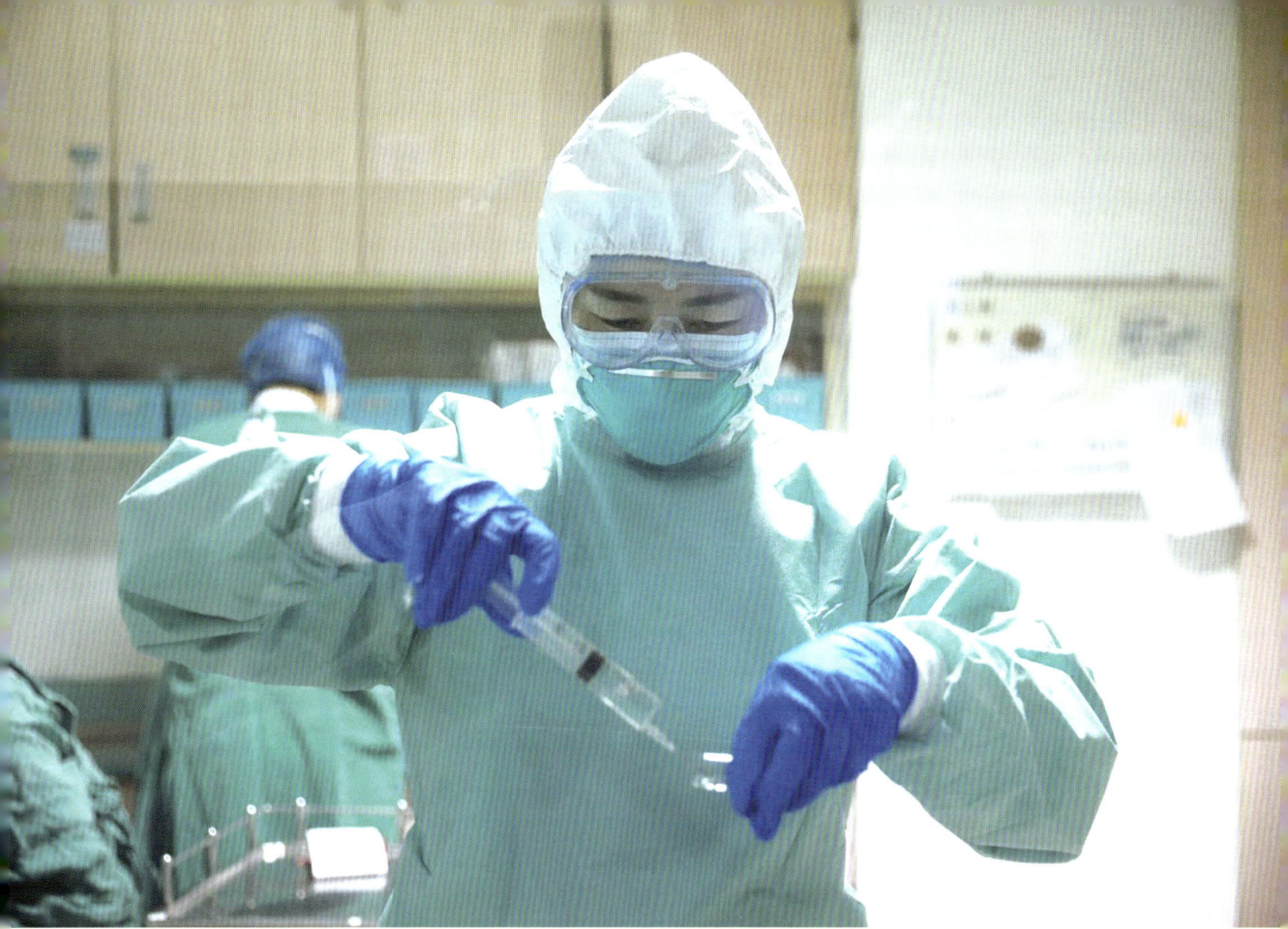

战"疫"日记

"别害怕，我们都会好好的"

时　间：2020 年 2 月 4 日

地　点：湖北襄阳市中西医结合医院

记录人：宁夏医科大学总医院　牛盼莉

people.cn

"别害怕，我们都会好好的"

今天是来襄阳的第七天，我慢慢适应了一切。真希望疫情能够尽快得到控制，天气预报说今天天气会很好，相信喜讯迟早会传来。

早晨8点接班，我和一起搭班的老师熟练地穿好防护服，接过为病人准备的早餐进入隔离区。我们把早餐挨个发到病人床头，紧接着就为今天的治疗做准备。

我和程程老师这边正忙得热火朝天，那边就听到办公室医生通知我们准备接收新病人入院。不一会儿就听到病人通道的门铃响了起来，我输入密码打开门，把患者逐一安排到相应的房间。最后进来的是一位40岁左右的女患者，手里拎满了大大小小的行李，看起来症状不是很严重，但是踏进病区的那一刻她犹疑了一下，抬起头问我："来这里的病人是不是病情都很重？""不是的，别担心，你们自己走过来的，病情怎么会重？"她半信半疑地迈进来，接着问我："那有没有重的？""没有的，都和你差不多。"我给她宽心。跟着我进病房的路上她仍旧看起来很焦虑，弱弱地问我："你说我还能治好吗？"我回过头坚定地对她说："肯定能，别灰心，你看我们穿着这么厚的防护服进来，没有人放弃你们，一定要加油！"她嘴角抽动了一下，并没有说什么，只是加快步伐跟了上来。走到病房门口的时候她突然问我："你不是这里的人吧？""嗯，我是从宁夏过来帮忙的。"我笑着说道。她突然情绪很激动，感激地冲我说："谢谢！真的很感谢！""一方有难，八方支援。别害怕，我们都会好好的！"说完我快步走出了病房。

回到护士站心里依旧很暖，但是我没有时间感慨，因为后面还有很多病人需要护理，只是觉得更有干劲、更有信心了。是的，别担心，一切都会过去，我们都会好好的！

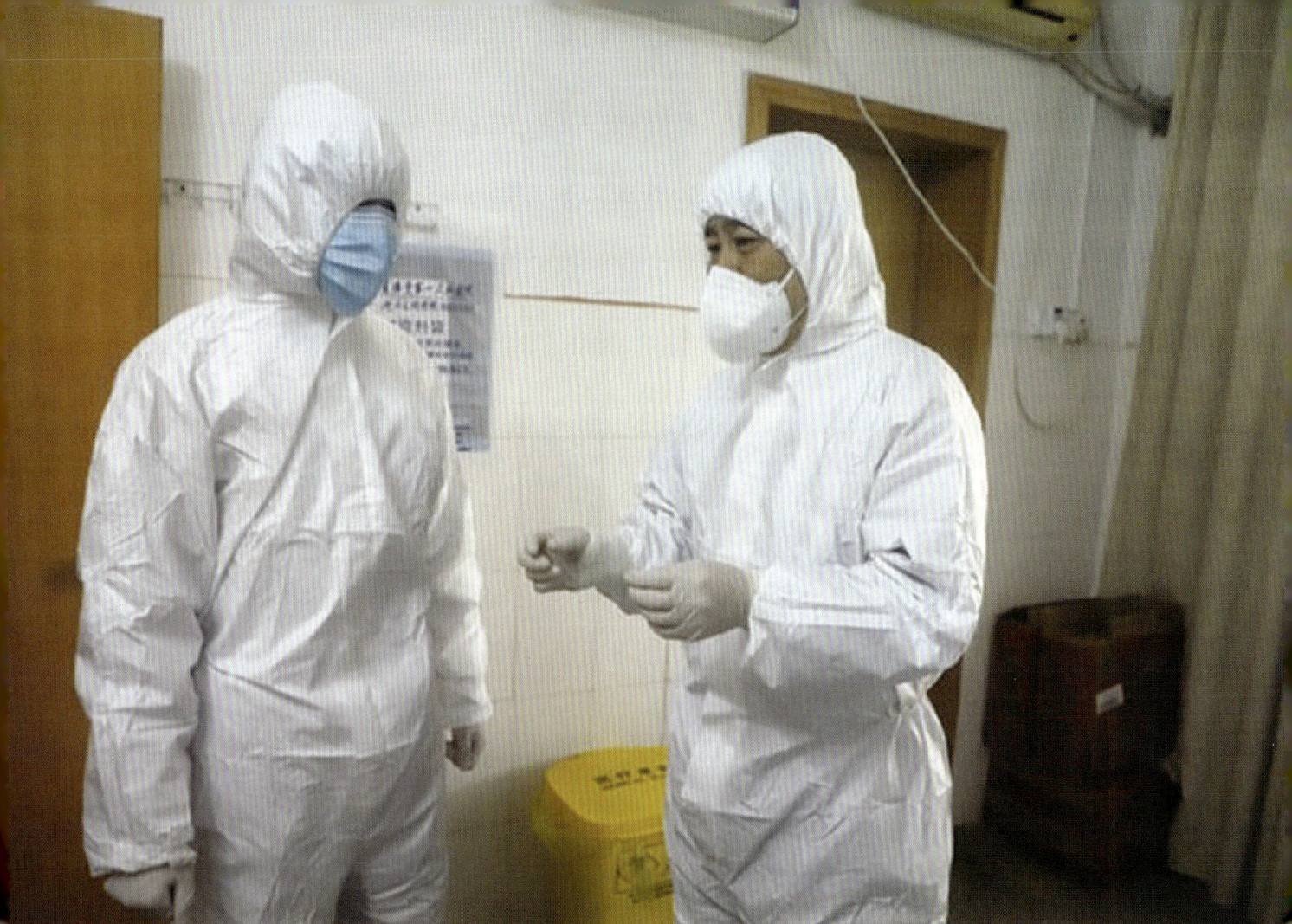

战"疫"日记

春天来了，胜利的脚步不会太远

时　间: 2020 年 2 月 4 日

地　点: 湖北襄阳枣阳市第一人民医院

记录人: 宁夏回族自治区第五人民医院　刘福清

人民网
people.cn

春天来了,胜利的脚步不会太远

"立春了，要啃几口萝卜，那叫'咬春'，吃了就不闹春困了！"睡梦中醒来的我，感觉母亲的这些话就萦绕在耳边，反反复复。

"春到人间草木知！"我翻身起床查看日历，果然今天立春了！想起父母在世的时候，每年立春他们老两口都会为我们准备青萝卜，把青萝卜洗干净，去皮，切成片，摆在瓷盘中，端到我们面前……这么多年过去了，这些情景仍然像电影般清晰地浮现在我眼前……

一如往常，远在宁夏的家人发来了惦念问候的短信，字里行间无不表达了他们深切的担忧。是啊，出发这么多天了，我还是没能平复内心的激动，加上紧张的工作，我无暇顾及如何斟酌话语，和他们说我此行的想法。而在今天这个特殊的日子，我想是应该和他们说说话，报报平安了！

今年的春节很特别，武汉的疫情牵动着全中国人的心。对于我们医务人员来说，从医的责任和使命让我们义无反顾。8天前，集结的号角甫一吹响，我们快速反应的137名白衣战士就从1200多公里之外的宁夏会聚到主战场，参加湖北战"疫"，这是一场没有硝烟的战争！

还记得在银川河东机场出发时的情景，在那里我见到了我曾经的老师，我的大学同学，我曾教过的学生，以及我们区内的同道朋友，还有更多未曾谋面的你我他！我们出发时的震天吼声还响在耳畔：中国必胜！武汉必胜！

在过去的180多个小时里，我们137名"游击队员"奋战在湖北境内各个战场之中……与我们同来的13名白衣战士被分配到湖北枣阳市第一人民医院，这里的医护人员付出了很多努力，他们临危不惧、迎难而上、甘于奉献的精神永远是我们学习的榜样。我们忘不了宁夏各级领导的嘱托，忘不了襄阳各级领导的期盼，更忘不了枣阳人民的厚爱……已记不清多少次听到"你们是宁夏来的吧？谢谢你们！"简单的一句话，让我们既觉得光荣，又感到肩负着沉甸甸的担子。

几天的并肩作战，我们很快与枣阳市医院隔离病房的医护们融到一起，大家建言献策，精心谋划，保护意识铭记、铭记、再铭记，防护程序优化、优化、再优化，科学地救治患者，严控防护流程，并不断完善，每一位战友都在竭尽所能，在这里充分发挥个人所长，为对抗疫情奉献着……所有人只有一个目标：力争零感染，争取尽快打赢疫情防控战。

昨天枣阳一位护士说：戴上口罩我都不知道你是谁，但我能记得你的声音。这使我不禁想起一句话：我不知道你是谁，我却知道你为了谁！我们是无数招之即来，来之能战，战之能胜的白衣勇士！作为团队中的一名老党员，我更要身体力行，起到模范带头作用。

"等闲识得东风面，万紫千红总是春。"立春象征着春天的开始，总能让人想到充满希望的春天，抗"疫"胜利的脚步注定不会太远。

天堂的爸爸妈妈，远在宁夏的亲人，我们的战斗才刚刚开始，希望你们放宽心，给我们所有白衣勇士助力，为承受病痛的亲人祈福！为中国加油！为湖北加油！愿我们每位参战的白衣天使都能平安回到亲人的身边。

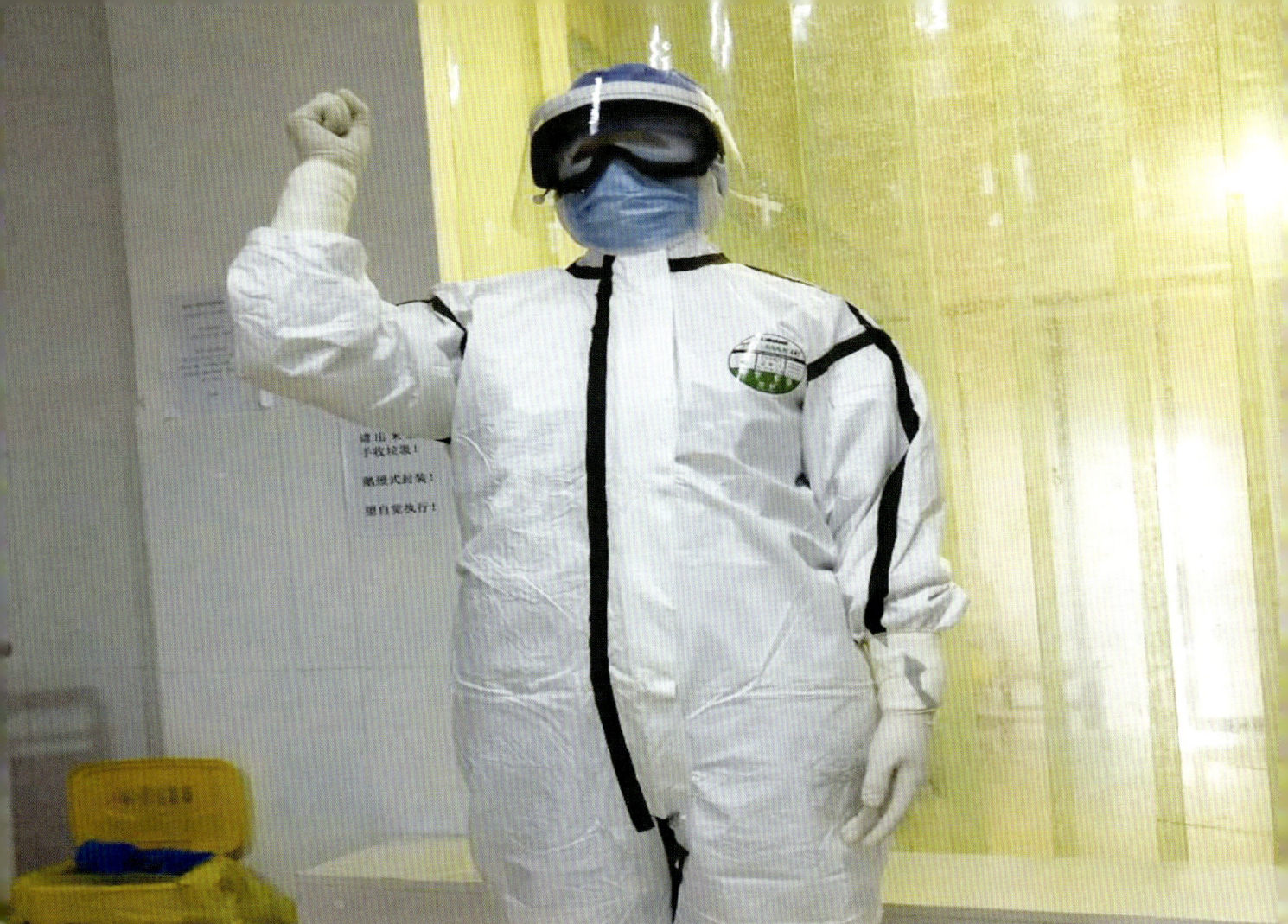

战"疫"日记

想给妈妈说的话：
我很好，我还要陪您慢慢变老

时间：2020 年 2 月 5 日

地点：湖北襄阳保康县人民医院

记录人：宁夏回族自治区人民医院　荀少花

人民网
people.cn

想给妈妈说的话：我很好，我还要陪您慢慢变老

亲爱的妈妈，祝您安好。已经有快一个月没见到您了，现在的手机虽然很方便，但是我不敢和您视频，请原谅女儿不告诉您真相。面对疫情，自治区卫健委积极响应国家号召，要组建一支危重症医疗援助队。作为一名ICU的护士，我义不容辞。穿上护士服，我是一名医务人员，面对疫情，我要做一名战士，只有我们战胜疫情，祖国人民才能安好。

在他人眼里我是勇士，但是在您的眼里，我永远只是您的宝贝女儿，谢谢您培养了我坚毅的性格和吃苦耐劳的精神，我一定会做好防护措施。我是您的女儿，但同时我也是一位母亲，宝宝才8岁，我还要陪您慢慢变老，陪宝宝快快长大，这是我的责任，更是我的义务。

春天已经来了，春暖花开的日子不远了，好想我们全国人民都能够摘掉口罩，闻着绿草的清新，闻着鲜花的醇香，大家能够开心地工作学习。我们的职业宗旨是全心全意为患者服务，面对突如其来的疫情，奋战一线是我们医务人员的使命。妈妈请您相信，我们有强大的祖国，我们的医疗物资日渐有保障，我们定会胜利早归！

战"疫"日记

这里将是我的第二故乡，我们是一辈子的朋友

时　　间：2020 年 2 月 5 日

地　　点：湖北襄阳宜城市人民医院

记录人：宁夏回族自治区人民医院　周亮

这里将是我的第二故乡，我们是一辈子的朋友

这几天，每个人的心底都充满了爱，父母的爱、兄弟姐妹的爱、朋友的爱、同学的爱、陌生人的爱……这些让我们太感动了，每天都被无处不在的爱包围着，如果没有这样的爱，或许我的信心早就消失殆尽了。

虽然处在抗击疫情一线，但我下班回到宿舍还是想第一时间关注疫情资讯，看着逐日增加的数字，总感觉心头被猛的一击。据说这几日会是疫情暴发的高峰期，我多想铆足了劲，冲锋过去，穿越丛生的荆棘，到达山顶。每天都会看一线同事们的战"疫"日记，真情的流露和充满了爱的鼓励冲走了所有的悲观情绪。晚上宁夏公共频道播出了队友卫夏利的战"疫"日记：我在隔离病房的六小时。可她并没有告诉大家，那六小时，因为防护衣密不透风，隔离病房的护士都是汗流浃背。我觉得我应该更加努力，我的指尖触上键盘，就像接过了爱的接力棒，嗒嗒的声响就像加快的脚步，我们所有奋战在一线的医护人员一起努力，争取早日打赢这场没有硝烟的战争。

这几日襄阳的市民、市委和医院的领导每天都会送来生活物资，对我们嘘寒问暖，让我们感受到不少温暖，随队的郝队长和王楠处长总是驱车几十公里来看我们，哪怕他们只是为了送一件极小的东西。

今天的白班，已经步入正轨。那些之前练习过很多遍的细微操作，已经轻车熟路了。我的认真得到了刘主任的表扬，群里的同事纷纷对我表示鼓励和肯定，他们说等疫情散去，要请我吃宜城小龙虾和襄阳牛肉面。因为防护衣的遮挡，这几天从未见到过任何一个人的真面目，只能看到面罩后一双双真诚的眼睛。我知道这将是我职业生涯最浓墨重彩的一笔，襄阳也将成为我的第二故乡，我与他们是生死之交，我要邀请他们到宁夏去，看黄河，看沙漠……

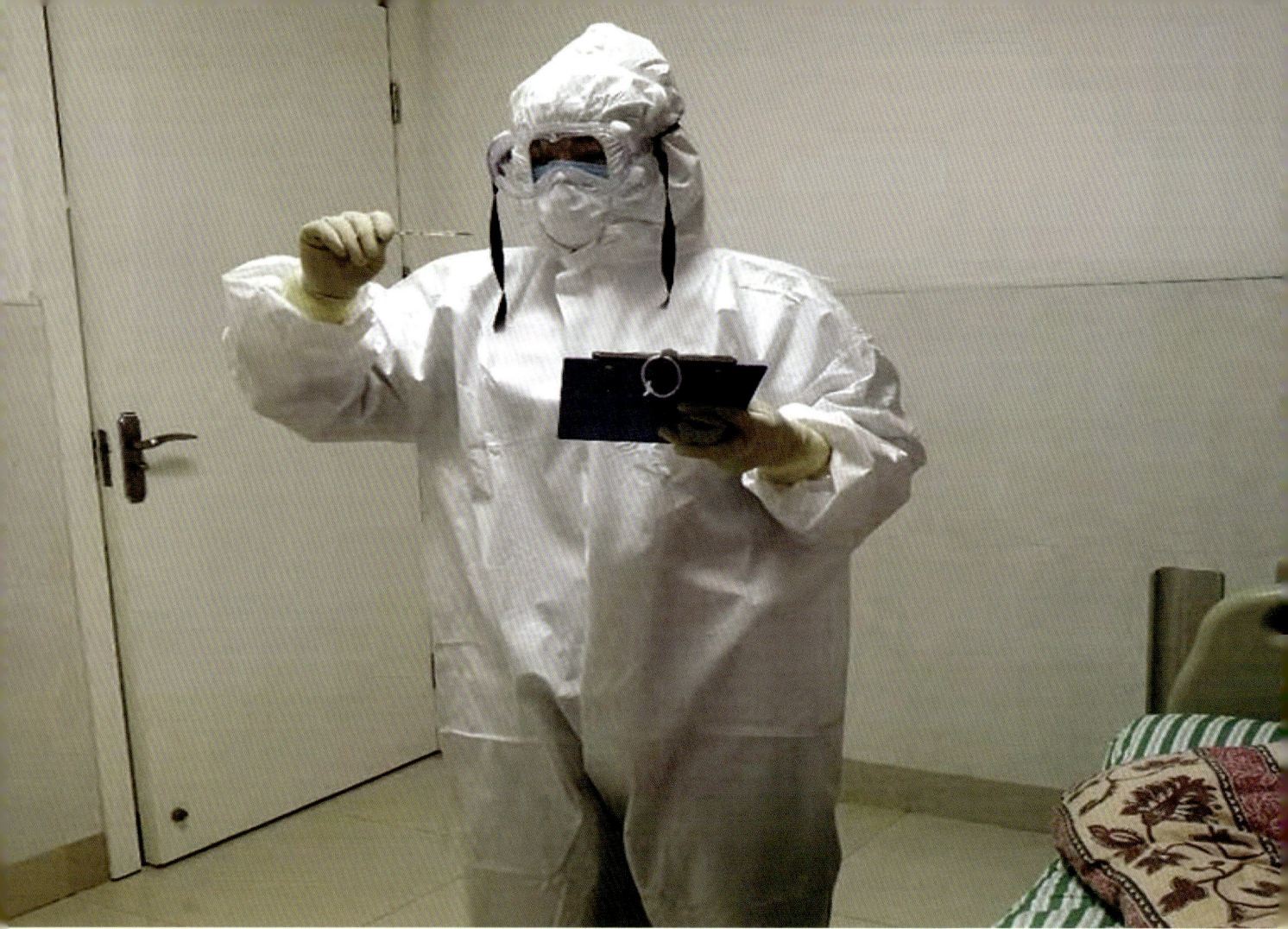

战"疫"日记

再苦再累，一切都值得

时　间：2020 年 2 月 7 日

地　点：湖北襄阳中心医院

记录人：宁夏回族自治区人民医院　宋薇

人民网
people.cn

再苦再累，一切都值得

1月27日临走前才告诉家里人，我要去支援湖北了，爸妈说我是家里的英雄，感到特别的骄傲，让我放心去，人民需要我，不要操心家里，只是有一点就是要千万做好防护，照顾好自己，健康安全地回来就好。弟弟说，爸妈有他照顾，家里有他操心，让我放心。我知道他们说这些话的时候内心是什么感受，脸上又是什么表情。

不知不觉我们已经来了十来天了，简单回顾一下这些天里的点点滴滴。每天早上，为了尽快形成生活规律必须6点20分起床，先喝两小口水，活动洗漱，最重要的是要在出门前上完卫生间，等工作人员送来早点我得硬吃下两个鸡蛋，再喝几口牛奶或者大米粥，吃一块巧克力，吃得饱饱的，但不敢多喝一口水，主要是为了能在病房里从早上8点半坚持到下午3点，不用担心要去上厕所，不影响工作，还能多省一套防护服。

我们住的宾馆离上班的医院有半个小时的车程，所以我7点10分出门，7点半通勤车会准时停在宾馆门口，8点10分左右到医院，换下自己的衣服和上班的老师们一起按照步骤一步步穿戴好防护服、口罩、护目镜，相互检查穿戴整齐之后进入病区和夜班老师交接工作，把重点发热的病人、有重要治疗的病人等做好标记，然后开始我们的工作。双人核对无误后去给病人做各项治疗，输液，雾化，静推，吸氧，每项操作都严格核对，做到操作前后手消毒。我们10点左右做完全病区的治疗，接着监测所有病人的生命体征并做好记录，如有异常及时和医生沟通并处理，然后对病区的每个病房进行空气消毒。这将近三个小时里有几分钟休息时间，还都是因为护目镜起雾我们实在看不见了，站在小太阳电暖气跟前烤烤，让护目镜上的雾气能尽快消散。12点左右为病人分发午餐，协助他们尽快食用，和白班老师做好交接后他们就出去吃饭休息，我和另外一位同事稍作休息，就开始为下午的治疗做准备，发放药品并督促患者按时服药，还有帮助部分病人做好生活护理等碎小的事，这样忙忙碌碌的，大半天时间就过去了。

每天工作进病房的时候都要和病人问好，"您今天感觉怎么样呀？""昨晚睡得好不好？发没发烧？""早饭吃了多少？"，等等，目的就是多和他们说几句话，让他们觉得没有被抛弃，没有被孤立，得到应有的尊重和理解。病区里有位80多岁的老奶奶病情比较严重，刚开始不和我们说话，也不好好吃饭，问什么也不回应，满脸的愁苦和焦虑不安，经过几天的治疗护理后，有天早上一进她病房的时候就看见她笑了，难得一见的笑容。她精神也不错，跟我说："我怕你们不要我了。"听完这句话，我心里难受极了，强忍着泪水，拉着她的手说："奶奶，我们怎么会不要你呢，只要你乖乖听话配合我们治疗，好好吃饭睡觉，病很快就会好的，我们一直在你身边陪着你、照顾你呢，不会不管你、不理你的，我们一起加油好不好？"虽然老奶奶是当地人，我们在语言上有一点点沟通障碍，但我知道这些话她是听得懂的，因为我看见她眼睛里闪着泪花对我点头呢！走出病房后，我做了几次深呼吸，使劲把眼泪憋回去，否则不仅没有办法处理，更会影响工作。另外一位患者是位大姐，发烧了几天，情绪也不好，从说话的口气就能感觉到她特别焦虑害怕，每回进病房不管做什么我都和她说话，鼓励她勇敢别害怕，这个病是可以治好的，保持良好的心态，按时吃药，好好睡觉，多多吃饭才能有力气赶走病毒。昨天上班进病房还没等我开口就听到她说："我终于不发烧了，昨晚就没发烧，感觉我快好了，谢谢你！"虽然是短短的两三句话，但我深深感受到大姐那份打心底里的开心和对我们工作的肯定，我继续鼓励她，给她做心理疏导，临出门的时候大姐和我说："加油！"我突然觉得，再多苦再多累都值得。

我相信只要我们充满希望，众志成城，就一定可以打赢这场战"疫"，生而为人，谁无畏惧？疫情虽可怕，但医护人员奋起抵抗的决心是坚定的，医者的初心在，使命就在，面对疫情我们怕而不退，迎难而上。相信战胜疫情的曙光指日可待！湖北加油！襄阳加油！

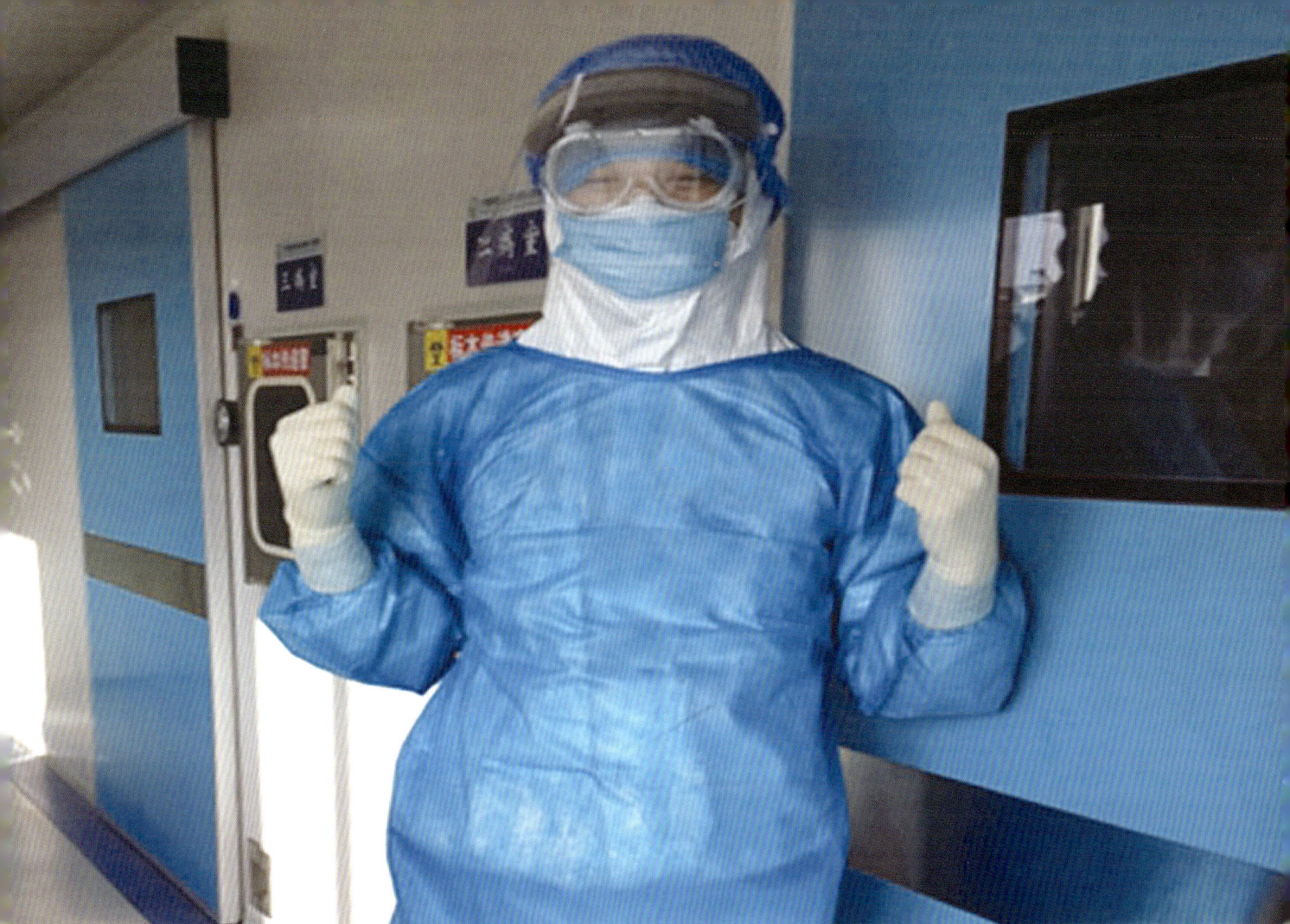

战"疫"日记

待春暖花开，我们拥抱彼此

时　间：2020 年 2 月 11 日

地　点：宁夏回族自治区第四人民医院

记录人：宁夏回族自治区第四人民医院　刘伯飞

人民网
people.cn

待春暖花开，我们拥抱彼此

今天是我进隔离病区当住院总的第八天，从大年初三请战来医院，一晃16天没有回家了，想想已有3天没有跟两个儿子视频了，今天依然没有顾上！

早晨7点钟有专家要查房，我5点多起来把所有患者的医嘱过了一遍，6点45分到隔离病房等专家。这几天跟着区内最知名的专家查房，内心不免忐忑！专家查房很仔细，40多个患者每个都要仔细询问，尤其是重症患者，虽然自己提前做了很多功课，但是有些病人的病情变化和检查结果还是没有完全掌握，明天要继续努力。查房的过程中我发现两例危重症患者经鼻高流量氧疗效果不佳，当场就给他们调整为无创呼吸机辅助通气。10点多我又在病房与专家组远程视频会诊患者，现场解决了很多问题，在视频里还看到了多年未见的恩师！

中午利用一个多小时跟我的新搭档把早晨查房及专家组提出的意见具体落实，过了第二遍医嘱，下午1点我又穿上防护服进入隔离病区，因为今天有领导来慰问一线参与抗击疫情的医务人员，我提前给大家接好了视频，虽然没有人能认得出他们是谁。

今天最令人振奋的消息是又有几名患者治愈出院了，看到他们走出隔离区的那一刻，我的脸上露出轻松的笑容，真心替他们高兴。下午5点多总算是脱掉了隔离服到了休息区，简单吃了几口晚饭又开始按照下午专家会诊意见逐个为患者核对医嘱，上报报表，把所有需要复查的医嘱以及明天查房所需要的重点工作罗列出来，其间不断地接各种电话及微信，不停地向专家组汇报病情，向病房医生下达指示，所有事情忙完后已经是晚上11点多了。但愿今晚不要听到救护车的声音，但愿明早的最新数据不要再有增长病例。

待春暖花开，我们拥抱彼此！

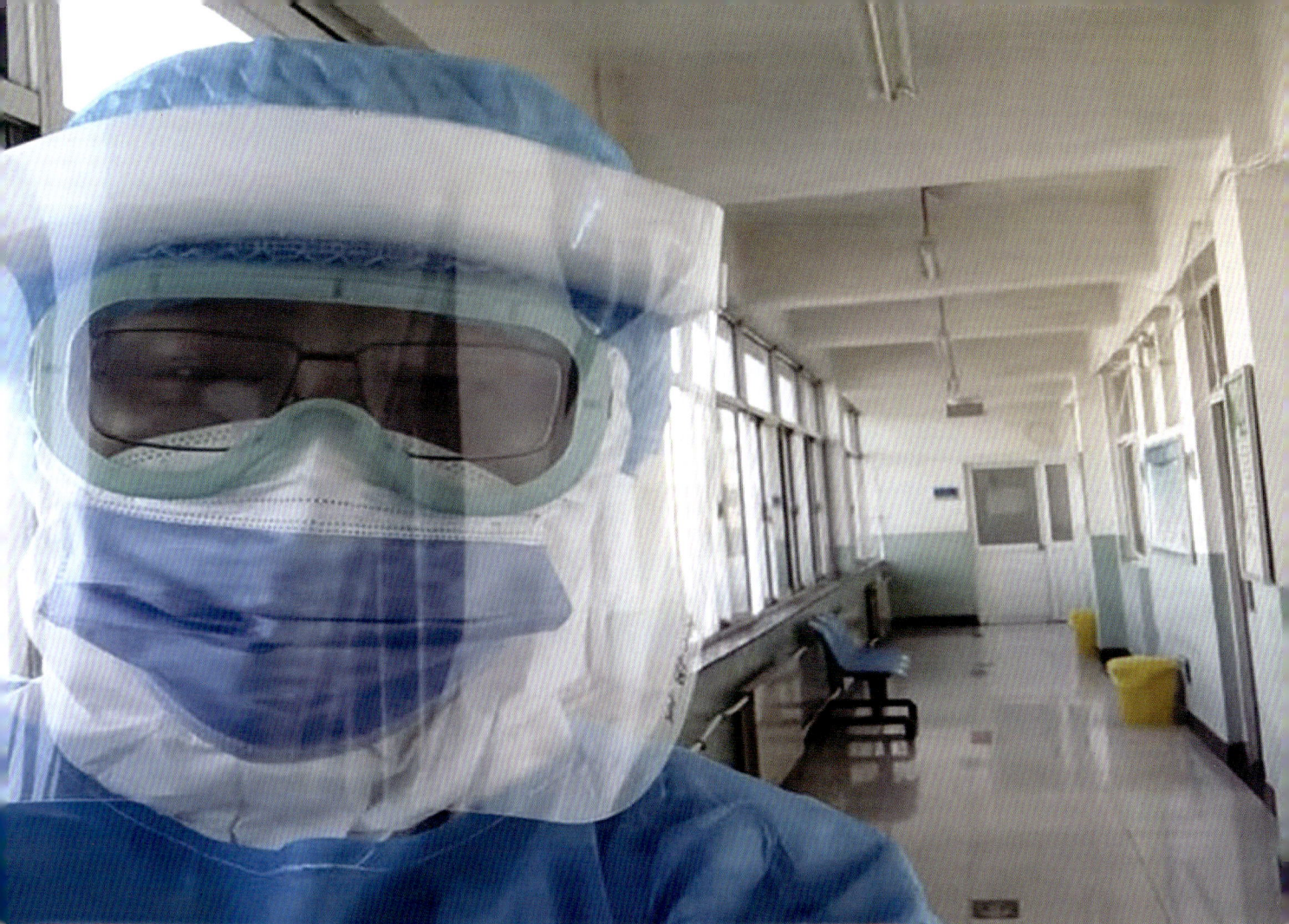

战"疫"日记

从医36年，第一次隔着双层乳胶手套把脉

时　间：2020年2月12日

地　点：宁夏回族自治区第四人民医院

记录人：宁夏中医医院暨中医研究院　李晓龙

人民网 people.cn

从医36年，第一次隔着双层乳胶手套把脉

2月4日，作为选派进驻自治区第四人民医院隔离病房的中医专家，我将要走进全区收治新型冠状病毒肺炎患者的隔离病房，参与患者的中医药救治工作。

隔离病房，收治了宁夏境内所有确诊患者和部分疑似患者。作为一名中医主任医师，我的任务是发挥中医药特色优势，通过问诊，诊查脉象、舌象，辨证施治，从而帮助他们去毒清瘟，重获健康。

住在负压病房的重型患者李先生，是我诊查的第一位病人，在仔细查看患者舌苔之后，我无意间捕捉到他的眼神：恐惧、紧张、期盼、渴望混杂在一起，仿佛在说："医生，一定要救我。"我会意地点了点头，有一种泪目的冲动。在隔离病房中医诊治工作中，看舌苔是最关键的环节之一，但要通过雾气笼罩的护目镜看清他的舌体，则需要与其保持足够近的距离。虽有风险，但使命和职责告诉我，掌握患者病邪的盛衰变化，才能对症下药，帮助他们早一天走出隔离病房。

日常工作中，我曾无数次诊脉，但隔着双层乳胶手套，触摸患者浮沉不定的脉象，我还是第一次。通过静心沉着、反复揣悟，我最终较为全面地掌握了患者的气血和脏腑状态。

不少患者不认同自己会得这样的病，甚至自责，觉得自己给众多人添了麻烦。轻症患者觉得自己没病，小题大做等。心理疏导是一项急迫而艰巨的任务，作为一名工作近36年的中医内科主任医师，这也是我的强项，从医学的通俗解释、循循善诱到加油鼓劲，我竭尽所能，利用休息时间，带领患者一起做中医"八段锦健身操"，进一步提升了大家的心理素质和身体抵抗力。

连续几天都有治愈患者出院，这极大增强了医生和患者的信心，我们再苦再累也值得。相信我们能早日打赢这场没有硝烟的疫情防控阻击战。

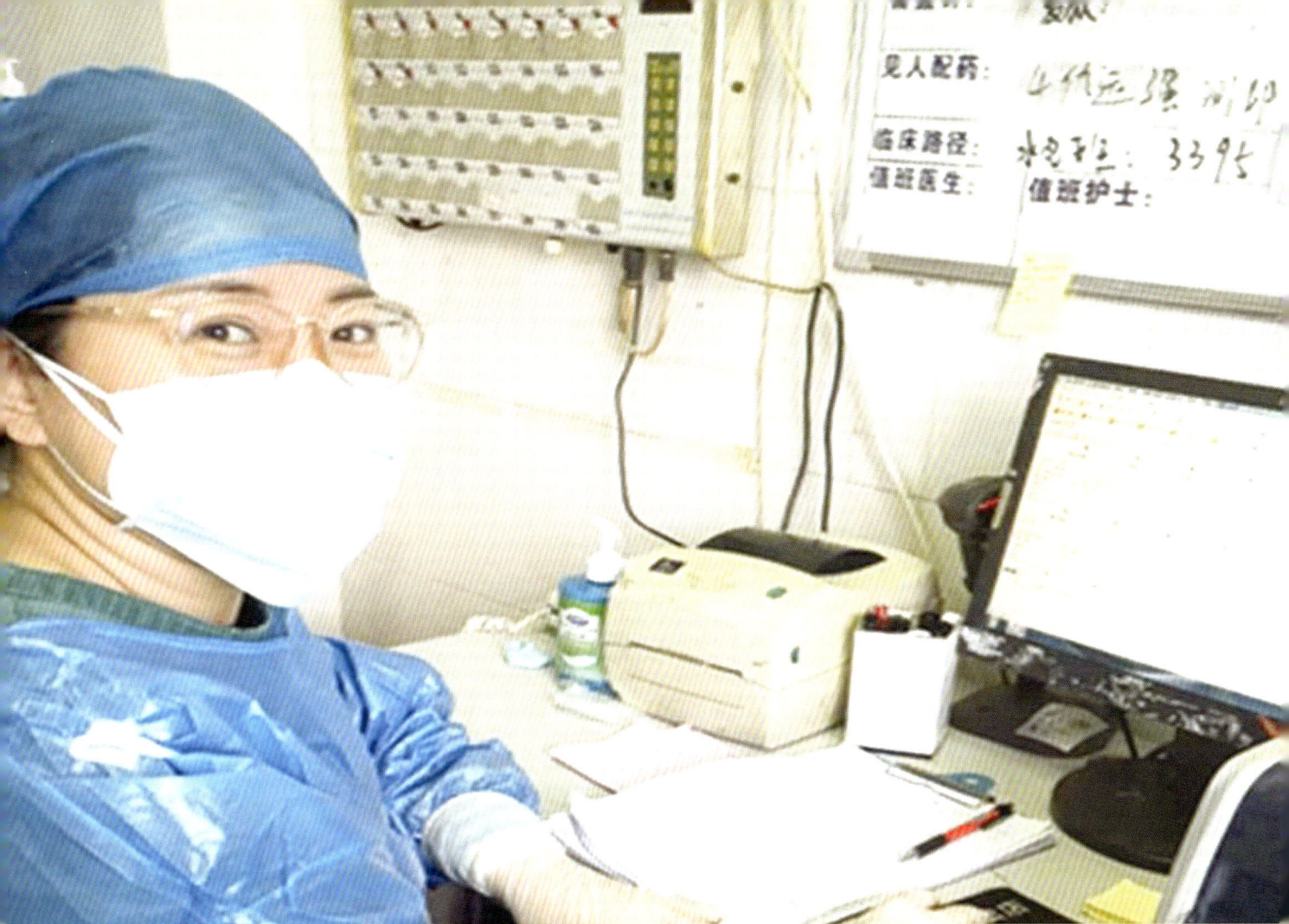

战“疫”日记

画在纸上的生日蛋糕

时　　间：2020 年 2 月 13 日

地　　点：湖北襄阳枣阳市第一人民医院

记录人：宁夏回族自治区第五人民医院　杨梅

人民网
people.cn

画在纸上的生日蛋糕

昨天90后的病区护理负责人李培在隔离病区做健康宣教时叫了患者一声"阿姨","您不介意吧，不知道您多大，但看上去您应该很年轻，我是不是称呼你姐才对？""我明天就44岁啦，叫阿姨一点都没错。"

说者无心，听者有意，在隔离病房外，悄悄进行着温暖的接续……

夜班护士细心地准备了"生日蛋糕"，附上全科医护人员的祝福——"生日快乐！早日康复！"

今天一大早李培便让食堂准备了长寿面趁热送到了病房。工作任务繁重，不能所有人一起给患者送去祝福。大家委托护士雷所荣带去所有人的祝福，她微笑着对患者说："阿姨，没买上生日蛋糕，我们给您画了一个，快趁热吃面，一定要健康长寿哦！来，许个愿吧！"

一笔一画，用心用情，防护服隔离了病毒，隔离不了关爱；防护镜模糊了视线，挡不住关切。

我看到，阿姨吃着面，眼泪不自觉地流下来。

已经融入科室的我也小做准备，利用中午短暂的休息时间，从自己携带的物资里精心挑选了好吃的水果和零食，送上一份心意。

"今天是您的生日，在这个特殊时期，我代表此次援助湖北的所有宁夏医疗队成员祝您生日快乐！您积极乐观的心态一直感染着我们，让我们更有信心、有动力打赢这场战"疫"。让我们一起共抗病魔！生日快乐，加油！"

"无法言谢！我要好好吃饭，提高自身免疫力，争取早日康复出院，给你们减轻工作量！"

我想，每一个医护人员的愿望都是，平平安安，从病房里送出更多的康复患者。

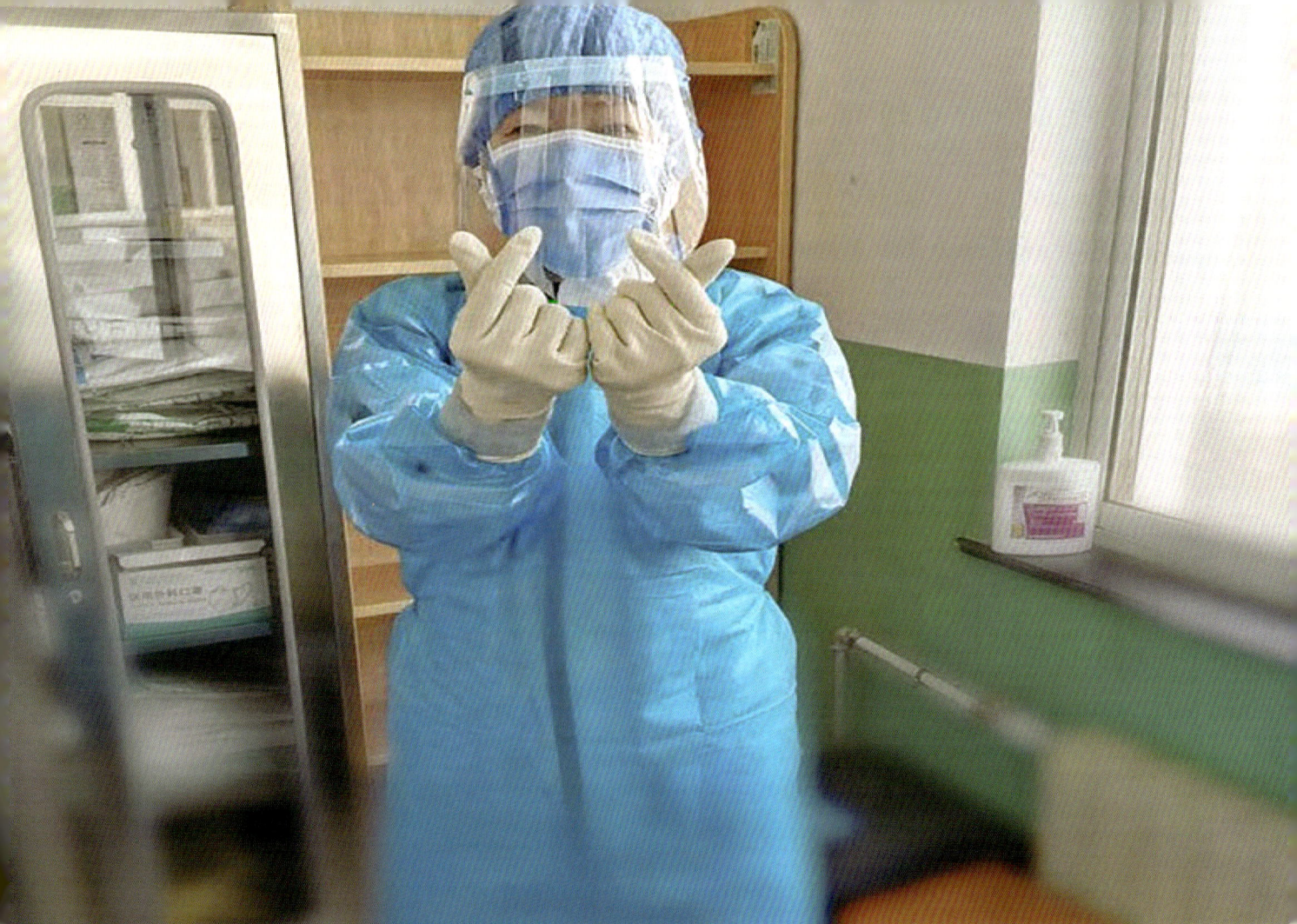

战"疫"日记

小五月，妈妈想做你的榜样

时　　间：2020 年 2 月 13 日

地　　点：宁夏回族自治区第四人民医院

记录人：宁夏回族自治区第四人民医院　郭蕾

小五月，妈妈想做你的榜样

今天是2020年2月13日，小五月出生已经一年九个月零四天了，离最后一次抱你，已经23天了，妈妈很想你。

年前给你买了新衣服、新鞋子，买了大红灯笼，准备跟你一起过个热热闹闹的年，可是，就在这个时候，有一个叫"冠状病毒"的坏蛋，它在欺负其他的小朋友，伤害了许多哥哥姐姐、叔叔阿姨、爷爷奶奶，只有妈妈，还有和妈妈一样的"白衣战士"才能打败它，所以，为了保护你，保护身边的人，妈妈只能趁你睡着，带着依依不舍的爱偷偷离开你。

2020年1月23日，妈妈进入负压病房，从那天开始，确诊病例从1个变成60多个，为了降低感染风险，妈妈和阿姨们义无反顾地剪掉了心爱的长发，每四小时轮换进病房，穿着密闭的防护服，在病房里工作，为患者诊疗，为患者护理，每一班上完，从头发到鞋袜，湿淋淋的全是汗，鼻梁和脸蛋全部是口罩压出的深深的印迹，几天下来都把脸磨破了，双手长时间戴着手套，滑石粉进入毛孔，皮肤开始过敏、起疱、破溃、结痂……

令妈妈印象最深的，是一个确诊的叔叔，妈妈去查房的时候，他总是闷闷不乐，送的饭也原封不动地放在那里，我问他为什么这样，他说他和妻子都确诊了，留下3个孩子在妇幼保健院隔离观察，最小的才一个多月啊，说着说着就哭了……男儿有泪不轻弹，作为孩子的父亲，他已在病中，他担心自己的孩子们，担心他们像自己一样患病。最小的才45天，这么小的孩子，离开了爸爸妈妈的保护，离开了自己熟悉的环境，妈妈不敢继续想下去。我拉着他的手对他说："越是这样的时候，你越要坚强，要好好吃饭、好好休息、保持乐观的心态，只有这样，才能早日康复，治病救人的事，有我们呢！你的孩子很好，妇幼保健院的医护人员都是专业的，他们像疼爱自己的孩子一样疼爱你的孩子，所以你放心！"那个叔叔感激地握着妈妈的手，流着泪直说谢谢，他说："医生，你快出去吧，这病房里不安全，别在这里待太久，快出去吧！"妈妈怀揣着这份感动，继续查房去看其他病人，真希望病房里的每一个病人都能早日康复，早日与家人团圆。

小五月，你知道吗，妈妈偶有空闲的时候都会看你的照片，从出生到长大，妈妈以前每天上班都忙忙碌碌的，从来没有认认真真地这样看过你的变化……妈妈希望通过所有人的努力，赢得这场战争的胜利，让爸爸妈妈们都能跟孩子团聚。虽然妈妈一个人做不了什么，但是全国的白衣战士和所有为这场战"疫"付出一切的人团结在一起，一定能打胜仗，也希望小五月乖乖听话，让姥姥姥爷不要那么辛苦。妈妈在这里一切安好，工作的时候十分认真，防护流程做得很到位、很安全，妈妈的朋友发来信息说："以前非常不理解你为什么会选择医生这个职业！现在你的勇往直前让人敬佩！平常那么不着调的你，此时此刻像个真正的勇士！五月娘，等你凯旋！千万注意安全！好酒好肉等着你！"你看，在姥姥姥爷眼里妈妈也是个孩子，但现在却是一个肩上能扛得起责任的战士了。

原本再过4天，妈妈就能回家抱你了，但是妈妈没有告诉你，昨天妈妈又写了请战书，虽然目前在接受医学隔离观察，但是听说一线的医生人手不够了，作为医生，妈妈一定要再次进入病房和同事们并肩作战，多一个人多一份力量，也多一份胜利的希望。妈妈有时候也会怕，若遇不测，妈妈的小五月怎么办？父母双亲怎么办？其实谁又不怕呢？面对未知的挑战，谁心里不慌呢？但是这场考试，只有我们亲自披荆斩棘才能找到答案，我们必须认真地做一个医务工作者所能做的一切！所以，妈妈不能马虎，不能低头，要认真、要坚定！希望可以给小五月做个榜样！

妈妈在这里很好，妈妈就是担心你、担心家里人，不知道你手上和身上的湿疹好些了没有，药膏涂上管用不管用，希望你们照顾好自己，没事别出门，如果出门，一定要戴好口罩，三餐一定要按时吃，每天记得开窗通风，勤洗手，晚上不要熬夜，等疫情过去之后妈妈就回家和你们团圆。

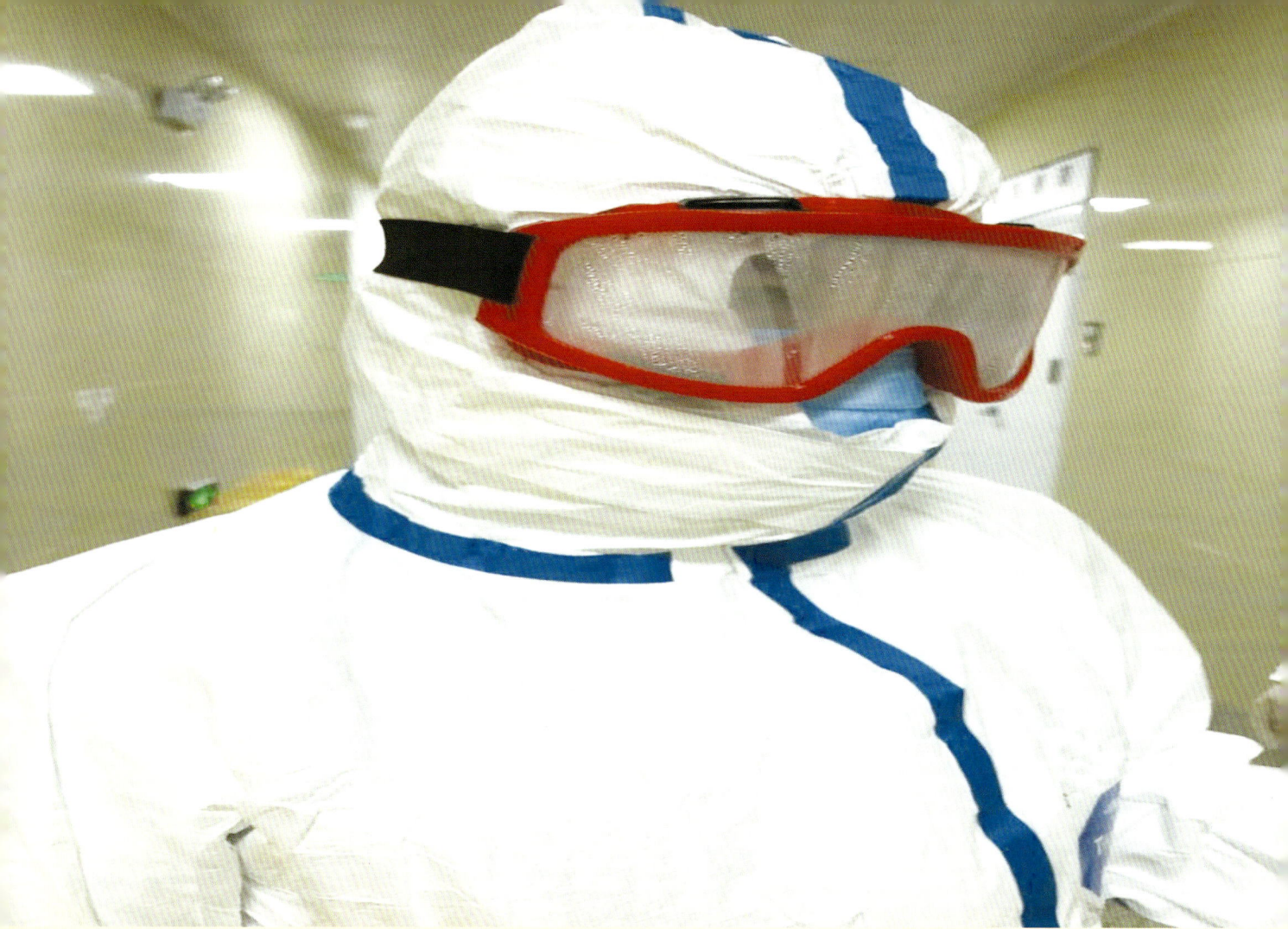

战 "疫" 日记

一起战斗，却不知道你的模样

时　　间：2020 年 2 月 13 日

地　　点：湖北襄阳市中心医院

记录人：宁夏回族自治区人民医院　张雪

人民网
people.cn

一起战斗，却不知道你的模样

早晨跟我交班的是一位男护士，他一手护着自己的心脏，一手支在走廊的窗台上，躬着背，只能从口罩的形状看出来他在大口喘气。刚开始我以为他是医生，后来他说要给我交接病人，看着他难受的样子，我轻拍他的背问怎么了，他说心慌气短。原来昨晚有个同伴晕倒了，他们三个人看了10个病人，而且这10个重病人还是分开放置的，早上7点多又收了一个插管抢救的，作为一个监护室的护士，我深知这样忙碌的夜晚，会让人体力严重不支。看着他难受的样子，我心里很不是滋味，想起一首歌里的歌词：我不知道你是谁，我却知道你为了谁。

早上抢救了一个休克病人。我穿着防护服戴着口罩和面屏，再加上戴着两双手套，光是上静推泵、换心电监护仪、连接换能器就出一身汗，戴着手套抓不住1毫升的小安瓿，真想把手套摘掉，但我知道我不能。患者生命体征不稳，全身冰凉，受压皮肤也不好，要不停地调泵，不停地把床头的线、床单位整理好，倾倒呼吸机冷凝水，说起来简单，干起来却很困难。有些操作要蹲下来进行，蹲下的一瞬间，一股冷空气从脸上冒出来，也算是凉快了一下，可因为患者体温低需要保暖，病房开着电暖气，我始终是汗流浃背，再加上穿了尿不湿，状况无法描述，此处省略一百字。

忙碌的一天结束了，走出监护室的那一刻，看到外面的阳光，心情格外好，看着口罩留在脸上的痕迹，我一笑而过，比起疫情带给患者的那些痛苦，我这点累和痛又算什么呢？困难面前，永不言弃，我很好，关心我的人勿担心，共同加油，一切都会好起来的！

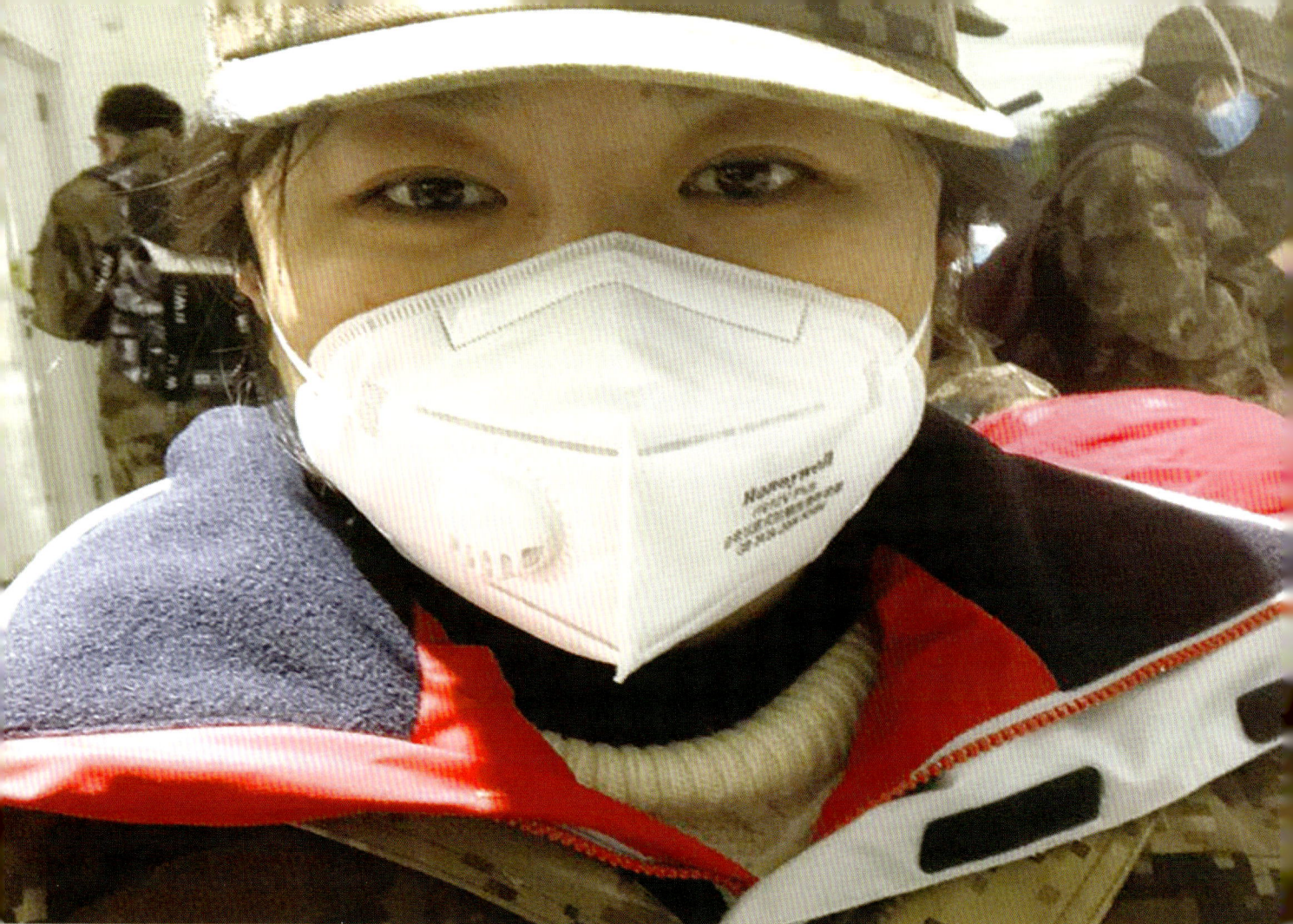

战"疫"日记

大家说我们是英雄
我只想将世界变成美好的人间

时　间：2020 年 2 月 14 日

地　点：湖北襄阳襄州区第二人民医院

记录人：宁夏回族自治区人民医院　刘倩

人民网
people.cn

大家说我们是英雄
我只想将世界变成美好的人间

1月26日下午我在工作群里看到紧急号召：立即组建宁夏医疗队支援武汉。我没和家里任何人商量，毫不犹豫地报了名。经过医院选拔审核，我被批准成为宁夏第一批援助湖北医疗队的一员。出发前我将这一消息告诉了妈妈，我看到了她眼角闪烁的泪花。虽有万般不舍和牵挂，但是作为一名医护工作者，在国家和人民最需要的时候，必须挺身而出。我带着全家人的祝福毅然踏上征程。此刻，我只是一名护士！

1月28日黄昏时分，华中枢纽武汉天河机场异常安静而冷肃，没有霓虹灯，没有喧嚣，没有往日的色彩缤纷，只有我们多支医疗队和陆续抵达的身着迷彩军装、冲锋服的逆行者。大家都戴着口罩，看不出喜怒，但一双双眼睛里透露出无比的坚毅和勇敢。

襄阳市地处鄂境西北，登车一路向北，黑夜里，高速公路上除了我们，竟没看到任何车辆的灯光。子夜时分到达襄阳市，收费站的警车、旁边的值班帐篷、拦路的栅栏，似乎让深夜显得更黑了几分。当地政府给予我们莫大的帮助和支持，住宿早已安排妥当，生活基本做到有求必应。

迷迷糊糊像过电影一样一觉睡醒，我们迅速行动，分成了12个分队下到各个受援医院，我所在的分队被指派到襄阳市襄州区第二人民医院。当时这里已有9名确诊患者，30多名疑似患者，当地政府征用一所民营医院集中安置管理确诊和疑似病人。真到了科室，才知道当地的医疗条件艰苦，医护人员及防护物资极度紧缺，甚至连快速手消都只在治疗室才有唯一一瓶。隔离区共有3层，病室简陋，气氛也很低沉。

由于正值春节期间，没有节日气氛，没有家属的陪伴，隔离限制了活动，等等，很多病人极度恐惧，情绪低落不稳定，病室的白色墙面看起来愈加泛白……

所有病人的生活起居均需由护士照料，在这个特殊的时候，我们的郝队、王队身先士卒，我们在他们的领导下，面对病人体贴入微，面对病情毫不畏惧，目光坚毅、斗志昂扬。

每天除基础治疗外，我们还需要给病人发放早中晚三餐、生活用品，监督他们服药，统一用黄色垃圾袋封存病人的废弃用品，还需负责楼道病室的消毒，工作烦琐。为了节省有限的防护用品，减少去厕所造成的浪费，我们一天不喝一口水，防护服不透气，任身上的汗水一次次浸透衣衫，经常是湿了又闷，闷了又干，干了又湿，6个小时下来汗流浃背；手套内的双手变得粗糙干裂，由于护目镜和口罩太紧，脸上都是勒出的血痕，甚至有个别同事鼻子都磨出了疮。

有人形容我们是英雄，是勇士，其实作为护士，我认为，国家有难，匹夫有责！只要人人都献出一点爱，世界将变成美好的人间。我们只是有幸亲临抗击疫情一线，用自己所学的知识帮助别人，这是我们作为白衣天使的神圣使命和义务，也是我们应当肩负的责任。

到目前为止襄州区已出院5人。看到他们一天天好起来的身体、舒展开的笑脸，看到大部分人都呈现出积极、良好的精神状态，我感觉病室那清冷的白色墙面，似乎也柔和了许多。

没有后悔，没有抱怨；没有委屈，没有气馁！疫情并不可怕，请相信我和我的战友，我们会做好自我防护，与湖北人民一起打赢这场没有硝烟的战争，圆满地完成援助任务！

年轻没有失败，青春炫出色彩。请期待我们凯旋！

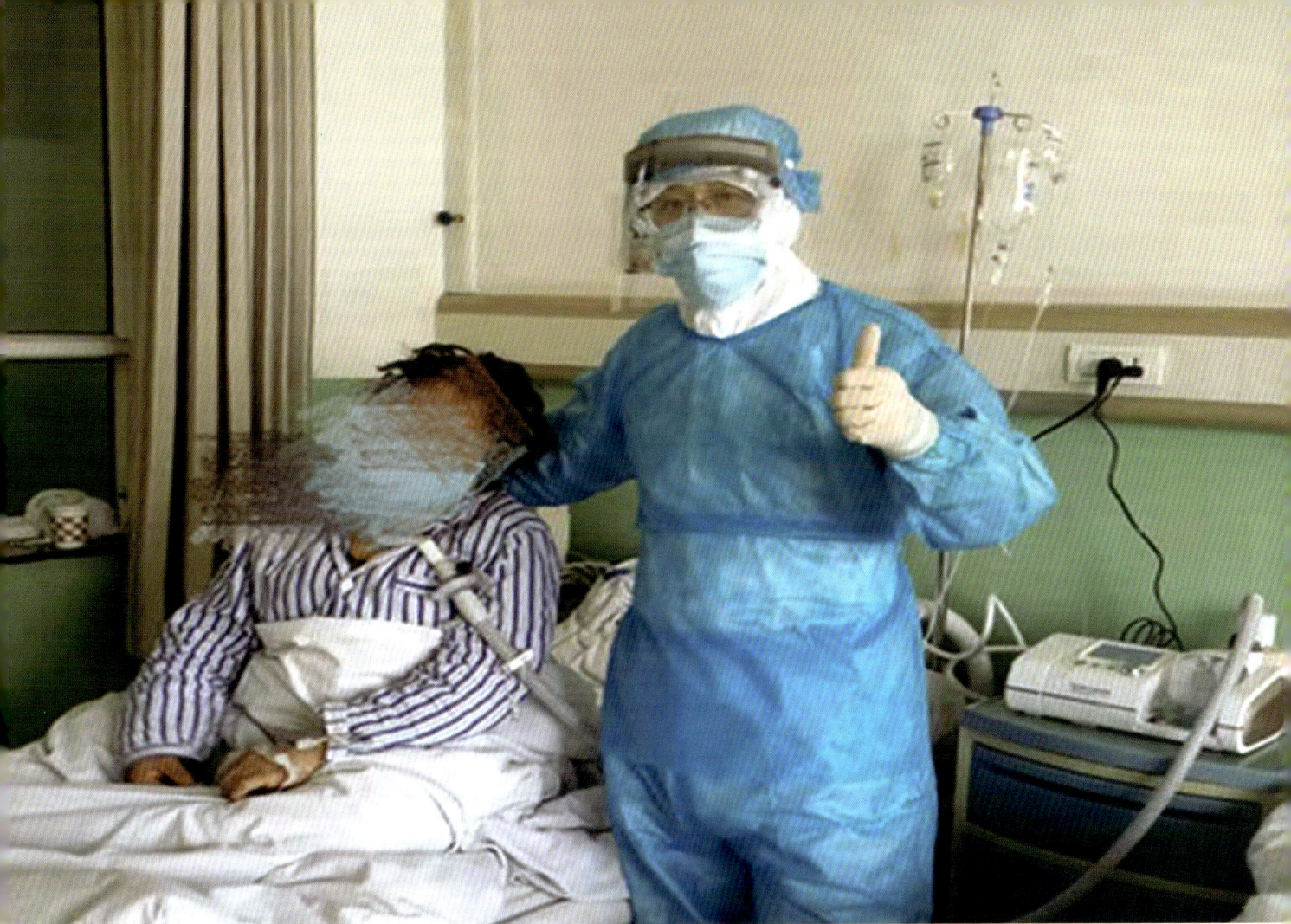

战"疫"日记

除了治疗他们的身体，我们更需治疗他们焦虑的心

时　间：2020 年 2 月 14 日

地　点：宁夏回族自治区第四人民医院

记录人：宁夏回族自治区第三人民医院　李海龙

人民网
people.cn

除了治疗他们的身体，我们更需治疗他们焦虑的心

今天查房，一位54岁女患者诉有胸闷、气短、喘憋、咳嗽、咳血痰、腹胀等诸多不适，显得非常焦虑和烦躁，拒绝配合我们的治疗工作。由于病情严重，今日需要使用经鼻高流量治疗，但护士多次劝说无果。这位患者焦急地问我："大夫，我是不是活不了多久了？"口中还不停地自言自语着："好好的一个人，怎么说不行就不行了呢？我从来没住过医院！我还能不能活了？"

看着患者这种状态，我内心百感交集，作为医者，我能体会到她对生的渴望和对疾病的恐惧，但也因她的不配合而着急。面对这种状况，我很快调整好心态，用坚定的语气对她说："大姐，你要相信我们，你的病不是最重的，只要你配合治疗，一定会好的。党和国家会派最好的医疗力量，给你们用最好的药，只要你相信你不是一个人与病魔做斗争……"经过一翻耐心劝说，患者终于配合了治疗。

我悬着的心也放下来了。这只是这些天最普通的一幕。在这里，患者不仅需要有责任心的医者，同时更需要内心有温度的医者。面对他们，我们不仅要用医术治疗他们的身体，更要用温情治愈他们的内心，让他们感受到医者的温暖。

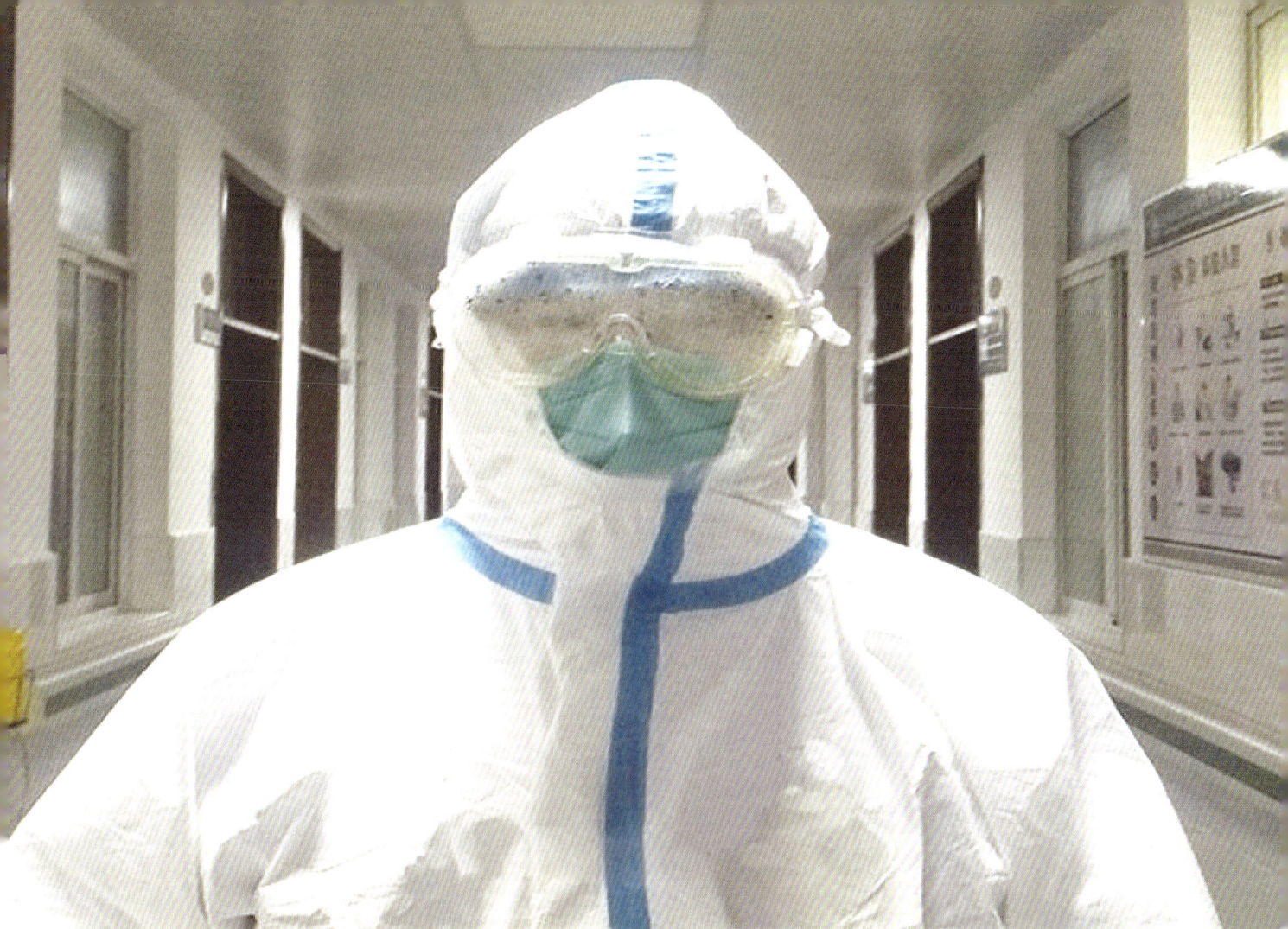

战"疫"日记

第一个夜班我早到一个小时
白班医生可以多休息一会儿

时　间：2020 年 2 月 14 日

地　点：湖北襄阳职业技术学院附属医院

记录人：宁夏医科大学总医院　曹昆

第一个夜班我早到一个小时
白班医生可以多休息一会儿

今天是我来到襄阳的第三天，上午的任务是让大家采集血样及拍摄DR。杨晓军主任与院感科王娟老师组成考核组，并且制定了考核打分表，以最严格的要求对每一位队员进行考核，队员如不能过关，就继续加强训练。

下午1点，杨主任与院方一病区医护完成了工作交接。这个病区收住的全是重症患者，单人单间，当天接手病区工作后，杨主任立即进入角色，履行了值班职责。朱佳荣医生和我值第一个夜班。

本来下午6点接班，和朱姐商量后，我们决定早到1小时，让白班的医生多休息一小会儿。朱姐是个细心的人，我们组的每个病人所有检查结果，她都带着我仔细地查对了一遍。研究了这家医院的电子病历系统和影像阅片系统后，我们大大地提高了阅片速度及精准度。

到了晚上8点左右，麻醉科黄主任带我们进病区查房。我脑子里不停地回顾穿脱防护服的每一个细节，努力做到零错误，对自己、对家人、对团队、对医院、对国家负责。黄老师仔细地把朱姐和我的护目镜内壁涂了一层碘伏，这样可以有效地防止水雾。我们按照流程穿好防护服，再次仔细确认有无暴露的地方。当我们拿起笔，在对方防护服上写上姓名和加油语的时候，责任感、使命感油然而生。

通过层层隔离门进入病区，对42名患者查房的时候，我们除了进行临床询问，还要及时地对患者进行心理安慰和疏导。每进一间病房，黄老师都会给病人们介绍我和朱老师是宁夏来的医生，每位患者都向我们表达谢意：你们辛苦了。第一次见到自己的病人，要全面了解他们的病情变化及有无药物不良反应等，我们1个多小时查了5个病人。此时护士站电话响起，通知有1位新入患者。在这里写病历有点特殊，需要先采集信息并用手机拍照发回科里的手机，再回去写病历。详细地采完新入患者的病史和基本情况后，一抬头已经夜里10点半了，"要抓紧查房了"，黄老师催促道，不然会影响轻症患者休息。

11点多电话再次响起，通知马上有5名患者收住。完成了所有新入患者的信息采集，把4层楼共48名患者察看结束后已到了深夜1点多，此时护目镜整个内壁已布满水雾，庆幸的是还能坚持看到回去的路。之前看到有新闻说大部分医护人员穿了成人纸尿裤，我自己也带了一些来。不过今天5个多小时下来，感觉还可以，毕竟外科医生有时候做大型手术十几个小时不吃不喝不上厕所也很正常。

回来在完成了新入病人的病历后已到了深夜3点半了，大家可以休息一会儿，晚安襄阳！

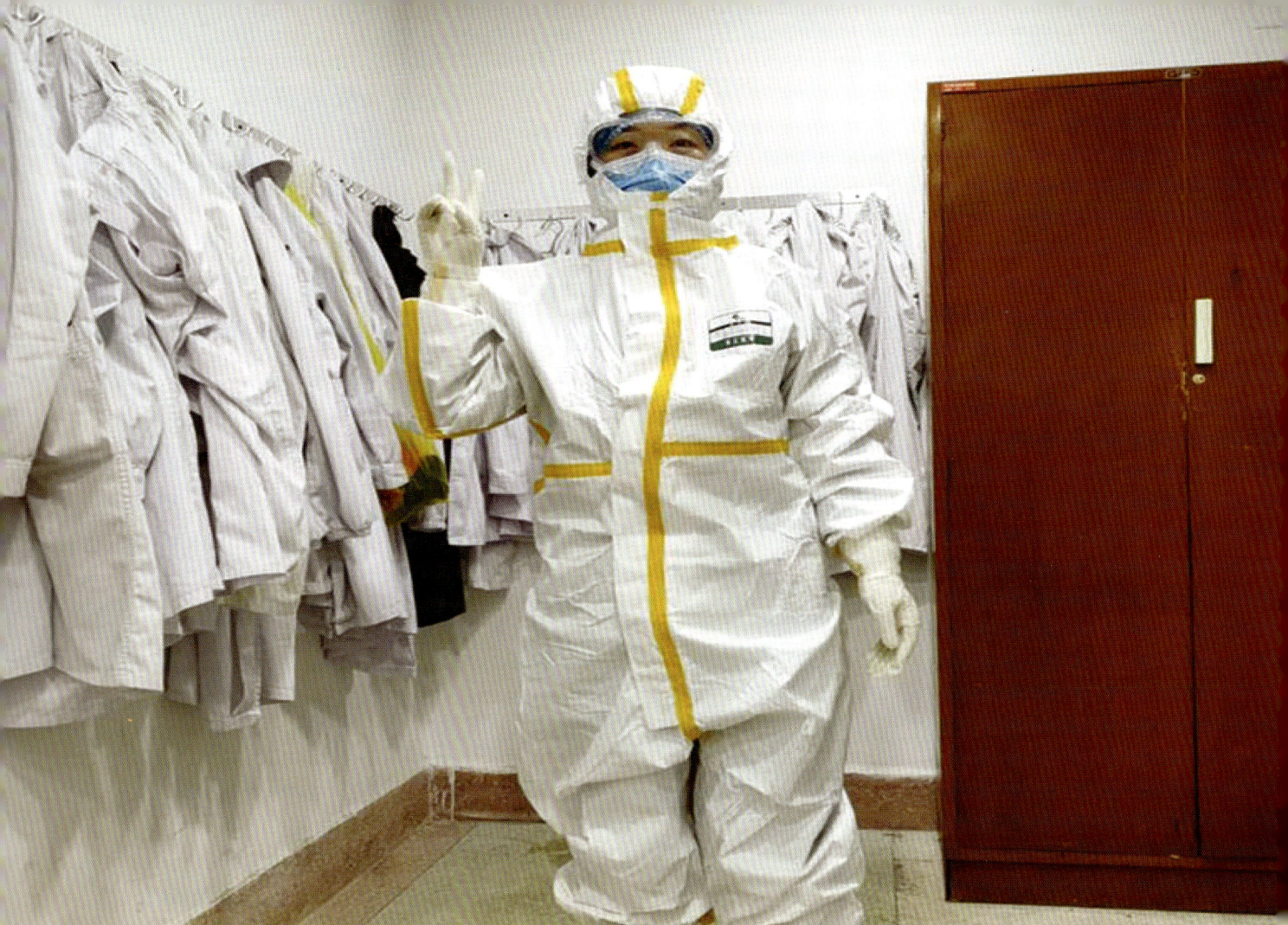

战 "疫" 日记

玉兰花不会爽约
　　　胜利也一定会到来！

时　　间：2020 年 2 月 15 日

地　　点：湖北襄阳市中西医结合医院

记录人：宁夏回族自治区妇幼保健院　高瑜

人民网
people.cn

玉兰花不会爽约
胜利也一定会到来！

昨晚下了一场暴雨，感觉要把屋顶打穿，一整夜总是在演练穿脱防护服，在给同事们叨叨，累极了。天亮时分，忽睡忽醒，今天是我第一个六小时的班，总怕迟到，早早起来，吃了很多，喝了三口水，出发前上了厕所。

外面还在下雨，雨中夹杂着雪的影子，医院门口的玉兰花骨朵好像比昨天大了些，玉兰花是我最爱的花，它代表着圣洁，我忍不住在匆忙中又多看了它一眼。到了病区，开始穿衣服，今天已经很熟练了，看来这一夜没白练啊！衣服穿好后有一种强烈的憋闷感，和我同班的老师感觉不舒服，先出去了，打水、消毒、输液、雾化……这些工作都交给了我，还好任务不重。不一会儿进来了一位小妹妹帮忙，忙碌起来时间总是过得很快，一会儿就中午了，小妹妹说从疫情开始就没有回过家，90后的孩子，措手不及中就上了战场，她说："老师，现在不让串门，真想找你聊聊天，一个人很着急。"我安慰她："没事，等一切都好了，咱坐下慢慢聊。"她说："等好了你们就走了，真舍不得你们，谢谢你们。""娃啊，你和我年幼的同事们一样，都是青春年华，你们真了不起，咱们一起加油，争取早日取得胜利，平安回家。"

下班了，返回驻地前我又仰头看了看那棵玉兰，希望玉兰花开之时，战斗胜利的号角吹响中国大地每一个角落。

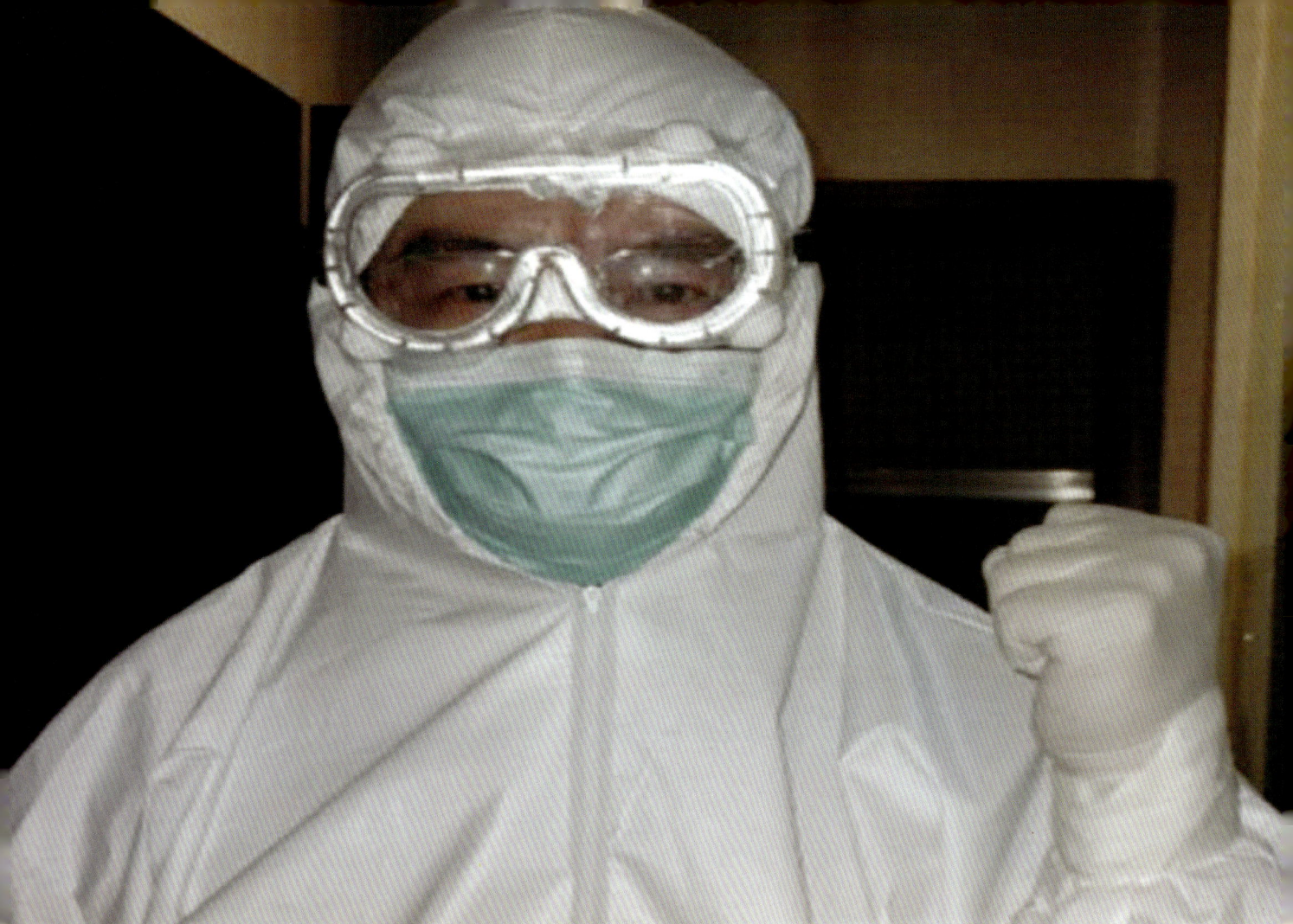

战"疫"日记

用"心"驰援　战胜疾病

时　间：2020 年 2 月 15 日

地　点：湖北襄阳市中心医院

记录人：宁夏回族自治区宁安医院　徐卫国

人民网
people.cn

用"心"驰援　战胜疾病

雨夹雪，微冷。我按照要求到襄阳市中心医院进行了胸部CT、抽血化验的体检，然后就是再一次的防护服穿脱训练和考核。下午对医院的几名心理咨询师进行了危机干预原则的培训，现场演练了具体的干预技术，他们都表示受益匪浅，我们建立了微信群以便随时督导。

忙完培训，我们便乘坐医院通勤车前往东津院区接洽工作。东津院区是襄阳市中心医院的新院区，计划今年上半年投入使用，新冠肺炎疫情发生后临时改造作为集中收治确诊病人和疑似病人的定点医院，目前共有300多名确诊病人和近300名疑似病人。我们分配到这的9名护士直接到不同病房工作，5名医生根据特长分配到5个病区。我的任务是对18个病区内有情绪障碍的确诊或疑似患者进行心理干预。和几位主任沟通后，实地进行了从清洁区进污染区再进病区的流程，真心感到在这里面工作的不易。一位医生说自己虽然防护得很好，但仍然担心万一被感染，会传染给家里的小孩子，所以下班都不回家，而是在医院值班室睡觉。

回到驻地后已是晚上6点，工作人员送来了晚饭，边吃饭边和辽宁救援队的心理科主任王哲交流，谈了如何整合两家救援队的资源进行心理救援工作，交流了这两天中的一些经验，为近几天工作的顺利开展打下基础。

医院办公室的王主任给每位队员购置了暖贴和暖手宝，她说："你们辛苦了，屋子冷又不能开空调，有什么生活需求一定要给我们讲。"满满的感动。我们还没做多少工作，他们却时时刻刻为我们想得那么周到。灾害无情人有情，宁襄人民心连心。

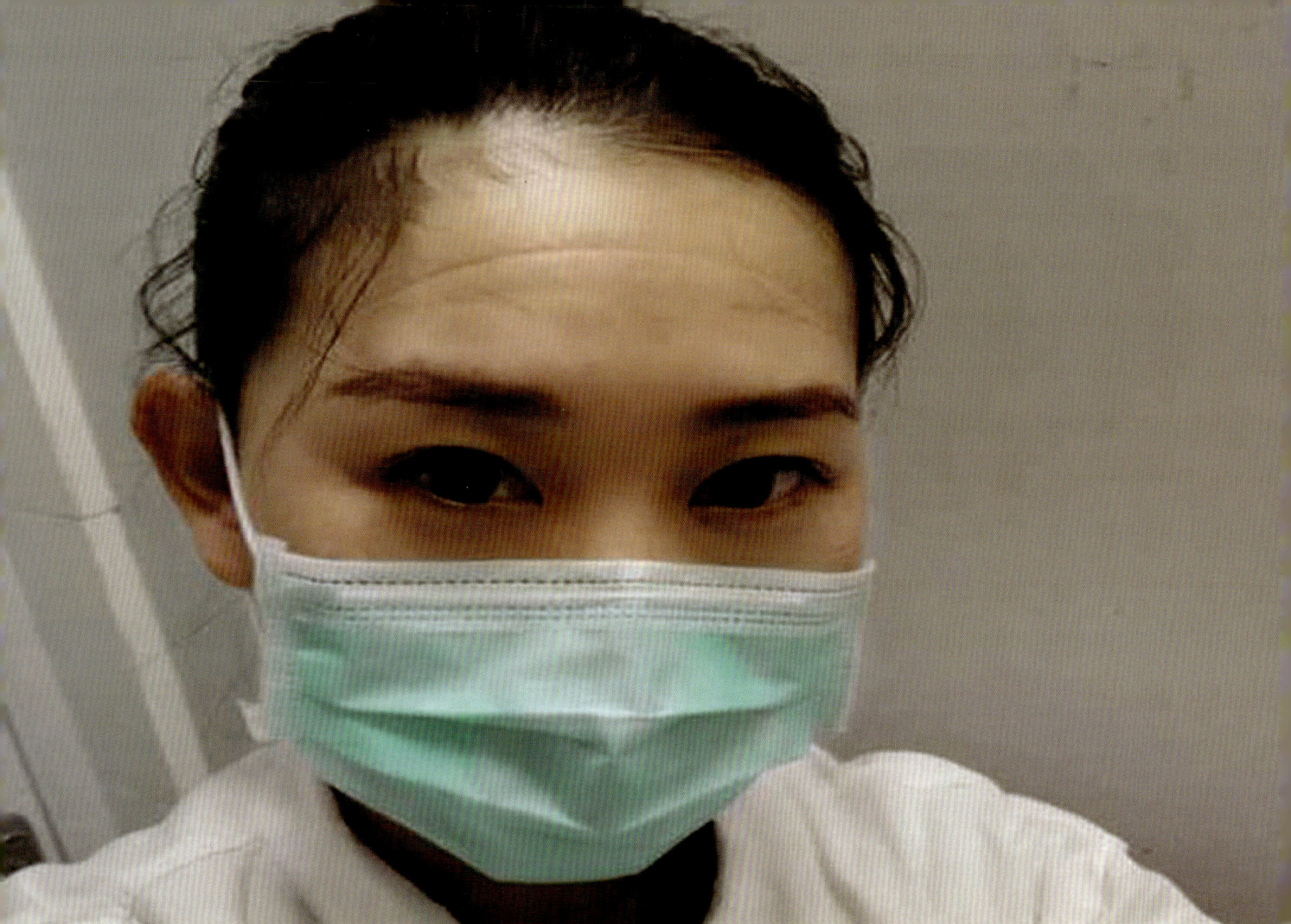

战“疫”日记

选择逆行，只愿山河无恙，
人间皆安

时　间：2020 年 2 月 16 日

地　点：湖北襄阳市传染病医院

记录人：宁夏回族自治区第五人民医院　王雪

选择逆行，只愿山河无恙，人间皆安

今天第一天下病房，早上到达医院与三病区护士长交接，然后等待着护士长给我们排班。当她通知我今天晚上来上大夜班时，我心里咯噔一下，忽然有些莫名的紧张和忐忑，问自己：我可以吗？我可以坚持下来吗？

可以，一定可以的，要相信自己！

护士长嘱托我要吃好穿暖，好好休息。回去躺在床上辗转反侧，不知不觉闹铃响起，迎着风，背着月光，走在去医院的路上。我在想，还有多少人和我一样逆行而上，只愿山河无恙，人间皆安。

到了更衣室小心翼翼地换衣服，尽管我们培训练习了很多次，可是心里还是打鼓，不确定自己会不会做得很好。换好衣服后，见到了今晚和我一起上夜班的两位老师，还有我们上小夜班的李玲护士长，她亲切地在一旁给我叮嘱着，两位老师指导我穿上一层又一层的防护服。从戴上口罩开始，呼吸就已经有些许费力，这跟我们练习的时候完全不一样。在狭小的更换间里，我们全副武装，此时，穿上防护服大概有十分钟了，身体发热，护目镜里开始有雾气，用鼻子呼吸根本不行，我都是用嘴巴呼气。

与小夜班的老师做了交接工作后，拿上东西开始查房，三分之一的病房转下来我已经觉得自己像个热锅上的包子了。有个病人要体温计，老师要重新给她拿一支，让我等她一下。我转身慢慢走向楼道的窗口，看着窗外的黑夜，顿时觉得我的选择是对的，我们每一个人的付出也是值得的。

希望我们医疗队的到来能让他们的工作强度降低一些，能让病人得到更快更好的护理，希望我们无人的街道能够早点回归喧闹，让每一个城市都重新绽放属于它们的璀璨华丽。

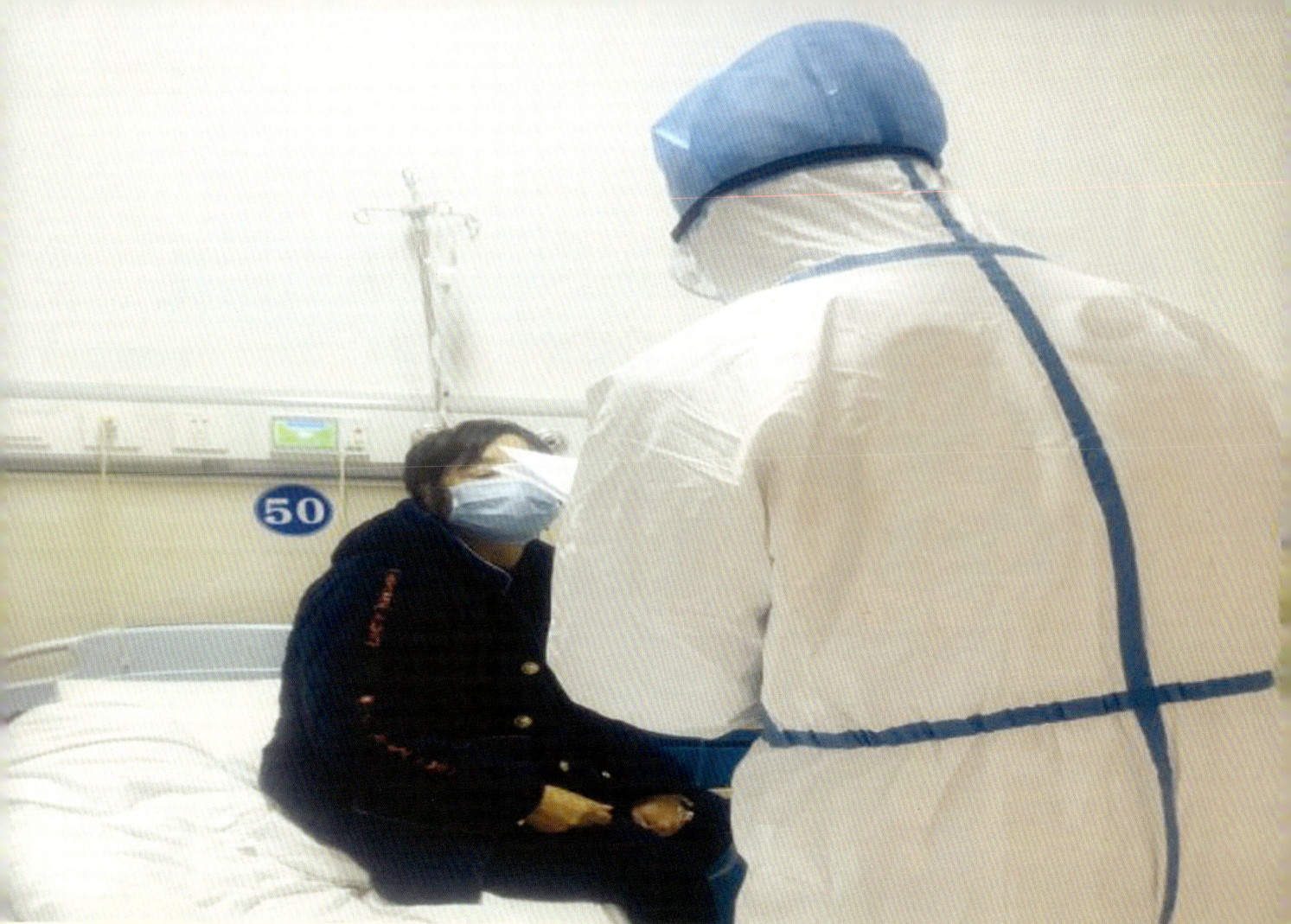

战"疫"日记

患者发微信感谢给了我巨大信心

时　　间：2020 年 2 月 16 日

地　　点：湖北襄阳枣阳市第一人民医院

记录人：宁夏回族自治区第五人民医院　关骥

people.cn

患者发微信感谢给了我
巨大信心

刚到医院，我看到以西医为主的治疗方案，担心中医治疗得不到特别支持，心里还是有点忐忑。经过几天的熟悉环境后，在业务院长王万林的牵头下，中医治疗参与了进来。

第一位接受中医治疗的患者，于1月23日发病，以发热为主要症状，经过10天按照诊疗指南的治疗，情况基本稳定。2月3日，病情反弹，体温最高38.7度，饮食一般，伴有轻度咳嗽，其余无特殊症状，观看舌苔，白腻。抱着沟通的态度，我问他愿不愿意口服中药，中西医一起来治疗。没想到患者欣然接受，这给了我一点信心。按照和院长讨论的院内1号方，开出了三剂，嘱其一天三次服用。

第二天交班，询问病情，患者夜间体温再次反弹，这个消息使我有点担心，体温没有想象中那么快降下来，依旧波动，再次嘱其继续口服中药，两天连续服用三剂，之后改用院内2号方。2月6日夜间，患者体温稳定在了37度。总算看到了希望，查房时发现患者出现了出汗、乏力、咽喉痒的症状，咳嗽减轻，舌质出现薄黄腻苔。患者服用了6服中药，发热控制住了，却出现了更多的症状，我内心有些许不淡定。这时患者却主动要求继续口服中药，并告诉我："相信中医，恳请调理调理。"患者的这份信任，使我忐忑的内心平复下来。仔细思考，患者发病已经15天了，出现了气虚的症状，从问诊和舌象情况来看，在之前的基础上，加入了补气和温中的药物。大量补液和清热解毒药物伤及脾胃阳气，因而此时在攻克祛邪的基础上予以顾护脾胃。

2月11日，晨起查完房后，患者诉咽痒症状消失，乏力、出汗缓解，病情相对稳定。

2月15日，患者出院，上述症状好转，微信发来感谢，我回复："谢谢你的配合，也是我俩的医缘，你选择相信了中医，相信你能康复。"

面对这份鼓励，我更加自信，我会在未来更好地救治每一位患者！

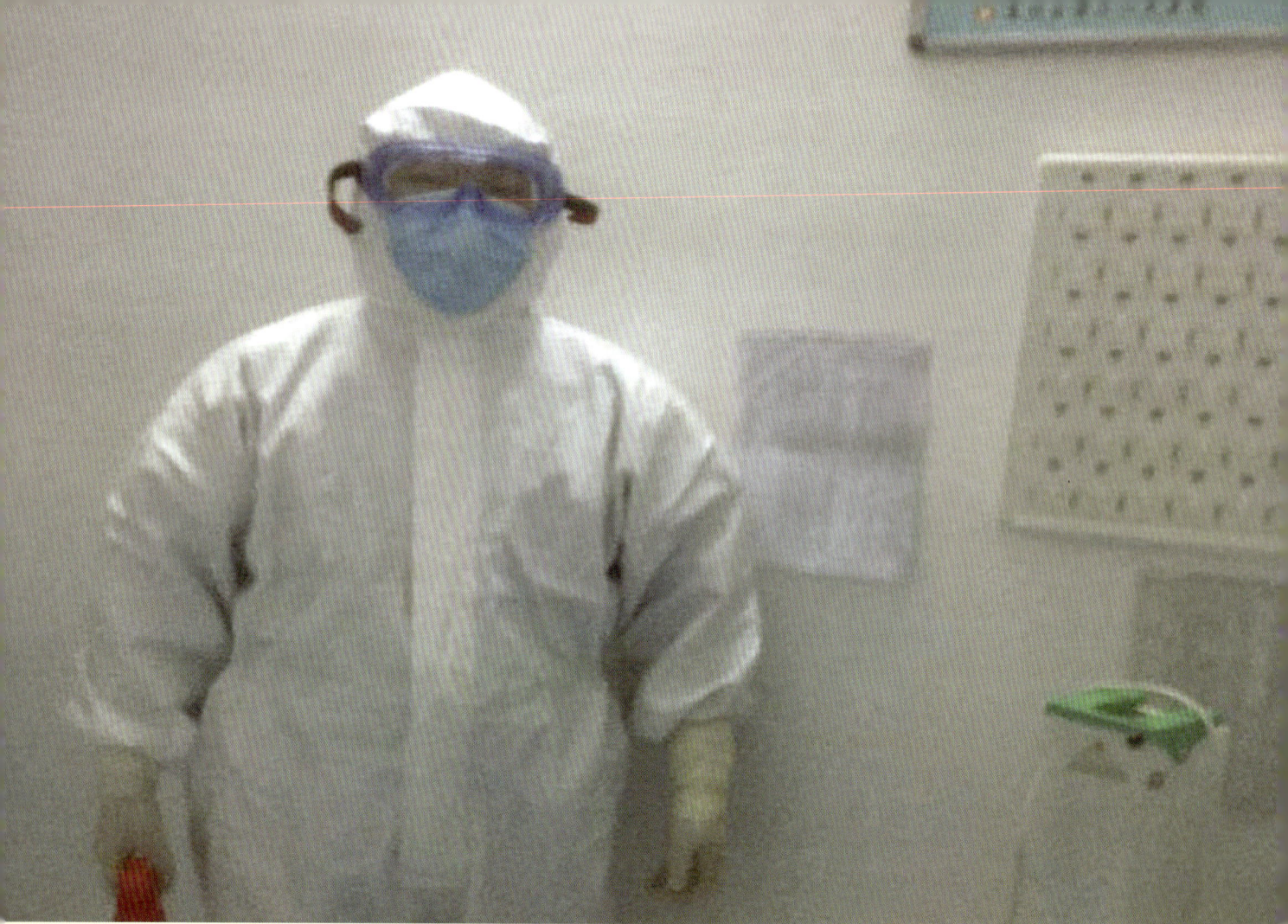

战"疫"日记

不胜利，决不收兵

时　间：2020 年 2 月 16 日

地　点：湖北襄阳市襄州区第二人民医院

记录人：宁夏回族自治区人民医院　李凯

不胜利，决不收兵

在到襄阳之前，我已从事护理工作11年。在这11年的护理工作中，我慢慢地从一名护士，逐渐成为科室的护理骨干，年度平均完成急危重症抢救护理3500人次。

新型冠状病毒引起的肺炎暴发后，我主动报名参战支援湖北。在这16天的战斗日子里，我每天都在确诊病房从事护理工作，和当地护理同仁一起共同抗击疫情，虽然条件艰苦，但是我们努力拼搏、不怕吃苦、团结一心、坚守岗位、无私奉献，同时间赛跑、与病魔较量，冒着生命危险积极奋战在疫情防控第一线。

目前我所在的病区共有35名确诊患者，由我负责的患者共14名。每天，我都会为一些行动不便的患者洗头洗脸，给他们鼓劲，因为我相信，干净的环境，更有利于他们的康复。对一些康复较好的患者，我会坚持让他们吹气球，来锻炼他们的肺活量。我还鼓励患者下地活动，在床边做高抬腿运动，锻炼下肢，预防血栓。在高抬腿时，血液会迅速回流到身体的其他部位，促进血液循环，激发人体的潜能，可增强肝脏和肾脏的解毒排毒效果。

宁夏支援湖北医疗队的医护人员和襄阳人民一起，共同战"疫"，不胜利，绝不收兵。我相信，春暖花开的日子已经不远！

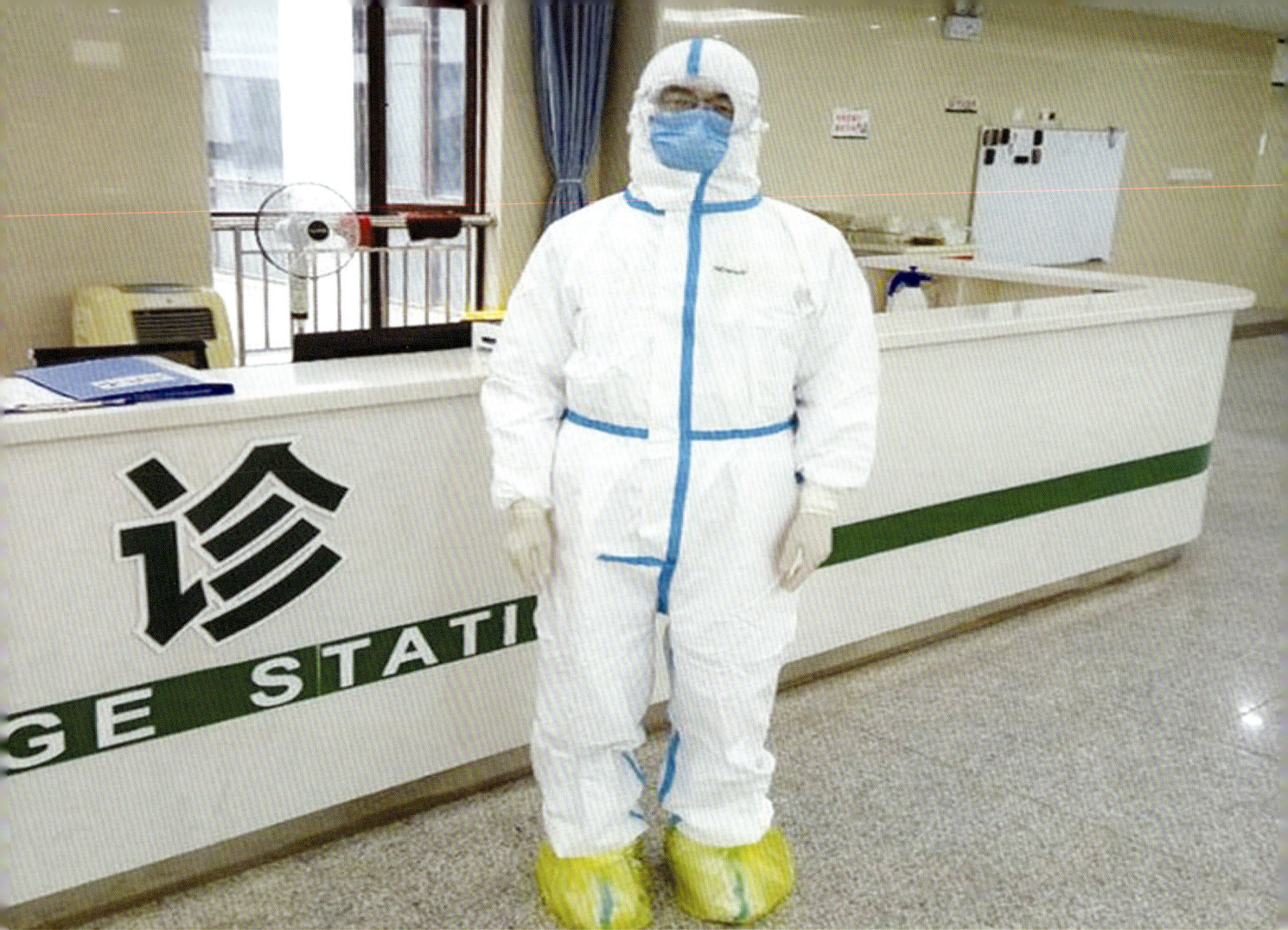

战"疫"日记

我是一名党员，在这个春天绝不缺席

时　　间：2020 年 2 月 17 日

地　　点：湖北襄阳市中心医院

记录人：宁夏回族自治区第五人民医院　马吉杰

人民网
people.cn

我是一名党员，在这个春天绝不缺席

不知不觉我已经来襄阳20天了，现在已渐渐适应了襄阳的生活方式和工作节奏。连续的工作令我有些疲惫，但是每天看着自己管床的患者治愈出院，心里有说不出的高兴。今天科室转来了一位79岁的老奶奶，每天晚上她都会胸闷气短，多次复查心电图，心梗三项都正常，病人目前血压不高，但从病人的临床症状来看，病情好像不是那么简单。我再次仔细查看病人的化验单，发现其中一项D-二聚体很高，赶紧向上级医师汇报，然后给病人做了增强CT，CT提示"肺栓塞"。病因终于找到，这时候襄阳市中心医院的医生向我竖起了大拇指。

记得第一天穿上防护服，戴上护目镜上班，什么都看不清，连呼吸都很压抑，走进病房，说不紧张不害怕都是假的。但我清楚地知道，我不仅是一名医生，也是一名党员，在这个战"疫"的春天绝不缺席。

风雨过后总会见彩虹，暖暖的阳光透过病房的窗户洒在了老爷爷、老奶奶的脸上，更是照进了每个人的心里。我将继续奋战，同时间赛跑，守护每一位患者的身体健康，打赢疫情防控阻击战！

听说襄阳的春天很美，让我这个来自西北的汉子特别期待，相信在不久的将来我们都会自由地呼吸，尽情享受美丽的春天。

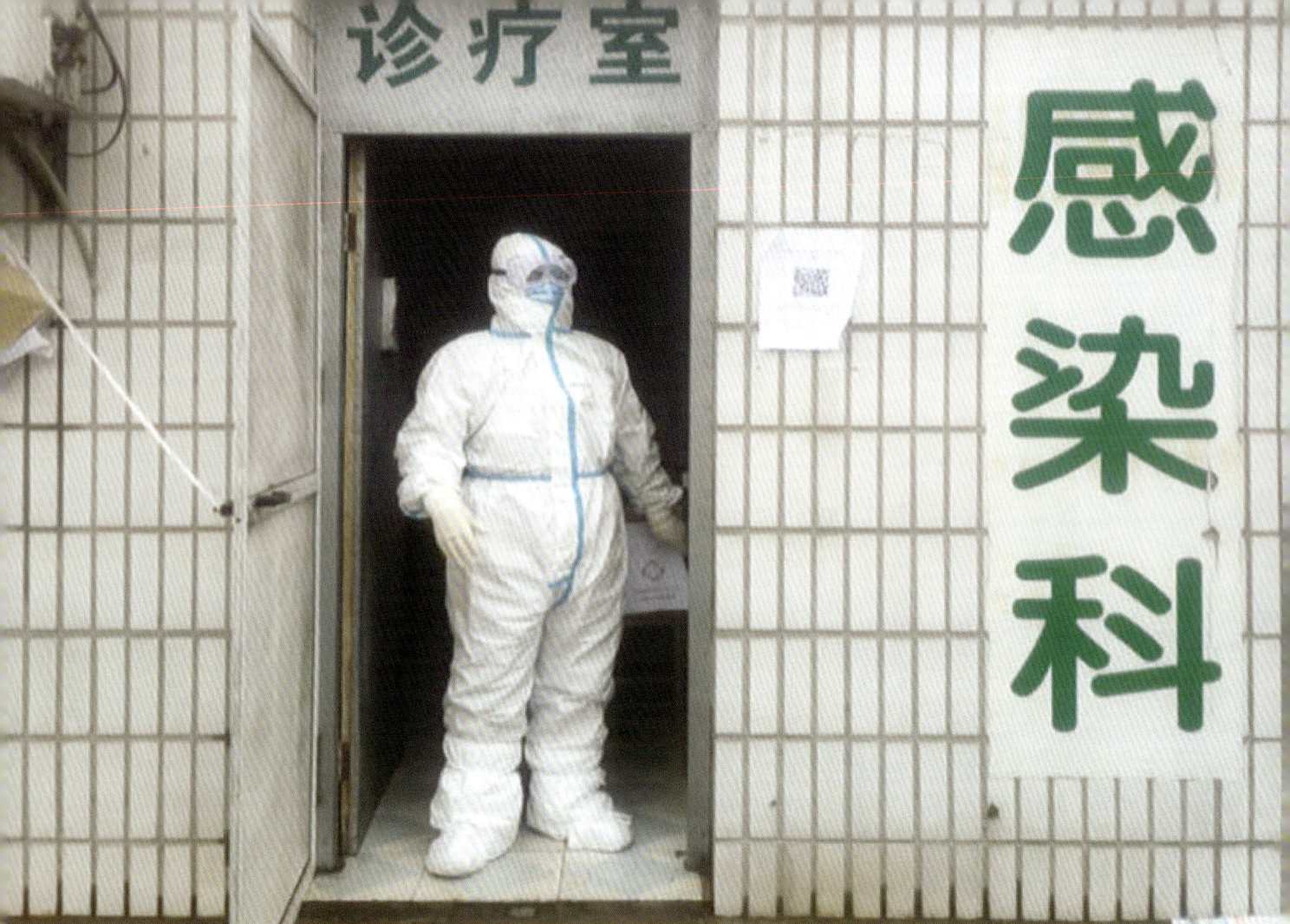

战 "疫" 日记

化身夜空中最亮的 "星"
曙光定如约到来

时　间：2020 年 2 月 18 日

地　点：湖北襄阳市中西医结合医院

记录人：宁夏回族自治区第五人民医院　刘昌龙

化身夜空中最亮的"星"
曙光定如约到来

我随第三批宁夏支援湖北医疗队到达襄阳已近一周。经过紧张而又系统的岗前培训后，我们快速地融入了抗击新冠肺炎疫情的工作当中。我分配到了襄阳市中西医结合医院的发热门诊，参与门诊的常规诊疗工作。

对工作逐渐熟悉之后，今天是我上的第一个大夜班，我要在深夜2点至早上8点独自完成对夜间就诊发热患者的诊治。尽管我早已将第五版的诊疗指南熟记于心，但内心仍不免有些紧张。白天我做了充分的准备，一遍遍地练习防护服的穿脱流程。晚上躺在床上，脑海中不断思考和模拟着不同发热患者的诊疗过程。

前半夜短暂的休息后，深夜1点我便从驻地出发，我想早些换下已经在隔离衣下工作了六个小时的战友。独自走在这孤寂的街道上，看着被疫情笼罩的城市，我的脚步格外沉重。

一阵微风吹过，我抬头看到云层中透过的点点星光。想到全国各地捷报频传，想到一线防疫人员的辛勤付出，想到患者出院后真诚的笑脸，想到远方同样在医疗一线工作的妻子。我想我们每个坚守在一线的医务工作者都是这夜空中的一颗星，为这漆黑的夜带来点点光明。

我相信阴霾终将散尽，我相信满天繁星会照亮夜空，我相信明天会是晴空万里，我相信人间会再次春暖花开，我相信曙光定如约到来。

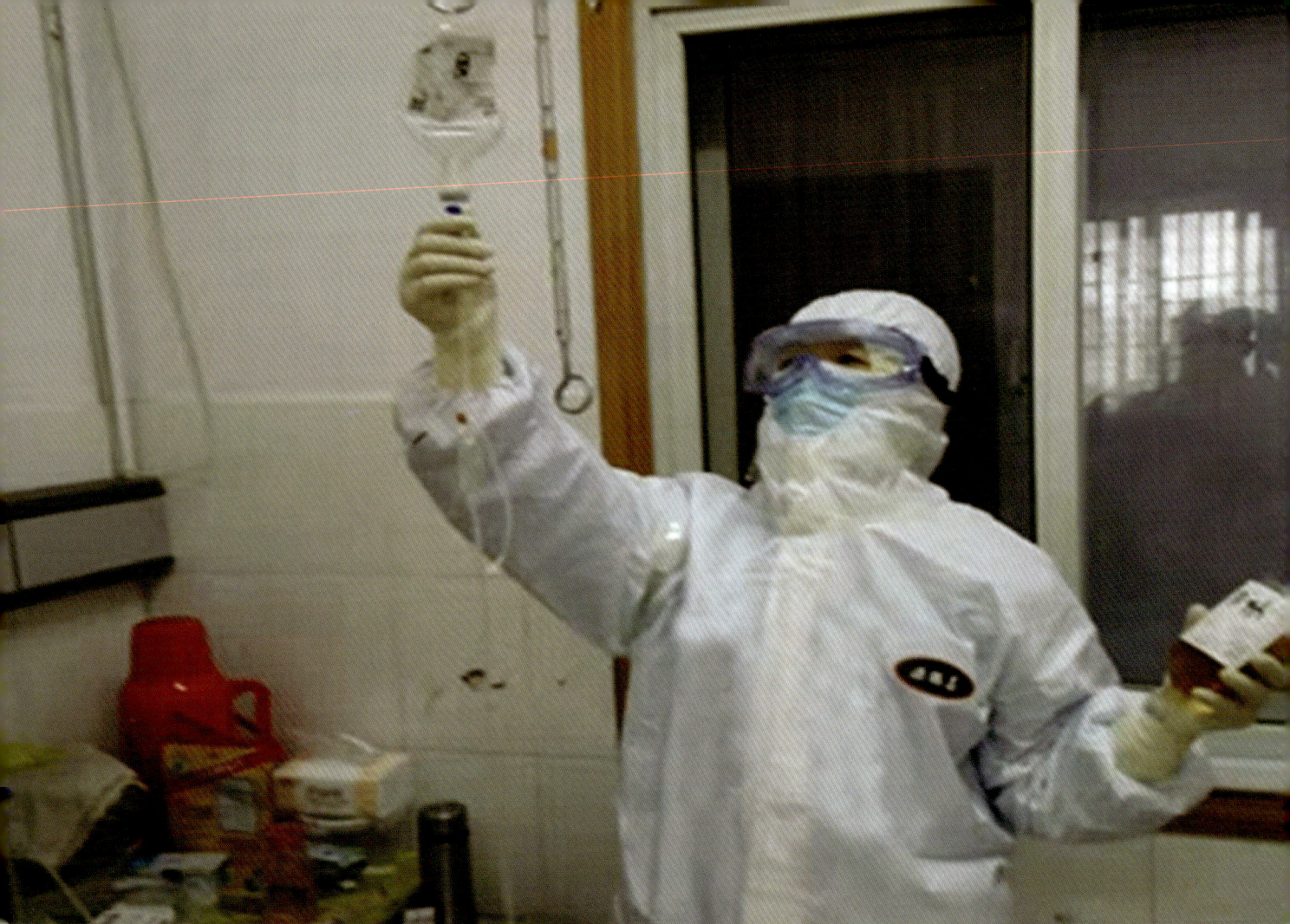

战"疫"日记

等再见到你们，春暖花开去踏青

时　间：2020 年 2 月 18 日

地　点：湖北襄阳枣阳市第一人民医院

记录人：宁夏回族自治区第五人民医院　杨桂红

人民网
people.cn

等再见到你们，春暖花开去踏青

来这边已经20多天了，我有些想念家乡留守在骨科神经外科的战友们了，借此信以表达我对你们的思念。

因通知紧急，准备仓促，我匆匆坐上了抵达武汉天河机场的专机，没来得及和你们一一道别，抱歉哦！到达对接的枣阳市第一人民医院后，市委领导和院领导看望了我们，询问我们各方面有什么困难，也对我们不远千里支援枣阳抗击疫情的精神给予了赞扬。我们入住指定的宾馆，分发随机带来的物资用品，进行了严格的理论和操作培训，并在考核后，于1月31日进入病房工作。初进隔离病房，我面对新冠病人，真的有点担心，护士长和老师们对我们很友善，为我们讲解工作流程，讲解如何做好防护，带我们熟悉隔离病房环境等，陌生感一下子就被消除了。在隔离病房里，穿着厚厚的防护服，老师们总是关切地问有没有哪里不舒服，而我总能够坚持和他们一起走出隔离病房。护士长排班也很人性化，保证大家能得到充分的休息。

生活上，枣阳市政府、医院领导给予了我们最好的照顾，一日三餐换着花样做，保证膳食均衡，还给我们过了一个"不一样"的元宵节，让我们吃上了甜甜的汤圆。还有我们后方家乡的父老乡亲，援助给我们各种生活用品：房间里冷，他们送来了电热毯和"小太阳"；为提高免疫力，他们送来了牛奶和宁夏特产山羊奶、蛋白粉、各式水果等。特别是我们总领队"郝妈"和联络员"王爸"不辞辛劳，奔波在每一个支援医疗队之间。晚上9点多了，组织送来了家乡的"羊杂"和"手抓"，鼓励大家一番便又匆匆赶往下一个医疗队，我们目送车队远去，心里满满的感动。

近日，自治区党委常委、宣传部长李金科，区卫健委巡视员赵正生及枣阳市刘国清市长一同来到宾馆慰问了我们，了解我们疫情防控和救治工作、生活保障及家里的基本情况等，对我们结下的枣宁友情和无私奉献精神给予了高度赞扬，希望我们继续发扬大爱无疆的精神，不怕苦，不怕累，打好疫情阻击战。我们还收到了石嘴山市卫健委党组书记、主任蒋宁生的慰问信，信中鼓励我们砥砺前行：你们毅然逆行到最严峻的战场，以行动践行初心，以实干诠释使命，全市人民牵挂着你们，希望你们确保自身安全，做好防护，全面完成任务，早日凯旋。

亲爱的朋友们，在湖北，在枣阳，我不是一个人在战斗，有我们团结一心的15名战友，有枣阳奋战在一线的医务工作者，有各级领导，更有家乡的你们，疫情隔不断的是爱，我在他乡挺好的！放心吧，等再见到你们，春暖花开我们相约，一起去踏青！

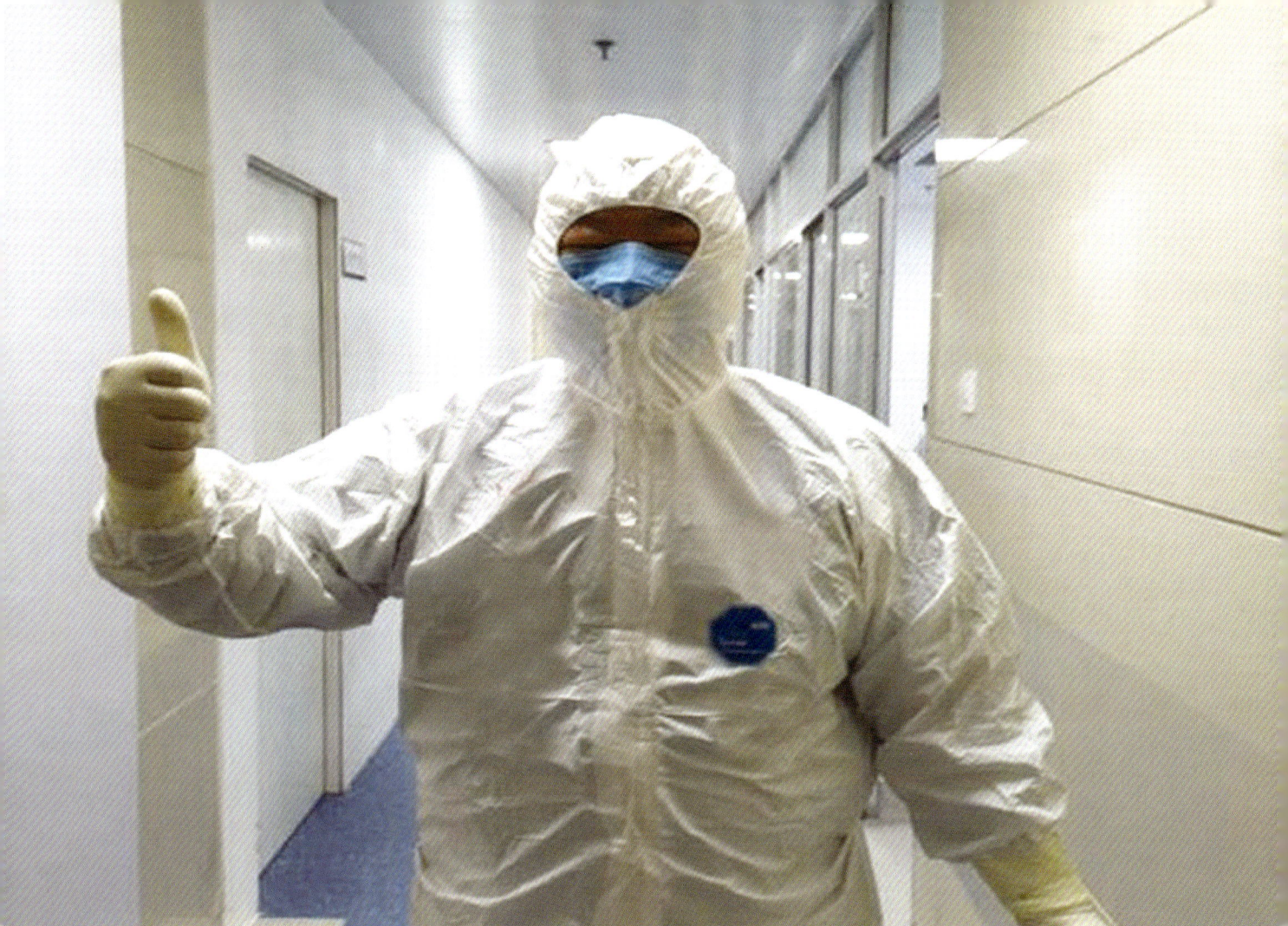

战"疫"日记

我们全力以赴，对你不离不弃

时　间：2020 年 2 月 18 日

地　点：湖北襄阳市中心医院

记录人：宁夏回族自治区人民医院　冷万军

人民网
people.cn

我们全力以赴，对你不离不弃

昨晚是我第一次在襄阳市中心医院发热病房值班，这里收治的是疑似病人。我穿好层层防护服，走进病房，了解住院病人情况，病房的工作任务并不像我想的那么轻松，平时几分钟能完成的工作，现在得花半小时甚至一小时才能完成，每个疑似病人都是单间隔离的。

刚进病区就新收了6名发热病人，给我印象最深的，是一位51岁的男性患者，由护士搀扶着缓缓地走入病房，测体温39度，喘息气短明显，一句话得停下来几次才能说完整，胸部CT显示病毒性肺炎不除外，病人情况还是比较严重的。我迅速检查病人的情况，给予对症处理后病人情况平稳下来，1个小时左右，核酸检测显示阳性，确诊是新型冠状病毒引起的肺炎。我们迅速联系确诊病房，第一时间将病人由疑似病区转到重症隔离区。

转移完重症病人后，接着查看其余的病人，回想这一晚查看病人的全过程，我们的工作不能有一丝的马虎，我们要认真认真再认真，速度速度加速度。虽然我们这里是疑似病区，但每一个疑似病人都可能是确诊患者，我们的任务是不放过每一个确诊病人，帮助疑似病人排除心理焦虑。使病人得到有效的救治，是我们的责任。

希望每位病友增强战胜病魔的信心，我们会时刻守护着你们。全力以赴，不离不弃。同时感谢每一位在我身边协同作战的战友。你们辛苦了！胜利一定属于我们。

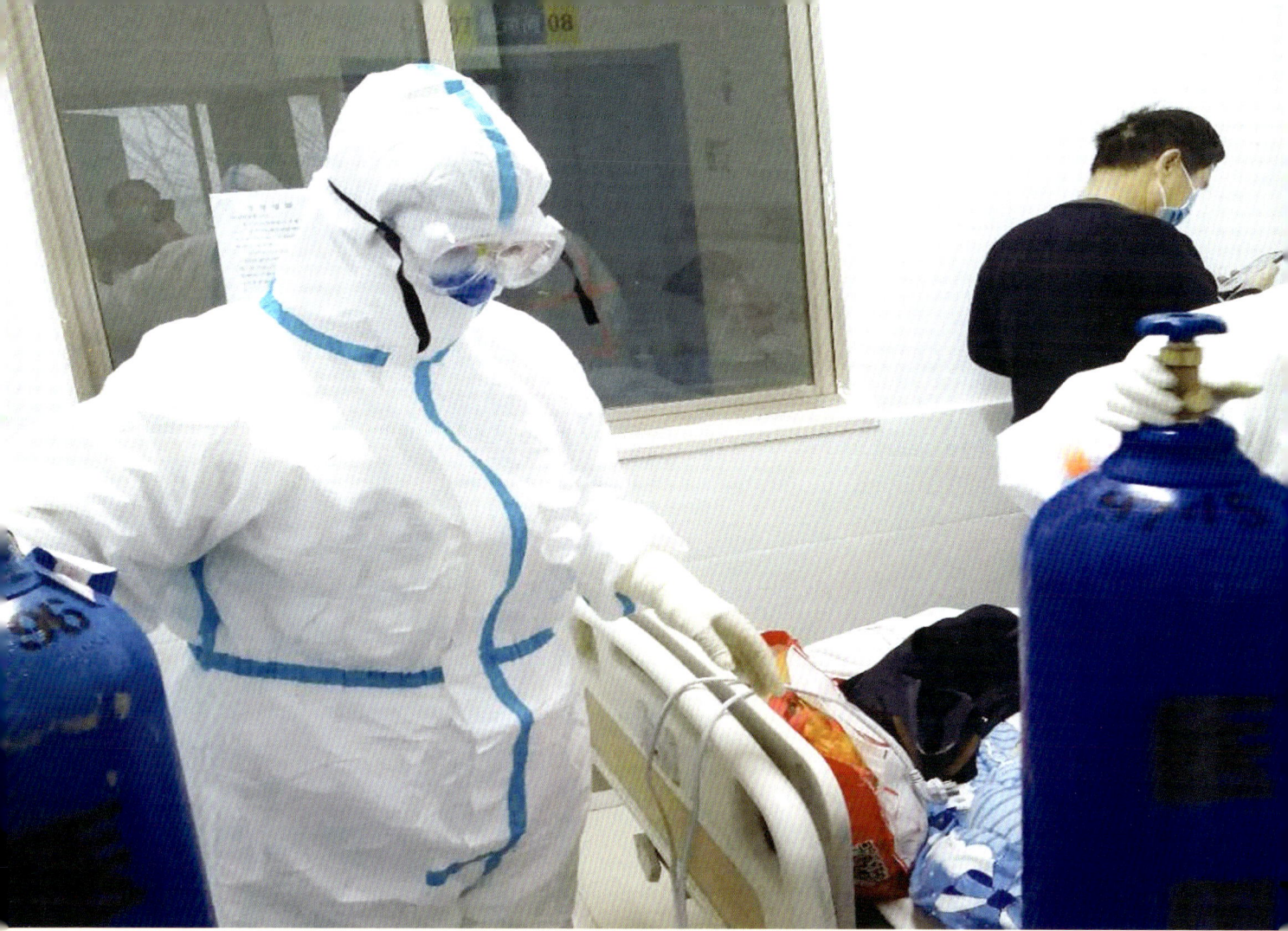

战"疫"日记

有时治愈，常常帮助，总是安慰

时　间：2020 年 2 月 19 日

地　点：湖北襄阳市传染病医院

记录人：宁夏回族自治区第五人民医院　刘艳丽

有时治愈，常常帮助，总是安慰

时间过得飞快，转眼间我已经来到襄阳市传染病医院7天了，我们宁夏第五人民医院护理组在传染病医院的工作都已走上了正轨，我们也已经逐渐适应了从没有经历过的新的工作、新的环境。

按照要求，护理组接受医院培训，穿脱防护服，晚上我们在各自宿舍学习各种院感的防护知识。大家觉得自身的院感知识不足，就将我们的需求告诉院长，院长知晓后立即组织院感科梁科长给我们答疑解惑。进入科室后，为了保证所有队员的安全，我们再次请科室的护士长及有经验的护士按照标准的流程对我们培训，一个细节一个细节地进行指导。

王晶护士，为了让患者有一个清洁舒适的环境，不怕辛苦地一个人对病区长长的走廊进行清扫。患者们很感动，感谢我们宁夏的护理人员辛勤付出，其间一些症状轻的患者还主动过来帮忙。在夜间巡视病房时，有一位老大爷坐在床边不睡，经过询问得知，老人家很担心自己的病，也很想念自己的家人，睡不着。这样的老人和我们的父母一样，换作任何一个人都会在这样的黑夜中感到孤独、恐惧，他们太需要我们的关爱和帮助了。我主动地加入病友群中，即使我们不能面对面，但是我们可以通过网络进行沟通，倾听他们内心的烦闷，做他们在病房的亲人，精神上的寄托！这可能就是"有时治愈，常常帮助，总是安慰！"。

进到群里后，简单的几句问候，都能让患者们情绪高涨，我感受到他们很开心，大家有了希望，有了信心！患者们绽放笑容，是我们护士姐妹最想看到的事情了！

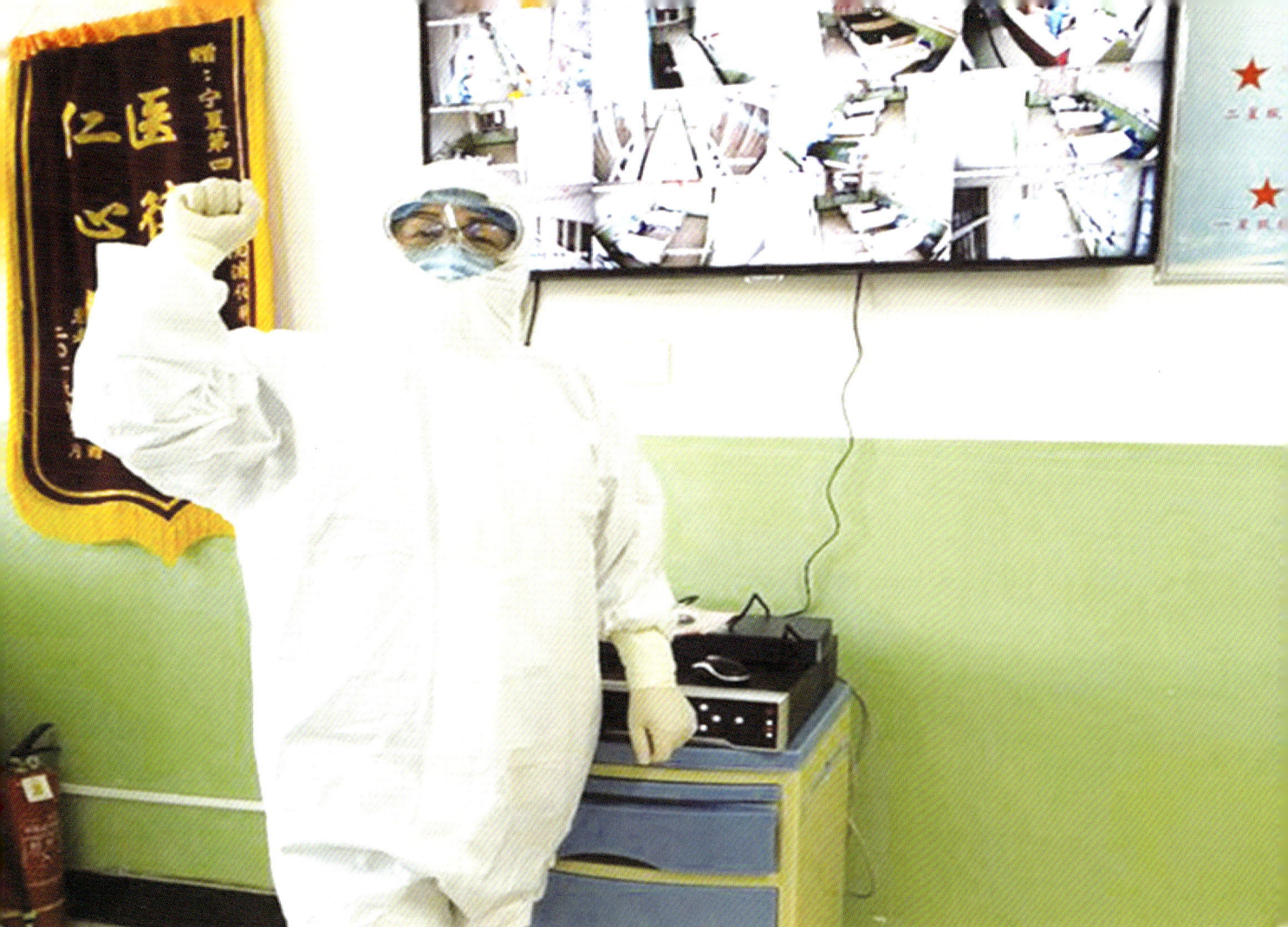

战"疫"日记

一个人安全不是安全，大家安全才是安全

时　　间：2020 年 2 月 19 日

地　　点：宁夏回族自治区第四人民医院

记录人：宁夏回族自治区第四人民医院　常改芝

人民网
people.cn

一个人安全不是安全，大家安全才是安全

天刚亮，闹钟声就把熟睡的我吵醒，想想今天是进入隔离病房第十二天。匆忙起来洗脸刷牙后，到四楼领来稀饭喝了几口，真想多喝点，但我又不敢喝，进入隔离病房要待六小时，喝多了坚持不下去。

我一看表7点10分，赶紧走，快迟到了，我亲爱的战友们马上要进入战场了，我要赶紧去，赶在他们前面做准备。我在心里对自己说："加油，我一定行！"就这样，我新的一天开始了。首先要给每一位战友监测体温，再帮助他们穿防护服、戴口罩、帽子、眼罩、面屏，并在防护服上写上他们的名字。大概需要半个小时，当班医护人员的装备才能全部穿好，等把他们都安全送进隔离病房后，我自己再开始穿防护装备。

随后，我来到护士站，首先要对昨天下班后没有被监控到穿脱防护服的人员进行24小时视频监控督导，发现问题及时与本人或其同宿舍的人员交流，为的是及时反馈，及时纠正错误，以免出现手消时间不够，增加被感染的风险。确保每一个医护人员按流程走，为的是让大家全部做到安全有效防护。上午11点多，我进入病房，查看今天病房的清洁、消毒隔离措施是否做到位了，医疗废物是否处置了，病房的医疗垃圾是否收了，医疗废物收集的车是否按时到了。

临近下午2点，早班的医护要下班了，我要对他们脱防护服进行全程监督，以确保安全。我经常告诉大家，院感科工作虽然琐碎，但细节决定成败。做好医务人员防护是医院感染控制的重中之重，一个人安全不是安全，大家安全才是真的安全。医院感染防控是头等大事，我亲爱的战友们，你们的安全是我们最大的心愿。我相信我们一定能打赢这场没有硝烟的战争，大家一起加油吧！

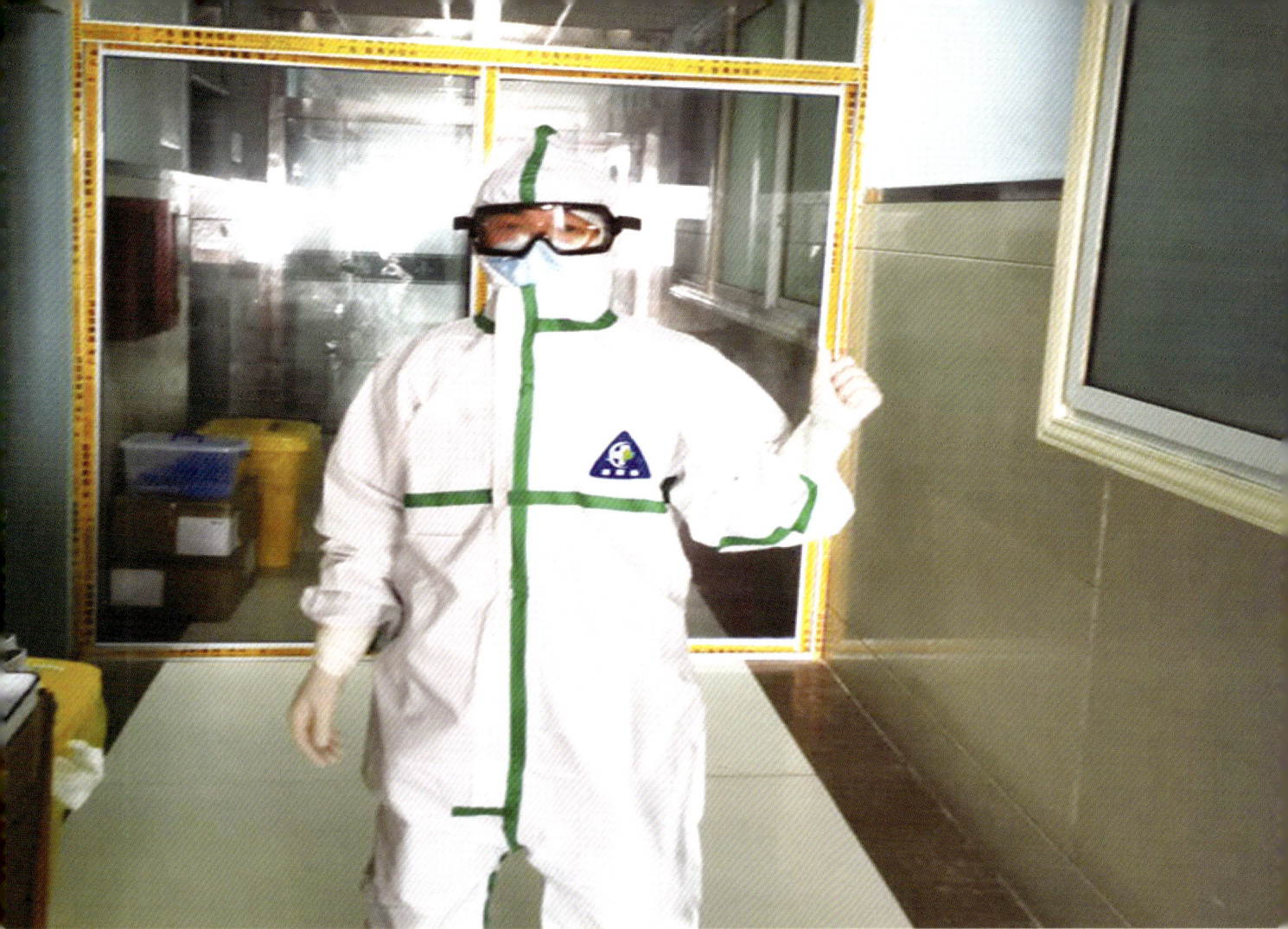

战"疫"日记

援驰千里斩新冠，留得真情在人间

时　间：2020 年 2 月 19 日

地　点：湖北襄阳枣阳市人民医院

记录人：宁夏回族自治区人民医院　刘辉

people.cn

援驰千里斩新冠，
留得真情在人间

来到枣阳市20多天了，我们受到了枣阳人民的热烈欢迎和细心关照，市领导、院领导几次前来看望，科里的同事关怀备至，老百姓对我们也很热心，路上骑电动车的快递小哥遇到我们都要停下来打声招呼，还有许多来自社会各界的亲切关怀。医疗队领队郝局长和王处长经常来慰问我们。最近自治区的领导也来看望我们。这一切让我深感责任重大，定当不忘初心，践行使命。

今天收到一首打油诗：庚子年初新冠滥，贺兰仙子不畏险。援驰千里斩新冠，留得真情在人间。这首诗是我爱人的同学写的，他的老家在枣阳，本人远在东部战区海军部队工作，心中牵挂家乡父老，十分感谢宁夏人民对枣阳的大力帮助。

收到这首诗，我很感动。他们是用钢铁身躯保家卫国的战士，我们是用医学技术治病救人的战士，一个保卫国家，一个保卫健康，我们坚守在不同的岗位，在这场没有硝烟的战"疫"中，并肩作战，不畏艰险，共同守护人民群众生命安全和身体健康。

作为医疗队第一批队员，我们会保持昂扬的斗志、旺盛的精力和健康的状态，继续坚守在前线。

胜利终将来到！

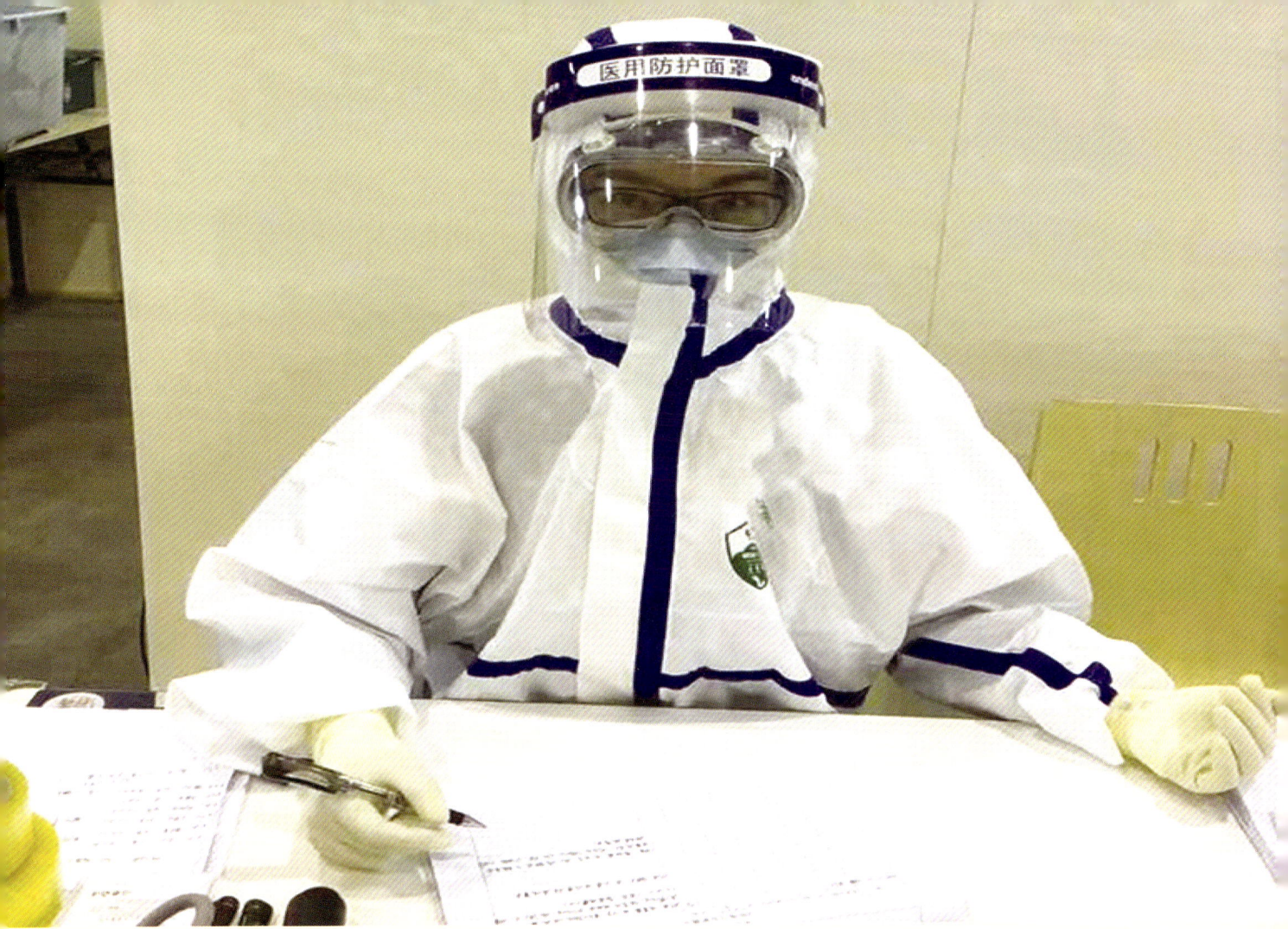

战"疫"日记

进舱后头晕想吐，为了不浪费防护服我必须坚持

时　间：2020 年 2 月 21 日

地　点：湖北武汉方舱医院

记录人：宁夏青铜峡市人民医院　樊瑞

人民网
people.cn

进舱后头晕想吐，为了不浪费防护服我必须坚持

2月4日14时25分，当我得知医院接到了宁夏回族自治区卫健委组建新一批医护队支援湖北的消息后，我立即报名参加，随后得知医院的护士姐妹们都争先恐后报名，不到半小时名额就满了。时间紧急，晚上6点集合，大家要乘晚上9点的飞机前往湖北。于是，我赶紧与同事交代了科室的工作，跑回家简单收拾好行李，匆匆与家人告别。

我三岁十个月的女儿小糖果，平时乖巧懂事，每次上班前她都会说："妈妈，再见。"可那天不知怎么了，当我临出门的时候抱起她，与她说再见时，她的小脸上眼泪哗啦啦的，还一把搂住我的脖子说："妈妈，我不让你走。"听她这样说，向来勇敢的我也禁不住泪流满面。我在想，小小的孩子能懂什么呢？难道她知道妈妈要去危险的地方吗？时间太紧，顾不得多抱女儿一阵，我亲吻着她的额头和小脸，告诉她要听话，然后硬是把她的一双小手从我的脖子上拿下来，把她塞给家人，提上行李转身往外跑。此刻，我心里想：我的宝贝，妈妈唯一能做的就是能够成为你学习的榜样。

作为一名共产党员、一名护士，特别是一名急诊科的护士，我没有豪言壮语，只有实际行动，因为我有责任、有义务，前往湖北支援。

到达武汉以来，我们支援湖北的医疗工作开展顺利，所有队员身体健康，斗志昂扬。经过5天紧张而有序的培训，姐妹们认真练习，一遍遍洗手，一遍遍穿脱防护服，为的就是降低被感染的概率。为了让大家更好地掌握穿脱防护服的方法，宁医附院的老师不厌其烦地做演示，详细讲解，甚至细致到身体应该是前倾还是后仰。大家分组练习，拍视频，讲要领，强化训练，最终大家熟练掌握了防护服的穿脱方法，这样做的目的就是保护好自己，保护好战友，做到零感染，打胜仗。

姐妹们心爱的长发全部剪成了短发，并剃掉了鬓角和后脑勺的头发，不让一丝碎发掉下来，尽可能不让一根头发被感染。加强防护，减少隐患，一旦有人被感染，那我们就是打了败仗，给国家带来麻烦，还连累战友。

2月9日下午2点25分接到晚上要进"舱"的通知，队员们的心情既兴奋又有点胆怯，当晚是我们进入方舱医院的第一个班，工作时间为深夜3点到早上9点。做好一切准备工作后，我们抓紧时间休息，夜里12点半被闹钟叫醒，快速洗漱完毕，1点20分我们整装出发。

武汉的夜晚很寂静，只有数得过来的接送车辆和救护车，我们就像一支"夜行军"，为了完成我们的使命勇敢前进。来到方舱医院，我们换好防护服后进入"舱"内，开始了我们第一个夜班的战斗。看到病区的病人，我在心里暗暗告诉自己，这就是我们的战场，我们每一个人必须打起精神，打赢这场疫情阻击战，让病人们早日康复，与家人团聚！

忙碌中，时间过得很快，转眼间到早上9点了，交完班，大家陆续出"舱"，出来后已是中午12点。大半夜的忙碌，让姐妹们个个脸色憔悴，说话也没精打采的，脸颊、额头、耳朵被口罩、帽子、护目镜压出了一道道深深的印痕，真是叫人心疼不已。我们互相看着，忍不住笑起来，即便如此，我们也不会后悔，我们知道自己肩上的责任，为治病救人，我们的付出是值得的，我们一定不辱使命，尽我们每个人最大的力量，共同抗击疫情，相信胜利不会太远。

胡丽红是我院护理部副主任，也是我们这次出征的队长。2月9日下午，她被抽调出去与其他几位主任和护士长提前进入方舱医院，安排我们后续的护理工作，回来已是晚上10点了，晚饭都没顾上吃，又叮嘱我们一定要保护好自己，做好个人防护。

本来那天晚上她可以不进"舱"的，队友们也纷纷劝说："主任，你辛苦一下午了，晚上回来又这么晚，已经很累了，就别和我们一起进去了，好好休息吧。"她果断地说："不行，再累我也得和你们一起进去，我把你们9个人一起带出来的，你们在哪里我就在哪里，和你们在一起，我才能安心，我必须把你们每一个人安全地带回去，我不累，我能行。"听到这样的话，我们都沉默了。在这场没有硝烟的战"疫"中，我们一定要克服一切困难，团结一致，努力完成任务。

今天我穿防护服比前几日熟练，速度快了许多。穿着这身战袍，进"舱"后不到一小时我就觉得头痛、头晕、呼吸困难、恶心反胃得厉害，因为层层防护又不能在舱内摘下口罩，这时，感觉胃内食物已涌上了嗓子眼，我站起来深吸了一口气，缓了一会儿，才感觉舒服了一些。虽然筋疲力尽，贴身的衣服已被汗水浸透，但为了减少防护服的浪费，我必须坚持。有位阿姨来找我测量血压，问我："小姑娘，你多大了？你们不是本地人吧？"我说："嗯，我们是宁夏医疗队的。"阿姨就说："你们宁夏医疗队真的太伟大了，感谢你们千里迢迢来帮助我们，虽然听不太懂你们说话的口音，但每天看到你们为我们忙前忙后，嘘寒问暖，我们真的很感动，谢谢你们，等阿姨病好了，下次你来武汉玩，阿姨一定打扮得漂漂亮亮的，开车去接你们到我家来做客。"听到这话，我的眼眶湿润了，多么朴实的话语，我的心里满是感动。本来每天的工作强度就很大，再加上穿的防护服不透气，护目镜工作久了就会出现一团雾气，整个人又热又闷。但听到阿姨的一番话，就觉得我们的付出是值得的，如果我们的付出能换来武汉人民的健康，再苦再累都是值得的。

在这里工作的每一天都很有意义，虽然防护服穿起来很累、很难受，但是我们为爱逆行，防护服隔离了病毒，却隔离不了人与人的真情，隔离不了宁夏与湖北的友谊。

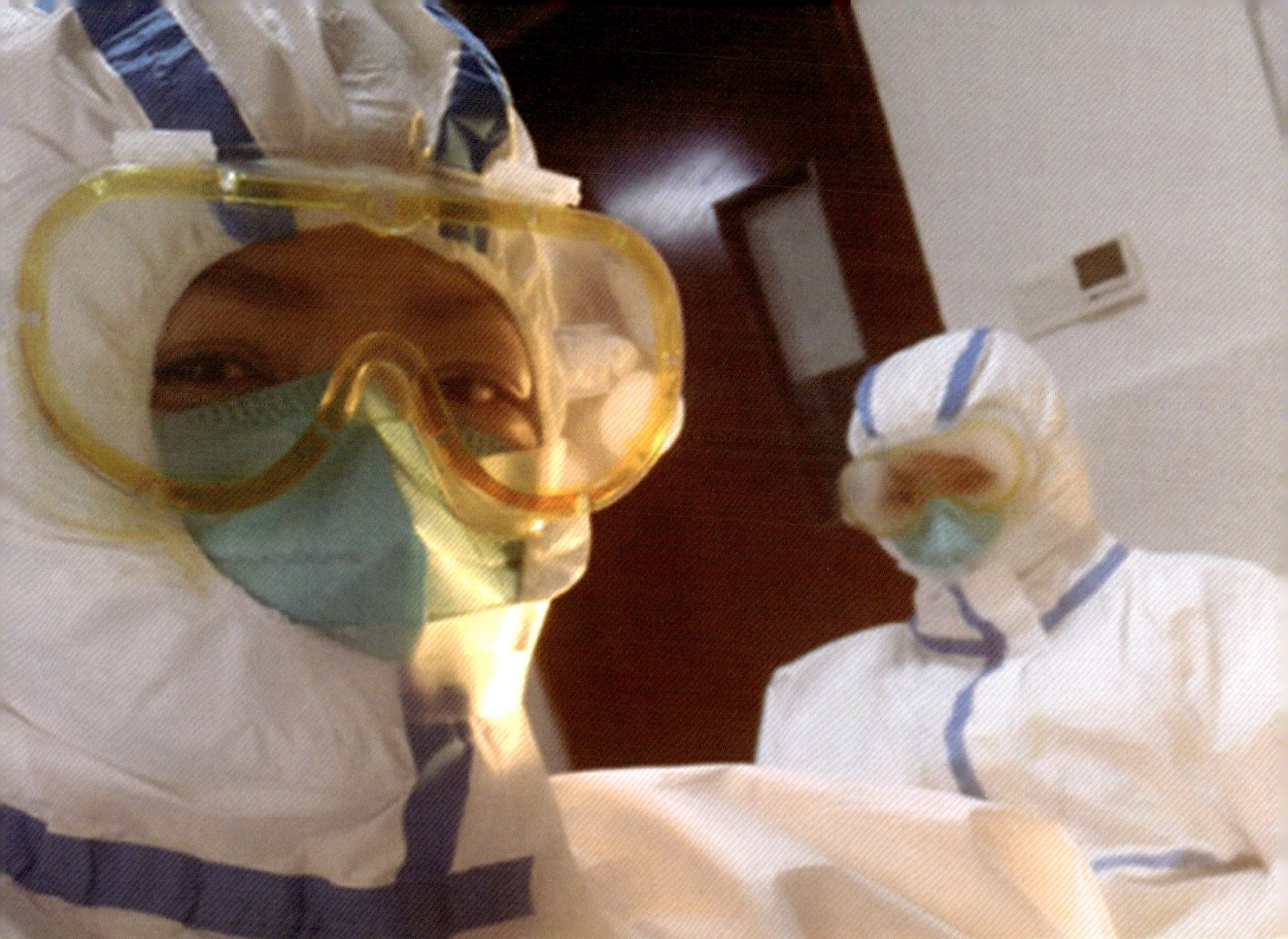

战"疫"日记

我看到襄阳人民的坚强与勇敢

时　间：2020 年 2 月 22 日

地　点：湖北襄阳职业技术学院附属医院

记录人：宁夏医科大学总医院　赵晓芬

人民网
people.cn

我看到襄阳人民的坚强与勇敢

今天是我来到襄阳的第十一天，疫情来临时大家踊跃报名、签请战书、医院同事们为我们送行的画面还历历在目。很荣幸我被医院选派为第三批支援湖北医疗队的队员，我的援助医院是襄阳职业技术学院附属医院，2月12日下午6点到达住地后，我们分发了物资，领导和老师们讲解了疫情期间工作的相关注意事项，转眼就到了晚上11点多。

第二天早晨我们进行了紧张有序的岗前培训并考核上岗。记得刚进培训楼的那一刻，我看到对面隔离病房阳台上一位老爷爷拿着饭盒在吃早饭，于是我对他挥了挥手，让我惊讶的是他竟然看见了并对我也挥手示意，紧接着我竖起大拇指为他点赞，他也同样竖起了大拇指，我又握紧拳头比了加油的手势，他也跟着比了加油。那一刻，我深深地被老爷爷的行为所触动，他让我感受到了，面对疫情，襄阳人民远远比我想象的要坚强、勇敢、乐观！

还记得我第一天进"舱"的时候，推开隔离病房的门，准备输液，老奶奶的手冰凉，我握着她的手。她泪眼婆娑地问我："小姑娘，我什么时候才能好啊？我想回家。"我的内心有一股说不出的滋味儿，我连忙安慰她说："快了奶奶，很快您就能好起来了，到时候我送您到病区门口。""谢谢你啊，小姑娘，你说话的口音不像我们这儿的人。""我是宁夏人，是这次来支援襄阳的。"老奶奶说话几度哽咽，颤抖地握着我的手说："谢谢你，谢谢你们来帮助我们，你们给了我们坚持治疗的信心，我们一起加油。"当时，我的眼泪忍不住地流了出来，我想，我要和襄阳人民一起奋斗到胜利的那一天。

战"疫"日记

愿小小香囊守护一方平安

时　间：2020 年 2 月 24 日

地　点：湖北武汉中心医院

记录人：宁夏回族自治区人民医院　刘佳丽

愿小小香囊守护一方平安

在我小的时候，心里就有一个英雄梦，渴望变成超人来拯救世界。长大后，我成了一名医护人员，在平凡的岗位上默默做着自己的事情。

2020年初，一场突如其来的肺炎席卷全国，看到身处一线的同仁们连轴作战，几度泪目，祖国有难，我要和你们一样，站在守护生命的第一线，作为这个社会的青年力量，我们责无旁贷。

2020年2月19日，这必定是我人生中值得骄傲的一天，这一天，我成为"逆行者"。

"亲爱的白衣战士们，祖国有难，你们替我们挡在最前方，请你们务必保护好自己，等你们凯旋的时候，再来接你们回家。"耳畔传来机组人员温暖的叮咛。

"你害怕吗？"我问同行的领队老师，80后的赵娟护士长，她告诉我说："在疫情面前，没有人不紧张，但是我们必须选择去当病人坚强的后盾，等武汉好了，国家就好了，那时候我们完成了自己的任务，就可以安全回家。我们这队的队员，普遍比较年轻，我要把你们安安全全带去，平平安安带回来。"

当我们顺利抵达武汉天河机场时，机场自发组织的接机人员不断地高喊着："感谢宁夏！武汉加油！"接机的车辆早已备好，一切井然有序。回酒店的路上路过了武汉长江大桥，风平浪静的江面好像向我们讲述着这座城市昔日的繁华。

到达酒店后，工作人员告诉我们已经消毒完毕，请安心入住，还帮我们准备好了晚餐，进房间后，护士长叮嘱大家，不要着急拆箱子、整理物品，先拿消毒剂把房间里的所有设施再擦拭一遍，在自己的房间中大致区分出一个污染区、半清洁区，以及清洁区。

吃过饭后，我们医疗队携带的物资也到了，大家一起下楼搬物资。打开医院为我们携带的行李，大到电热毯、小到暖手宝，各种药品，无论是工作用品还是生活用品，一应俱全。

第二天，我们看到了宁A牌照的车，车上拉着满满的医疗物资以及家乡企业捐赠的生活用品，这是宁夏赴湖北驻扎在方舱医院的老师们来了，老师们以小组为单位，与我们分享他们的经验，反复培训我们隔离衣的穿脱，一遍遍叮嘱我们病区可能遇见的事情。

我们所援助的医院位于长江边上，几乎一半的病房都是江景房，与我们对接的武汉市中心医院的老师说：如果没有这场疾病，我愿意带你们看遍武汉美景，吃遍武汉美食，我们武汉真的很美。话语里有些骄傲又有些失落，不过我们有信心，等着这座城市重新按下播放键，等着看武大樱花的人比花还多。

傍晚的时候，护士长给每个人送来了一枚香囊，我把它挂在了房间的窗子上，愿这枚香囊守护着我，守护着每一个武汉人，守护着祖国人民平安。

我们是宁夏第五批支援湖北的战士，在这场疫情防控中，我们势必用我们的青春、用我们的勇敢、用我们的医术与时间赛跑，与病魔较量！待到武大樱花盛开的时节，我们必然平安返航。

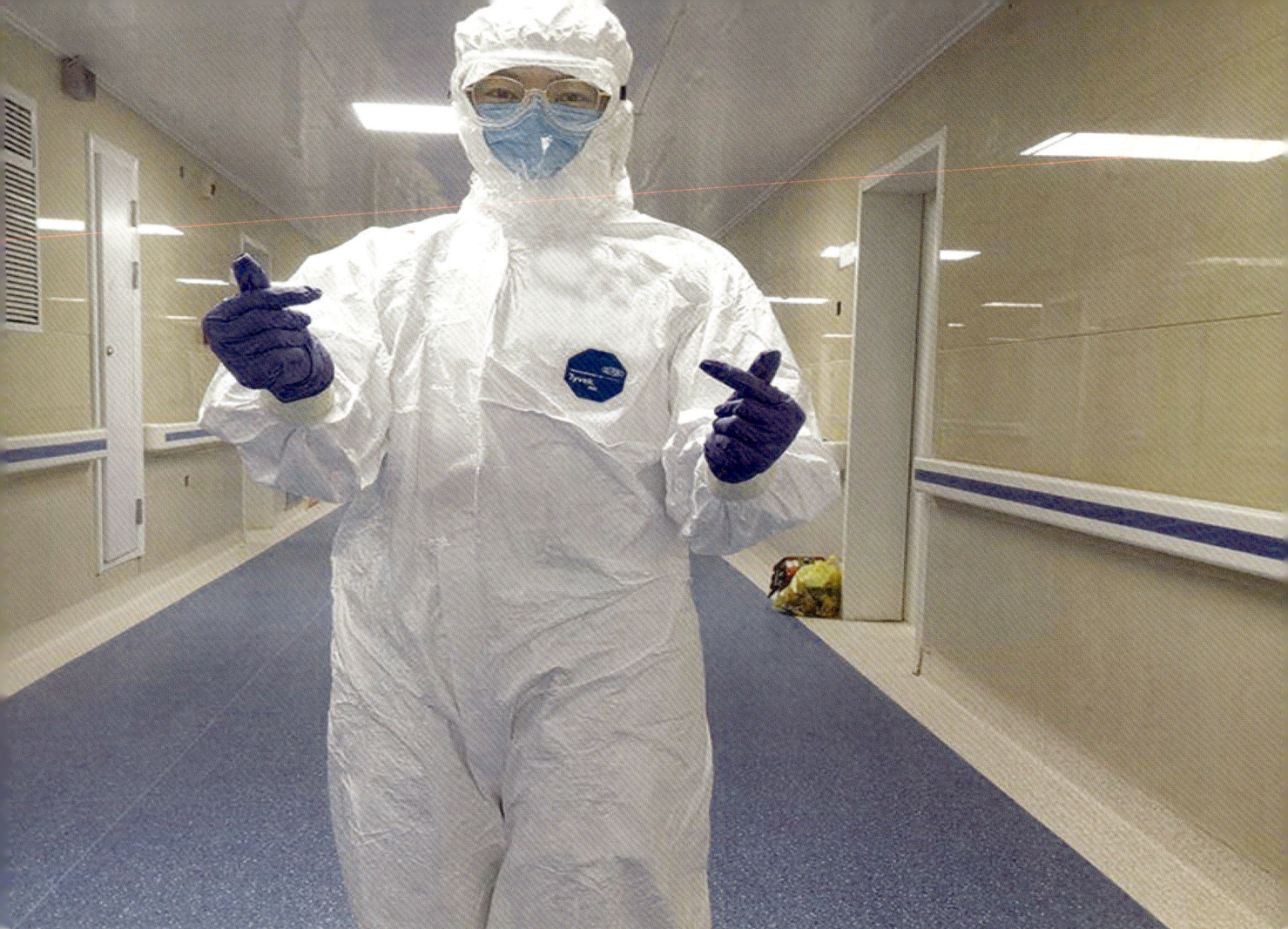

战 "疫" 日记

说说我的战友，暖心的 "冷妈妈"

时　　间：2020 年 2 月 24 日

地　　点：湖北襄阳市中心医院

记录人：宁夏回族自治区人民医院　张毛毛

人民网
people.cn

说说我的战友，暖心的"冷妈妈"

一方有难，八方支援。作为一名医务工作者、一名护士，我觉得自己有责任有义务为这场战"疫"做点儿什么。于是，申请、报名、培训、出征，从塞上江南来到了荆楚大地。在人们谈"疫"色变的时候，我们却逆风而行。不是不害怕，不是不想家，而是我们觉得这里更需要我们。

2月12日下午，作为宁夏第三批支援湖北医疗队员，我们来到了湖北襄阳。作为一个90后女孩，我是分队里最小的一名队员，大家总说我还是个孩子，所以特别照顾和偏爱我，尤其是我的"冷妈妈"，有太多的点点滴滴温暖我心。

"冷妈妈"是我们医院急诊科的一位主任，也是我们的领队，他光头的发型走到哪里都很"亮"眼。刚到湖北，气温突降。凛冽的寒风和肆虐的疫情裹挟而来，气势汹汹。冷主任每天早晨督促大家测体温，吃药，总是不厌其烦地叮嘱我们："防护服太厚重，但千万要穿好，有谁在岗位上坚持不住了，一定要告知我换人休息，保护好自己，最后一起回宁夏。"

冷主任是一名党员，共产党员的精神在他身上体现得淋漓尽致。他热爱奉献，经常听到冷主任说，"大家别担心，凡事有我扛着""有我在，大家别怕"。每天他卸下"盔甲"时，身上满是隔离服和口罩留下的痕迹，多次消毒的手也满是坑洼，但他只是笑笑，继而又义无反顾奔向战场，不嫌苦不嫌累，依旧坚守自己的岗位。我欣赏他的仔细、用心和大爱。

所以，2月20日，来这里的第九天，我递交了入党申请书，我想要成为像他一样的共产党员。

今天，是我们来襄阳的第十三天，我想说，谢谢"冷妈妈"，谢谢所有关心我们的人。我会加油的！我们必将凯旋！

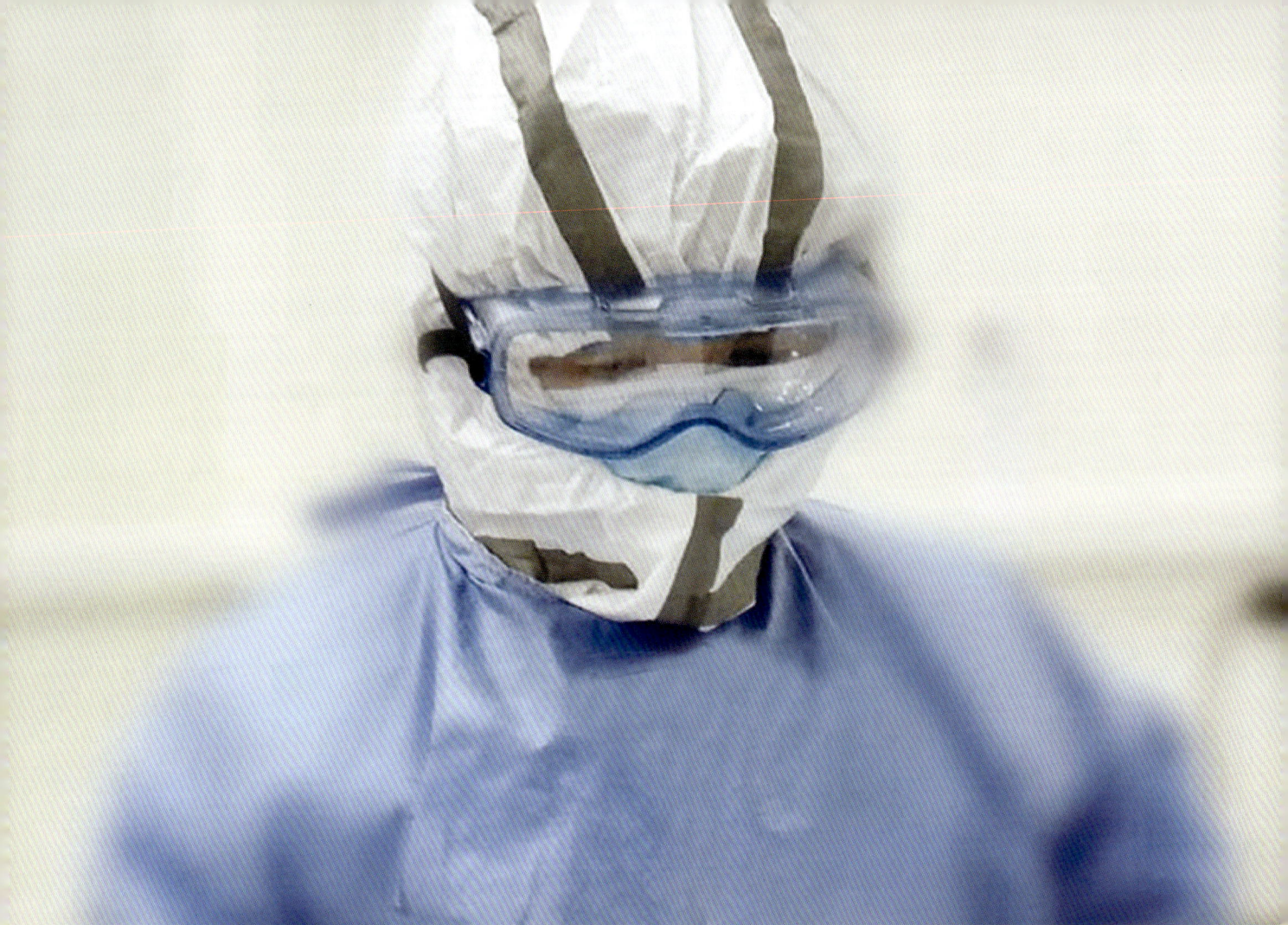

战"疫"日记

抗击疫情终会胜利
女儿高考也一定会胜利

时　间：2020 年 2 月 26 日

地　点：湖北武汉市方舱医院

记录人：宁夏回族自治区中医医院暨中医研究院　宁小菊

抗击疫情终会胜利
女儿高考也一定会胜利

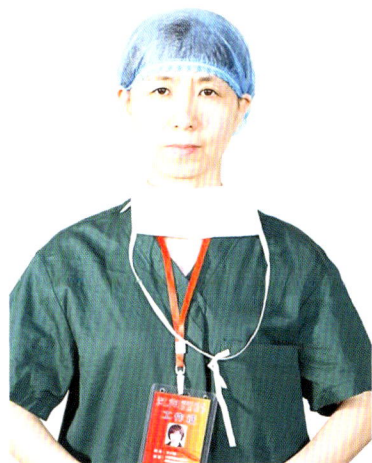

娇儿，收到你的来信是25日凌晨1点28分，那天是我到武汉后第一个辗转反侧、难以入睡的夜晚。一口气读完你写给妈妈的信，泪水早已挂在脸上。

夜阑人静想念远方奋笔疾书的女儿，一句"初识最美逆行者还在卷中，回首已是卷中人"道出了世事难料，也道出了女儿对人生美好的向往和处世不惊的一份从容。

想念远方身体娇小、紧张备战高考的女儿，内心永远有种愧疚感，不能像其他家长一样陪伴她度过人生最重要的一段时光，不能助她一臂之力，几个月之前向班主任做的保证"泡汤"了。反倒是女儿安慰我说，人只有经历过有意义的值得纪念的事，才算没白活着，你放心，我不需要你照顾，我自己行。这些话写在纸上看似淡定之词，但当你亲口说给我听时，妈妈的内心为之震撼。没了后顾之忧，一心一意干一件事，肯定能干好。我想抗击疫情会胜利，女儿高考也一定会胜利的！

娇儿，人生奔波，尽力就好，远处的是风景，近处的是人生，妈妈在武汉的经历，在武汉参加阻击疫情工作是人生，而你在家中备战高考，也是人生。愿我们经历了这部人生篇章后，相约去看远处的风景。

你在信中说，做子女的希望母亲是自己的英雄，别人的天使，英姿飒爽，搏击病魔，更希望自己的母亲能平平安安凯旋。妈妈想要告诉你，这名老战士内心并无恐惧，只是多了一份谨慎小心。愿你经历生活中的种种，依然对生活抱以热情。愿你孜孜不倦的探求和执着，换来的是胜利的果实，愿你永远健康平安。

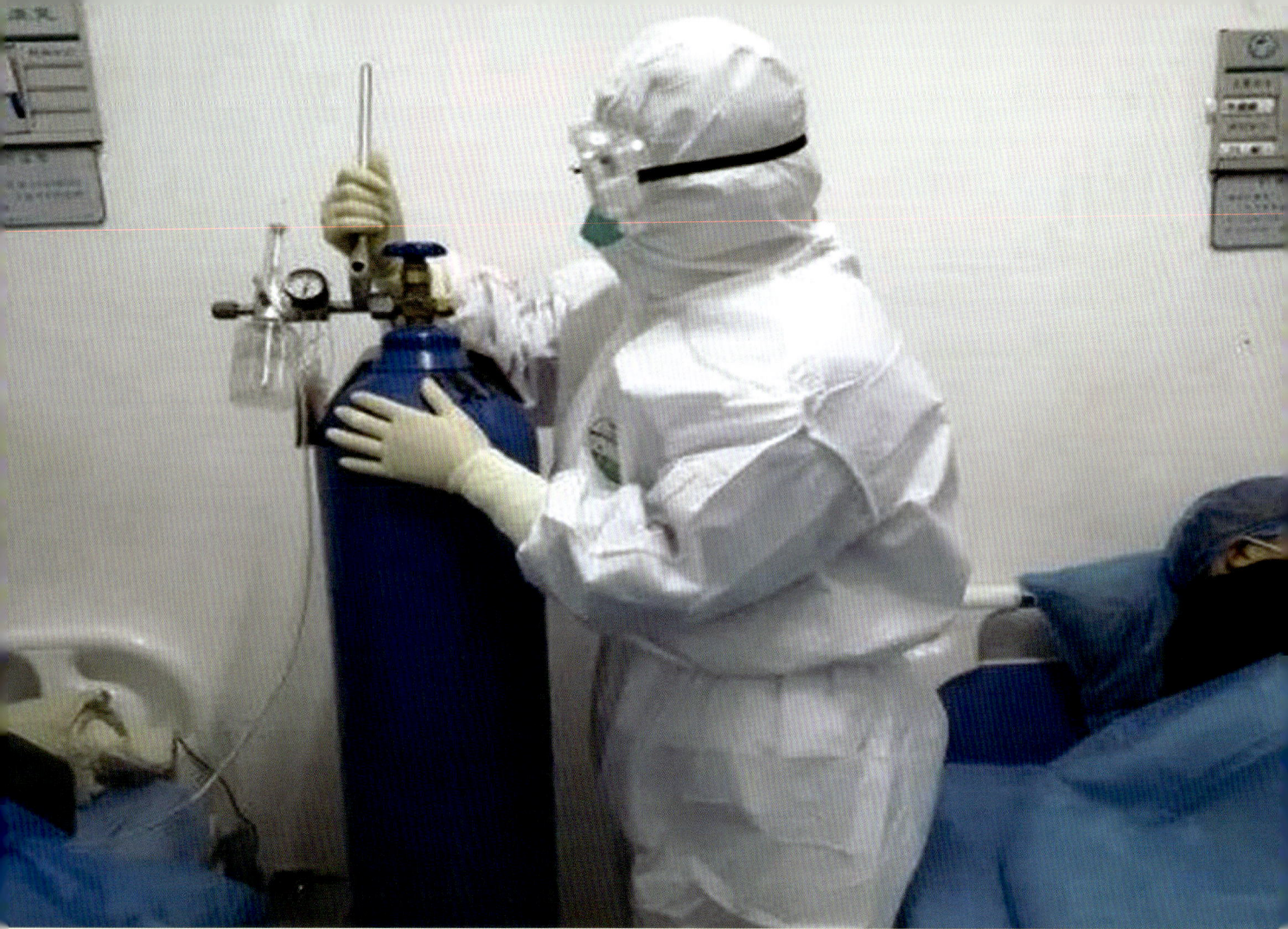

战"疫"日记

化身"超人"：解锁一项新技能
我帮病人修粪池

时　　间：2020 年 3 月 2 日

地　　点：湖北襄阳市中西医结合医院

记录人：宁夏医科大学总医院　　杨俊芳

人民网
people.cn

化身"超人":解锁一项新技能 我帮病人修粪池

穿上白大衣的我不再只是一名普通的护士,我是"百变超人",只要病人需要,我便无所不能。可以是演员,可以是广场舞大妈,可以是保洁员、快递小哥,还可以是电工、搬运工,你能想到的我可能都做过。今天我竟然开发了一项意想不到的新技能。

接连几天的前、中、后夜的排班,我的生物钟已然被"摧毁",强大的我逐渐适应了这种工作状态,睡眠质量从苦不堪言减弱到有苦说得出了。今天上班终于轮到我和太阳相约见面,提前半小时起床洗漱,穿戴整齐出门,因为我的言谈举止代表着一个团队,所以必须精干利落。

通过医务人员通道,走进一楼病区,在外围老师的细心协助下,穿上我的战袍。新衣百十件,唯有我的战袍最好看,对着镜子给自己胸前的名字说一声:勇士加油!

进入隔离病区一如既往地做病区消毒、垃圾收集分类、送饭打水、处理医嘱、患者治疗护理等日常工作。忙碌中转眼已是10点,47床的呼叫铃响了:"护士,卫生间下水道堵了,我没法上洗手间。"

"阿姨,您别着急,稍等一下好吗?"

我过去查看,已是满满一池粪水。特殊时期里没有维修工人,只能我们来处理。好吧,我承认我很无奈,但是想到病人着急用,我也管不了那么多了。和带班老师一番电话联系后,确认五楼有工具,因为隔离病区的特殊性,我不能走医护工作通道坐直达电梯,只能从污染通道爬楼梯上去。

当我爬到五楼,防护服下的我已是气喘吁吁,双腿酸软。好不容易拿回的工具,却不能使用，再次爬楼去换工具。第二次爬楼，在四楼楼梯间我感觉快要窒息了，张大口呼吸也不能满足我此时对氧气的需要，护目镜里的水珠顺着镜面流下来，防护服鼓鼓的，胸背都湿了，口罩内面全是汗水。穿上这身密不透风的衣服两次上上下下爬10层楼梯，可能相当于平时爬20层楼梯不止吧？我后悔为什么没在衣服胸前画个大大的"S"超人标志。

在稀里糊涂地计算着到底相当于平时爬几层楼的时候，我回到了一楼病区。进卫生间愁眉苦脸地看着那一池粪水，睁大了双眼，反正防护镜雾气蒙蒙的啥也看不清，隔着口罩张大嘴巴呼吸着臭烘烘的空气，反复地捅，还是没通开。唉，谁叫咱半路出家不专业呢？只能给病人换一间病房了。

回来和队友讲了今天的经历，队友调侃我是全技能人才，以后根本不用害怕失业了。回想上学时学的就是医学知识，谁知道工作后的我们却变得全能而又像汉子。只要工作需要，我们都会竭尽所能。躺在床上我又睡不着了，脑子里开发着一项新技能……

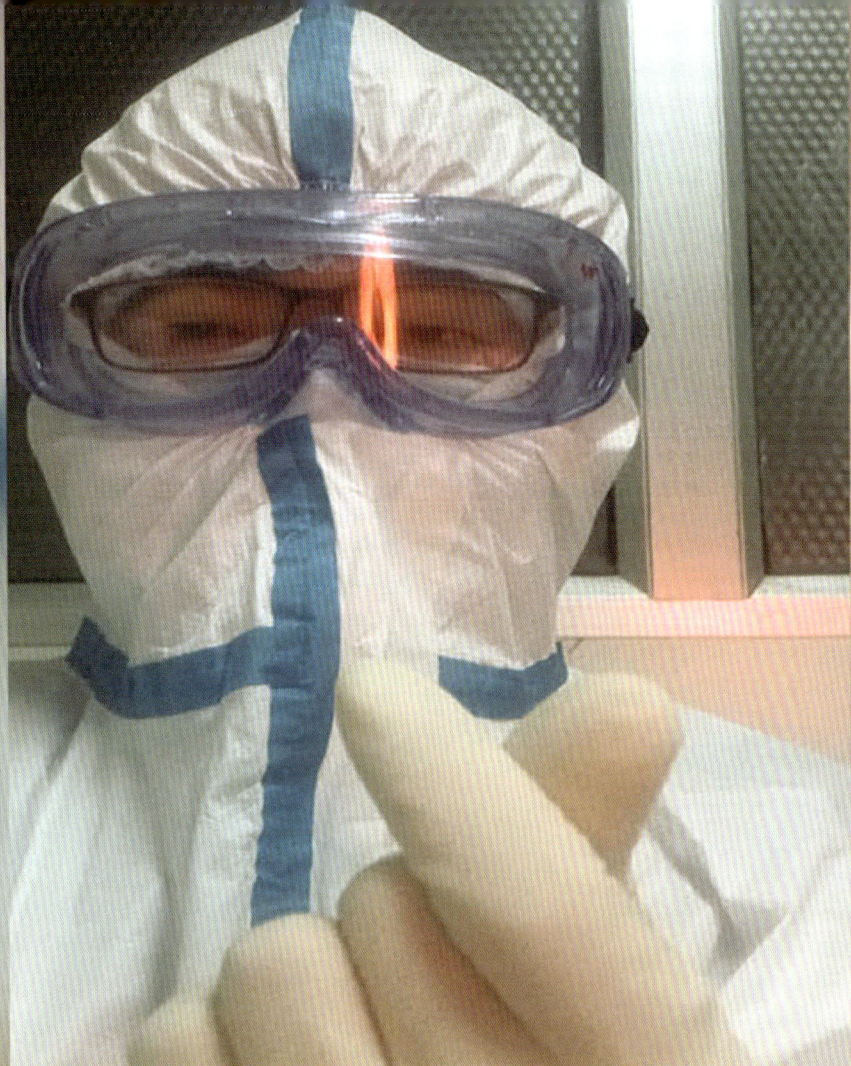

战 "疫" 日记

我不是英雄，我只是防护服下平凡的医生

时　间：2020 年 3 月 2 日

地　点：湖北襄阳市中西医结合医院

记录人：宁夏回族自治区人民医院　王艳

people.cn

我不是英雄，我只是防护服下平凡的医生

不知不觉中我来湖北已经一个月了，从保康转战襄阳市中西医结合医院已经一周了。昨晚的发热门诊小夜班，从晚上8点一直上到深夜2点，不知道为什么，从穿上防护服开始就觉得气短，呼吸困难，憋闷难受，张口呼吸了很久，感觉都动用了辅助呼吸肌，时不时用手拉起口罩，大口喘几口气才能舒服一些。近日襄阳全市疫情态势向好，晚上发热门诊只有几个体检的居民。我发觉穿着防护服是不会有一点困意的，就一直坐着坚守到下班。

深夜2点襄阳的夜，静谧，空气清新，微风拂面。回来洗澡，收拾完已经是深夜3点半了。早上不到8点我就醒了。我都佩服自己这个规律的作息时间，不管几点睡，早上一样按时醒来。

接近中午的时候王楠处长发来消息说让15分钟后下楼。说实话，出来这一个月，我们的领队郝局和联络员王楠处长就像是我们的亲人一样。我迅速穿好衣服下楼。郝队给我们传达了孙春兰副总理在支援湖北340多支医疗队代表视频会议上的精神，充分肯定了各医疗队的工作及成绩，目前这场战役已经到了关键时刻，我们一定要在做好安全防护的同时，始终保持昂扬的斗志，不能松懈，不能麻痹。

从医十几年来，由于这次席卷全国的新冠肺炎疫情，医生被赋予了英雄的称号，就我个人而言，如果非要成为英雄，我也百分百不愿以这样的方式被冠名，况且我也从来没想过要成为英雄，千言万语还是那一句话：我是党员，我是医生，这就是我的责任，义不容辞的责任。自始至终我都一直坚信，有我们伟大的中国共产党的坚强领导，有全国各族人民、各条战线同胞们的万众一心，齐心协力，众志成城，我们必定会打赢这场抗击新冠肺炎疫情的阻击战。

新闻上看到武汉的早樱已然跃上枝头，我坚信，很快，全国人民都能共赴樱花舞之约。

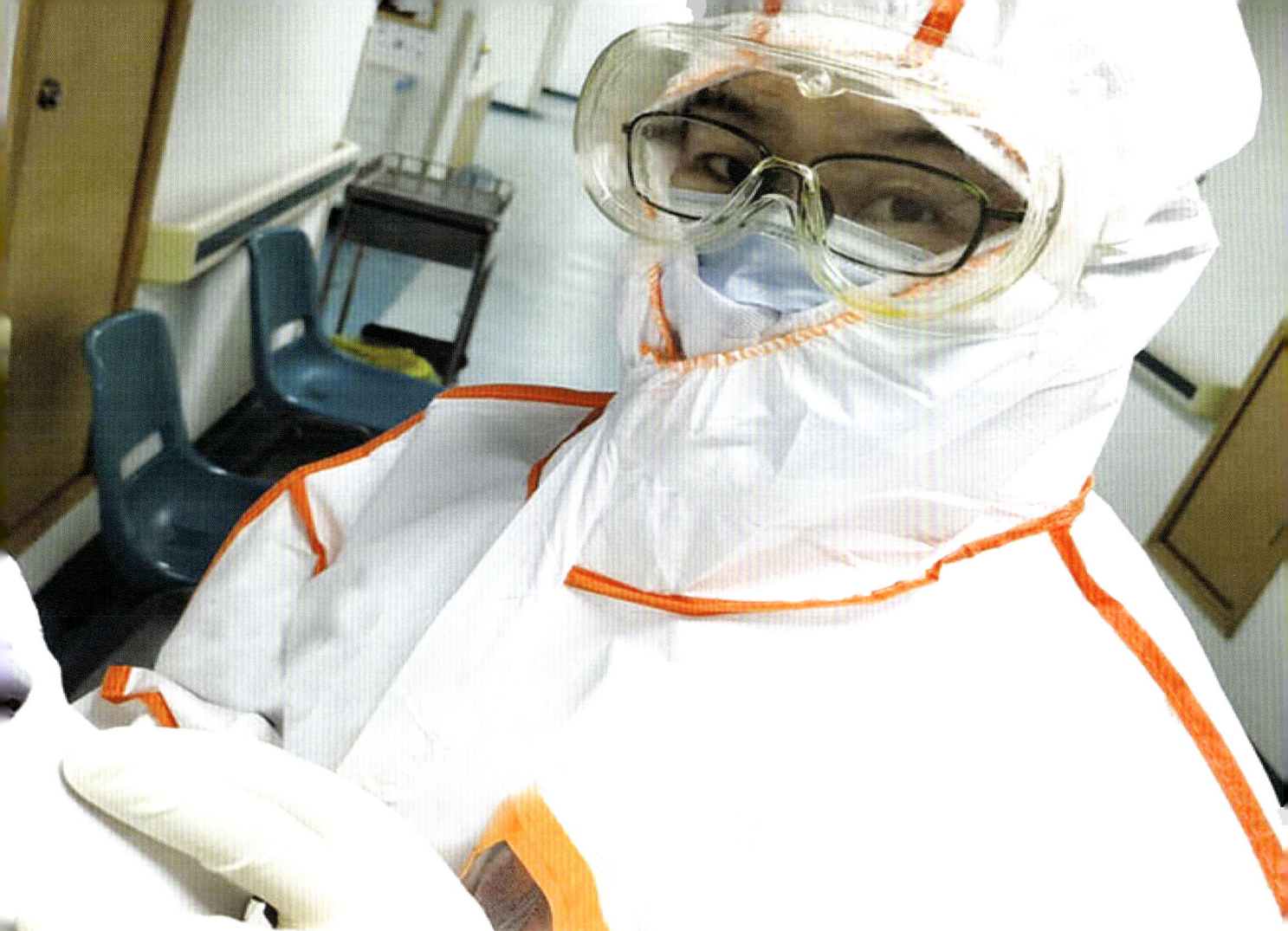

战 "疫" 日记

阳光总在风雨后，
　　而现在我会一直在你左右

时　　间：2020 年 3 月 4 日

地　　点：湖北武汉市中心医院

记录人：宁夏回族自治区人民医院　杨萍

阳光总在风雨后，而现在
我会一直在你左右

入夜风微凉，窗外一片寂静。此时我们正在去武汉市中心医院的路上。每次进入病房前，我们的护理小组长马旭升护士长都会提前分配好具体工作内容提醒我们注意事项，我们会提前1小时左右到达科室，认真穿好防护服并相互检查，做到防护无死角。

到病房后我们会向上班的小伙伴们道一声："你们辛苦啦!"互相加油打气。接下来元气满满的我们就开始交接班，查看清点物品、药品和器械；核对医嘱；配药、输液；测量生命体征、写护理记录；帮病人热饭送饭、为生活不能自理的爷爷奶奶们喂水喂饭；做基础护理；给情绪不稳定的病人加强心理护理；清理病房的所有医疗垃圾；给病房的边边角角消毒……所有的护理工作都再熟悉和普通不过，可是在厚重的防护衣下，各种动作都显得非常笨拙和艰难！但是办法总比困难多，无论怎样，我们都会保质保量按时完成工作任务！

我们会把在驻地宾馆省下来的食品和物品带到病房，分发给病人，他们总是能收获一些小惊喜，脸上的笑容像花儿一样灿烂。

病人和我们说得最多的就是："谢谢!"我们又何尝不谢谢你们的配合，长时间来承受着身体上和心理上的双重折磨仍积极治疗，承受着有家不能回的苦楚和对家人的思念仍报喜不报忧，承受着对病情的焦虑和担忧仍表现出坚强和淡定！

在自治区人民医院，我工作的地方是住院部10楼16病区，到了武汉中心医院，我分配到的工作地点仍然是10楼16病区，这是何等的缘分，冥冥之中我们有着千丝万缕的联系。

阳光总在风雨后，我们会一直在你左右……

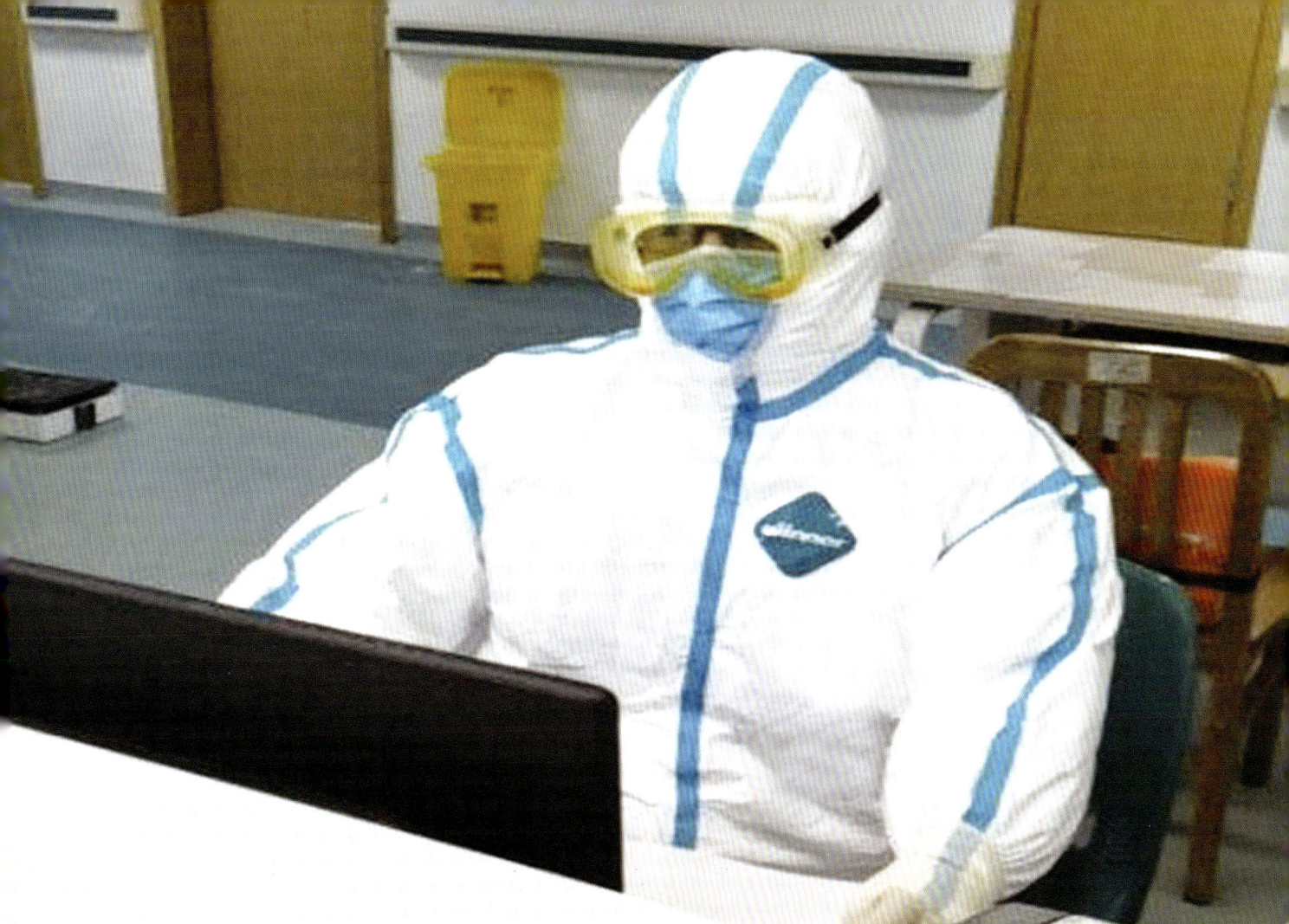

战"疫"日记

萍儿，待疫情结束嫁给我可好

时　间：2020 年 3 月 4 日

地　点：湖北武汉市中心医院后湖院区

记录人：宁夏回族自治区人民医院　李涛

萍儿，待疫情结束嫁给我可好

"结婚是小事，救人是大事，你去吧，我在后方支持你，但病毒凶险，你一定要保护好自己。"电话那头，萍儿的声音已经哽咽了，我故作冷静，"不用担心我，保护好自己和家里人，等我回来"。

我的未婚妻张萍是同医院风湿免疫科护士，本来计划3月12日在老家举行婚礼，所有结婚事宜都已准备就绪，可是新冠肺炎疫情肆虐神州大地，我主动报名，到一线去守护我的祖国和人民。当看到自己的名字在医院第四批支援湖北医疗队队员名单里时，我内心非常激动。在夜以继日地培训各项操作及防护流程并考核过关后，我所在的宁夏第六批支援湖北医疗队二队进驻武汉市中心医院后湖院区，全面接管发热四病区。我值第一个大夜班时，在不熟悉系统、不熟悉流程的情况下，通过上级医师的指导，把一个危重型新冠肺炎患者顺利转入ICU，由此开启了我在武汉抗击疫情的工作。

3月3日，是我31岁生日，感谢张彦杰领队，感谢我们的后勤大管家彭丽，你们为我准备的生日惊喜，让我终生难忘。我从未对深爱着的未婚妻做过一次表白，今天，我愿意对你说："亲爱的，待疫情结束，嫁给我可好?"

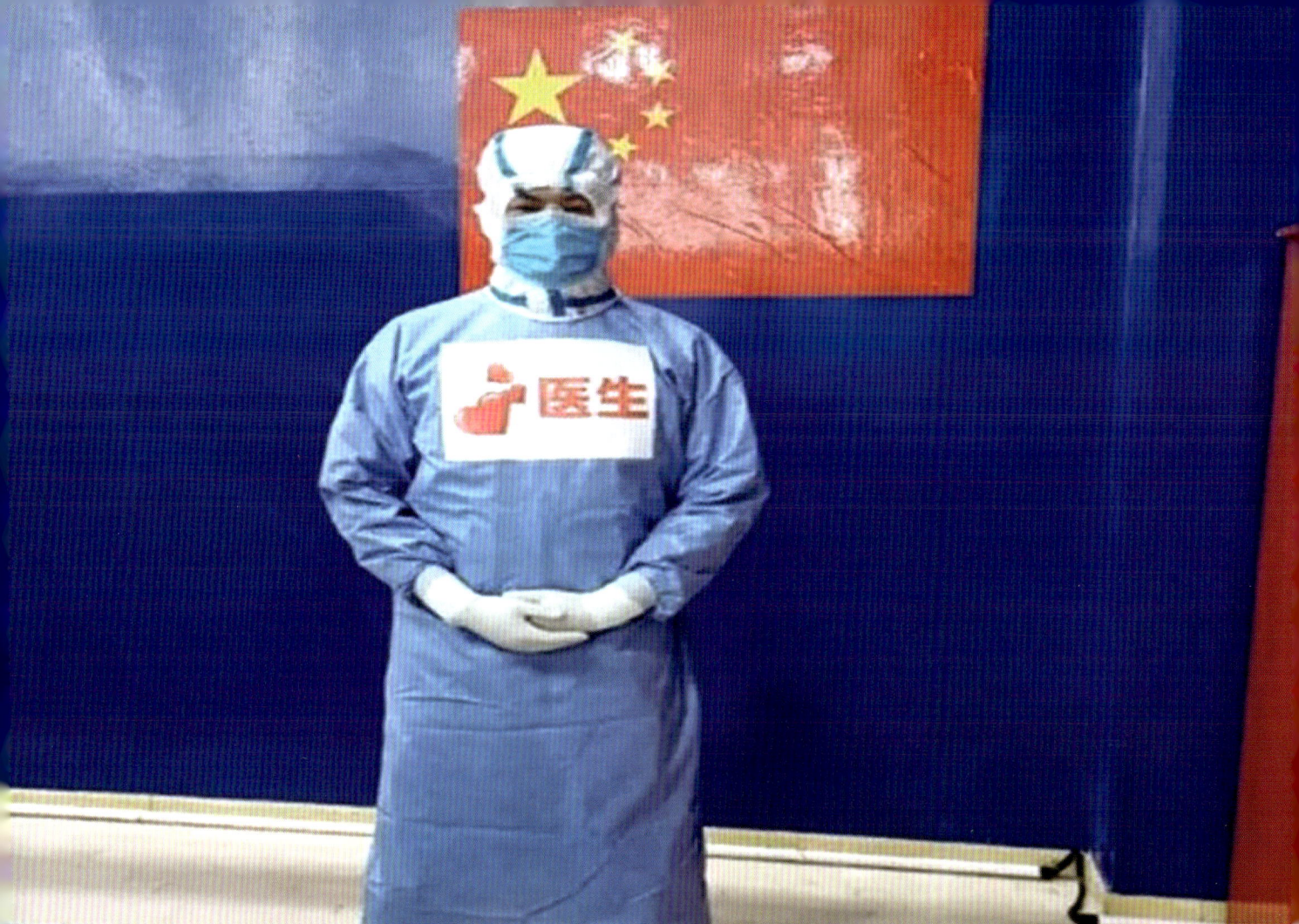

战 "疫" 日记

希望我能把一颗坚韧、勇敢、奉献的种子种在女儿的心里

时　间：2020 年 3 月 5 日

地　点：湖北武汉汉阳体校方舱医院

记录人：宁夏回族自治区第三人民医院　满毅

希望我能把一颗坚韧、勇敢、奉献的种子种在女儿的心里

凌晨4点的武汉，有些凉，6点我要去汉阳体校方舱医院接班了，冲一包泡面补充一下能量，拿起手机，度过半小时属于自己的时间。

昨晚11点多，媳妇发来了视频。视频里，两岁的女儿有模有样地戴着玩具听诊器，在给她最喜欢的毛绒兔子看病。岳母问她："你的小兔子脏了，姥姥给你洗洗吧？"女儿说："不要，等爸爸回来洗。""爸爸在哪呢？""爸爸在武汉给别人看病呢。我长大也要当医生！"

看到这里，我的眼眶瞬间湿润了！都说女儿是爸爸的"小棉袄"，平时工作忙，陪伴她的时间并不多，她出生的时候有溶血性黄疸，受了不少苦。原本计划今年春节好好陪伴她，但由于新冠病毒肺炎疫情，我和媳妇正月初二就双双返回医院的工作岗位。2月15日，我主动请缨出征支援武汉，算一算已经一个多月没有见到女儿了。从她出生起，这还是我第一次离开她这么长时间，我对我的"小棉袄"心存愧疚。可是听到她说她长大后也要当医生，我就知道我的选择没有错，甚至有些骄傲。作为中西医结合医院的医生，我看到了中西医发展的前景和在疫情中发挥的作用，我对自己的选择坚定、无悔。我用实际行动把一颗坚韧、勇敢、为他人奉献的种子种在了这个小小人的心里。

快速地吃完泡面，坐在前往方舱医院的车上，看着这座拥有1000多万人口却有些空荡荡的城市，心中暗暗向女儿保证：亲爱的开心，爸爸一定努力做好这次工作，平平安安地回到你的身边！等你再长大一点，爸爸妈妈一定要带你来武汉，让你看看爸爸曾经"战斗"过的地方。如果有一天你长大了，希望你接过我手里的"听诊器"，也成为一名白衣战士。

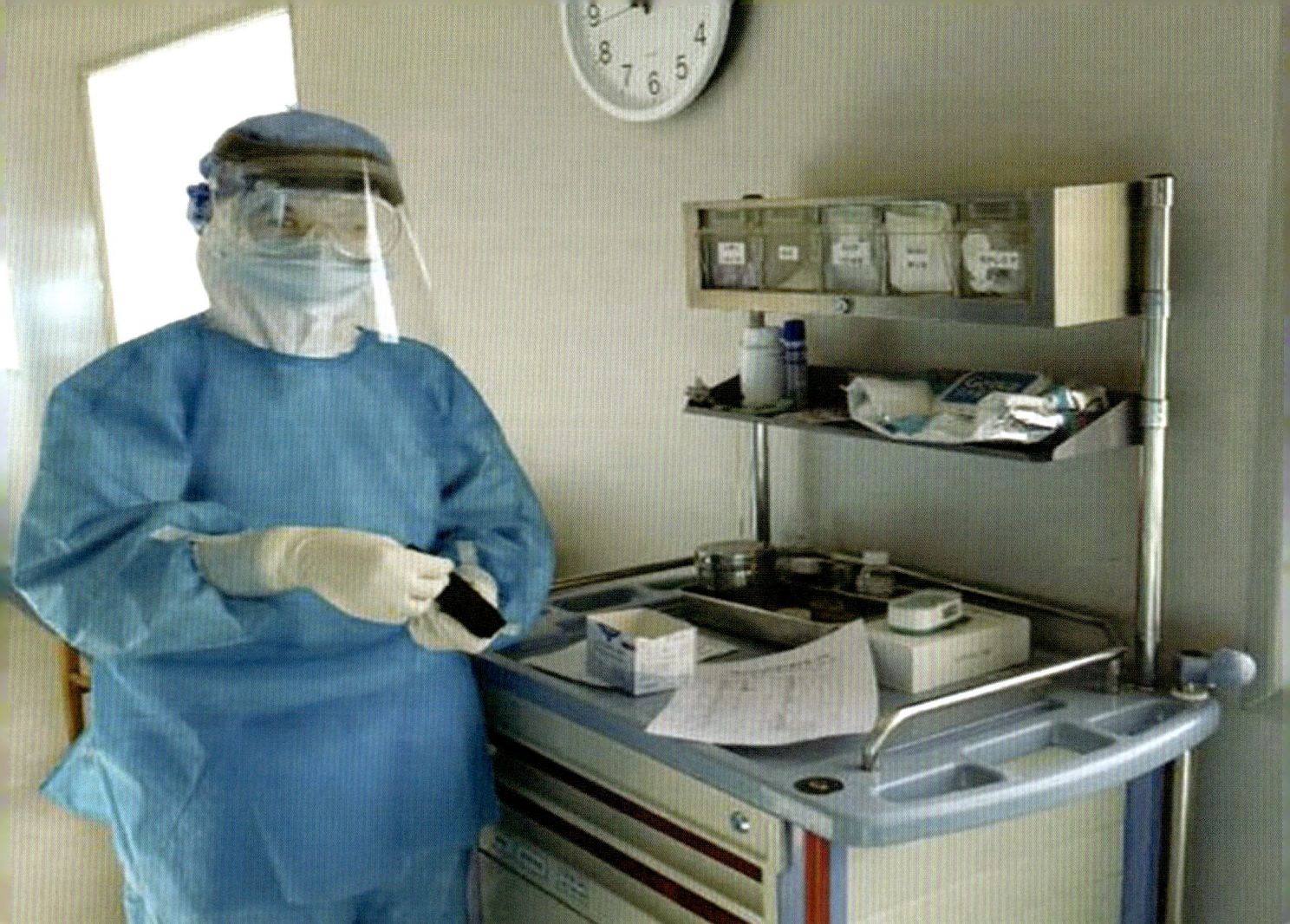

战"疫"日记

把对生命的敬畏植入他们心中

时　间：2020 年 3 月 11 日

地　点：宁夏回族自治区第四人民医院

记录人：宁夏回族自治区第三人民医院　李娜

人民网
people.cn

把对生命的敬畏植入他们心中

进驻自治区新冠肺炎定点救治医院以来，我尝试了很多第一次：第一次进入密闭的负压病房、第一次穿纸尿裤、第一次戴着两层手套给病人抽血、第一次隔着防护镜和隔离面屏安慰病人，第一次……

连续四个夜班接着又上白班。核对、加药、发药、输液、动静脉采血、心理疏导等治疗和宣教，消毒、垃圾处理、打水送饭等生活照料。快节奏又繁重的工作让我感觉头晕，胃部不适，闷热，反复恶心。

有一天，负压病房里的冯阿姨测完生命体征正在吸氧，看到我转身准备去填写治疗单，阿姨拉住了我的手说："姑娘，我在病房里没有可以说话的人，我很害怕，你能陪我会儿吗？"阿姨从病情说到对家人的担忧，又说到疫情以后的打算，阿姨说她不是怕死，而是担心自己会传染给家人。"阿姨，别担心，您会慢慢好起来的，坚定信心，相信科学，相信我们。"从那天起，我又多了一项工作，那就是每天陪冯阿姨聊天拉家常，愉悦的心情促进了阿姨病情的恢复。虽然这样会延长我在病房内的工作时间，穿着厚重的防护服让我更加憋闷不适。但是看到病人投来恐惧及渴望的眼神时，我知道，他们需要我，我要留下来。

患者把所有生的希望都寄托在我们医护人员身上，我们需要把对生命的敬畏植入他们的心中，希望我们共同努力，迎接即将到来的胜利。

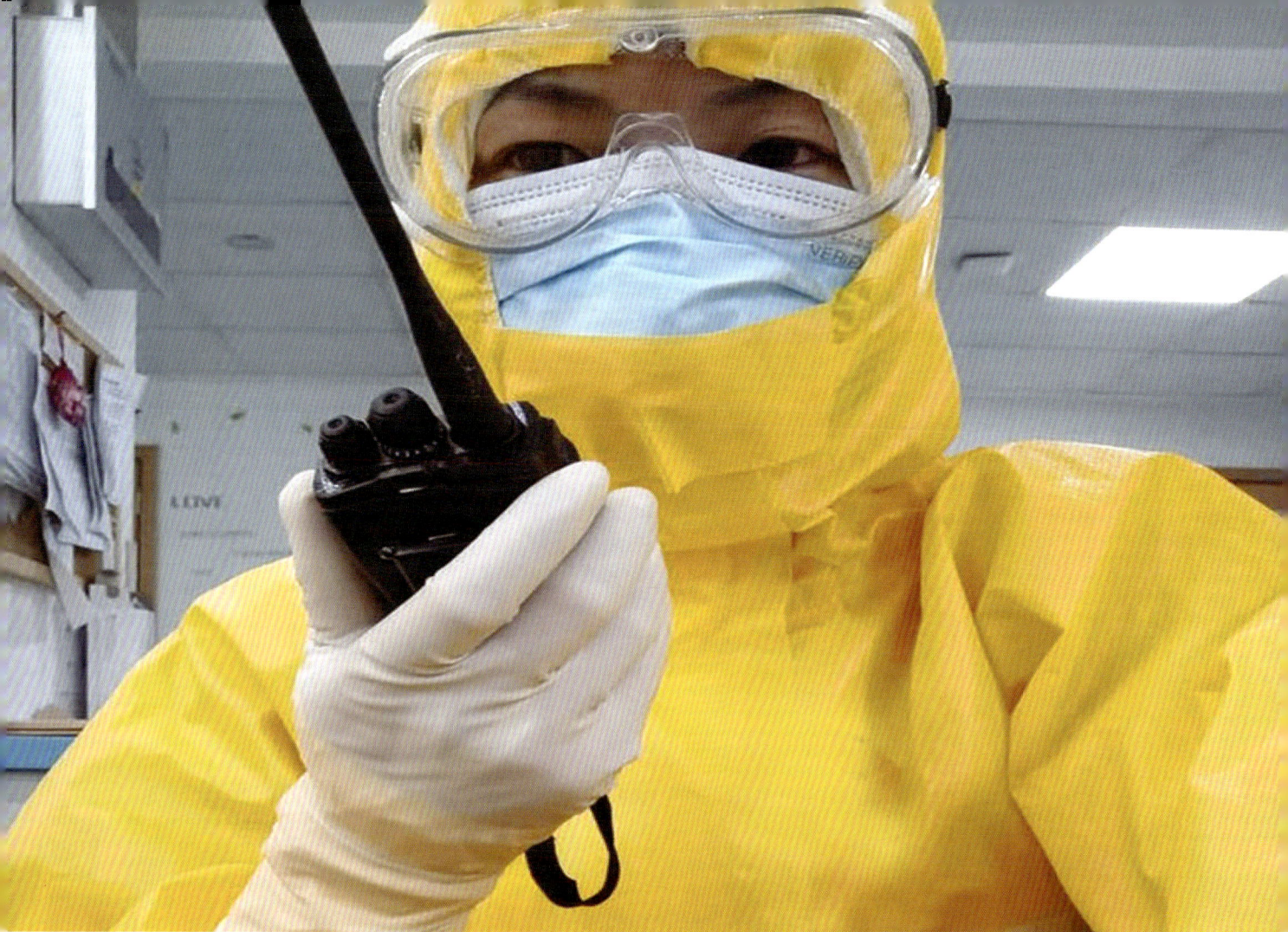

战"疫"日记

我们选择为之付出　不负韶华不负己

时　　间：2020 年 3 月 11 日

地　　点：湖北武汉市中心医院

记录人：宁夏回族自治区人民医院　王明秋

我们选择为之付出
不负韶华不负己

疫情发生初期，我正在宁南医院下乡工作。错过了第一次驰援武汉报名的我，看着每天增长的数字，偷偷发信息给护士长主动要求参加第二批驰援，护士长考虑到我孩子才1岁，让我慎重考虑。我表示：决心已定，随时待命。

过年期间我将驰援的想法试探性地告诉了父母，他们犹豫后是拒绝的。侄子抱着我哭，担心我的安危。而在我看来，有国才有家，国家的日新月异和每个人息息相关。在国家有难之时贡献自己的一份力，每个公民都责无旁贷。

回忆到达武汉机场那日，机场工作人员高呼"欢迎宁夏""感谢宁夏""武汉加油"。看着一个个坚定且寄予厚望的眼神，当时我已泪目，有感动也有心疼，我暗暗下定决心，一定要为这座城市努力工作。

进驻病房十余日，每天穿着厚重的防护装备，走路都在喘息。在平时，给病人翻身对于危重症患者的护理只是最基础工作，而现在每完成一次，我的汗水都会不断滴下，全身都湿透了。里层刷手服湿了又干，干了又湿。到下班的时候护目镜沾满了汗水，摘下后能倒出水来。脱下所有防护装备的那一瞬间感觉重获新生，每个人都会贪婪地享受正常呼吸的快乐。很多人发信息问候我表示很担心我，而我总是轻描淡写地说只是换了地方和服装履行护士的职责。哪有什么岁月静好，只是有人愿意负重前行，而我们选择为之付出努力，不忘初心，不负韶华。

特殊感染患者没有家属陪护，36床奶奶八旬高龄，病情危重，听力差，下午大汗，心率上升，血氧饱和度下降。赵娟护士长一直守在床旁，观察病情变化，写字安慰奶奶。医生调整了治疗方案，加上护士长的安慰，奶奶的病情很快有所好转。特鲁多墓志铭写道：有时治愈，常常帮助，总是安慰。我们需要的不仅仅是治疗疾病的本事，更多的是陪伴和安慰。一日白班，奶奶拿出来用女儿精心挑选的绳子编织成的手链要送给我们，我当时觉得好感动，在这个特殊时期，病情危重的奶奶不担忧自己的安危，先想到我们的辛苦，想表达感谢。前天夜班，我帮奶奶整理物品时发现她没有干净衣服可换了，由于条件有限，我只能使用洗手液帮她把衣服洗了晾晒在输液架上，奶奶发现了，不停地感谢我，当时我的心里好暖好暖。

我担任第五批医疗队护理第八组组长，办公班和治疗班相对轻松，他们不直接接触患者，被感染概率较低。但是在我带领的9个队员里，每个人都主动要求去一线护理患者帮助患者，她们始终坚持初心，认真完成每项工作。特殊时期没有保洁员，我们的小伙伴们扫地、拖地、收垃圾、消杀，抢着干，不怕苦不怕累，汗流浃背并快乐着。

希望在我们离开时，樱花盛开，赏花路上人头攒动，再也没有任何力量能抑制生命力的勃发。相信每个人的每一份热情、每一份奉献都能温暖这个世界，加快春天的脚步。

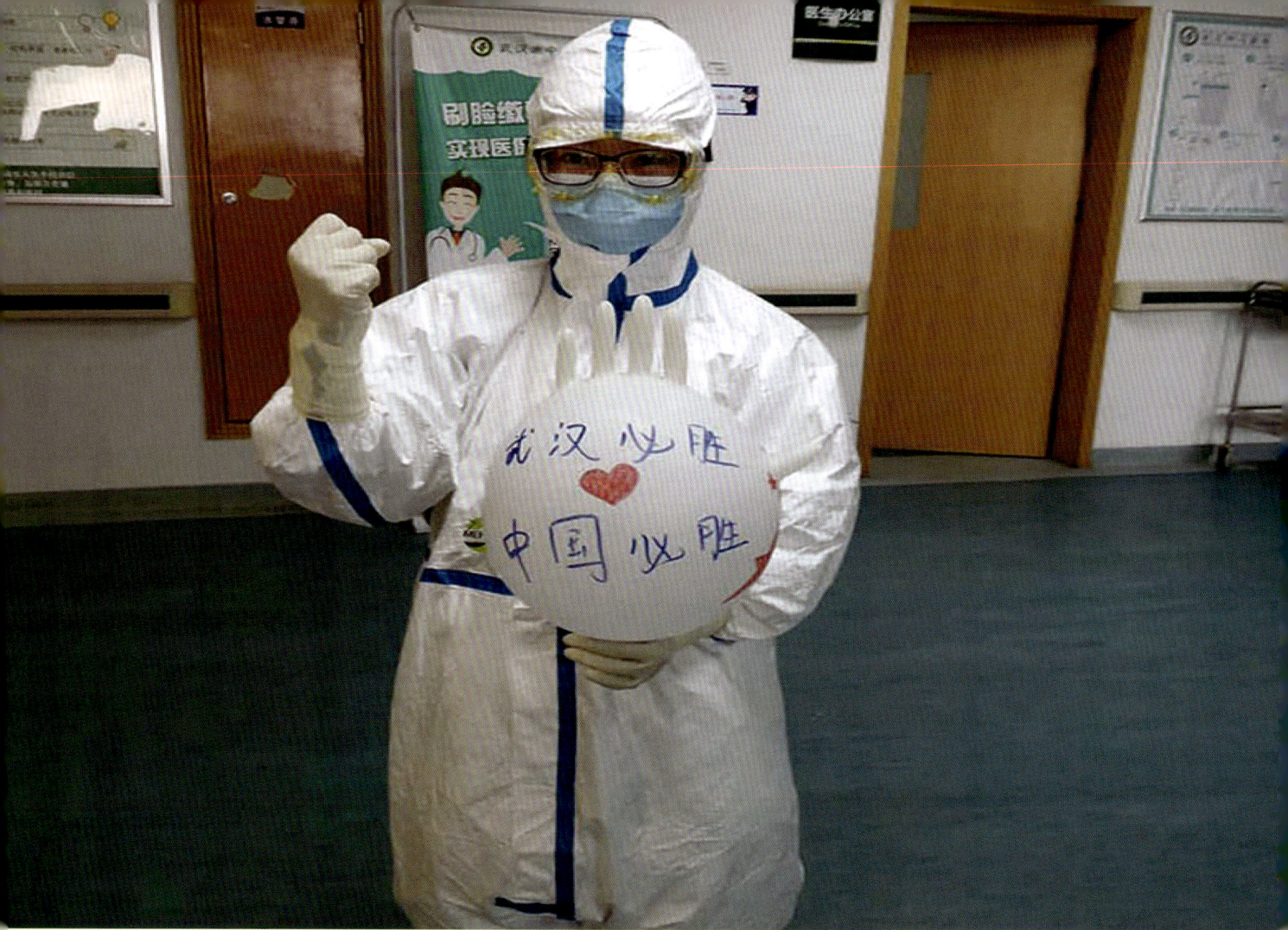

战"疫"日记

小小道具"手套气球"饱含了我们坚定的信心

时　　间：2020 年 3 月 15 日

地　　点：湖北武汉市中心医院

记录人：宁夏医科大学总医院　靳美

人民网
people.cn

小小道具"手套气球"饱含了我们坚定的信心

清晨，淡蓝色的天空飘浮着朵朵白云，微风吹拂着路旁的树叶，小鸟在树上叽叽喳喳来回地蹦跳着，仿佛在告诉人们新的一天开始了。驻地旁的玉兰开了，那白白的玉兰花，大大的花朵，片片精巧的花瓣儿，美得高雅，溢满了人间纯洁。

我来不及仔细欣赏美丽的春色，已然坐上了开往医院的通勤车。3月的暖阳带走了多日的云雾，回升的气温也在不断考验我们的毅力。穿好装备，还未进病区早已汗流浃背。还真是奇怪，一进入隔离病房我们就忘却了种种不适，心里装的全是病人的冷暖安危。

今天我们组长伍梅芳老师特意带来了制作好的呼吸锻炼道具——"手套气球"。前两天的呼吸操效果显著，患者们受益良多，我们决定趁热打铁，积极调动患者的主动性，用"气球"加强缩唇呼吸训练。白花花的"手套气球"未免显得有些单调，我们小组成员发挥想象，大显身手，或构图，或作诗，或写上期许，"气球"瞬间被装扮得生机勃勃，充满活力！原本不起眼的小道具饱含了我们每个人的坚定信心和殷切期望，点点滴滴凝聚力量，足以震瘟疫、驱病魔！

带着这向上向前的大合力，我们挨个病房向下传递。病房的叔叔阿姨们看到这一个个跳动的"气球"，脸上露出了惊喜的笑容，不停地说着："谢谢你们，真是费心了。""不用谢，这是给大家用来锻炼呼吸的小道具，我现在挂到输液架上面，大家就可以练习深吸气，慢吐气……"话音未落，病房的阿姨已经迫不及待了，掌握了深吸慢呼的要领跃跃欲试。看到大家积极向上的心态，我们心里真为他们感到高兴。齐心协力，共克难关，没有过不去的坎！

记得在我们刚开始接管病区时，32床的阿姨情况还不是很好，需要持续的心电监护，而且不能下床，心里也很焦虑。每次上班我们医疗队的队友都会积极开导，主动关心帮助，阿姨的心态慢慢调整得很好，病情恢复得也不错，都可以自己下床活动了。她这一路的艰辛痛苦我都看在眼里，所以我决定将我的"气球"送给阿姨。我在上面写了"武汉必胜！中国必胜！"气球的另外一面我画了小爱心，借用刘主任的"雾尽风暖，樱花将灿"，这是我内心的期许，我想这也是阿姨的内心所想。长期的隔离治疗，对家的思念刻入心底，只要保持积极向上的心态，就能早日回家！

阿姨看着在输液架上舞动的"气球"，情不自禁地比了个胜利的手势。看着这一幕，我深深地被感动了！道具分发完毕，呼吸操自然不能中断。伍梅芳老师和我走进病房，阿姨们早都已经准备好了，舒缓的节奏，认真地摆臂呼吸……我们一起努力着！

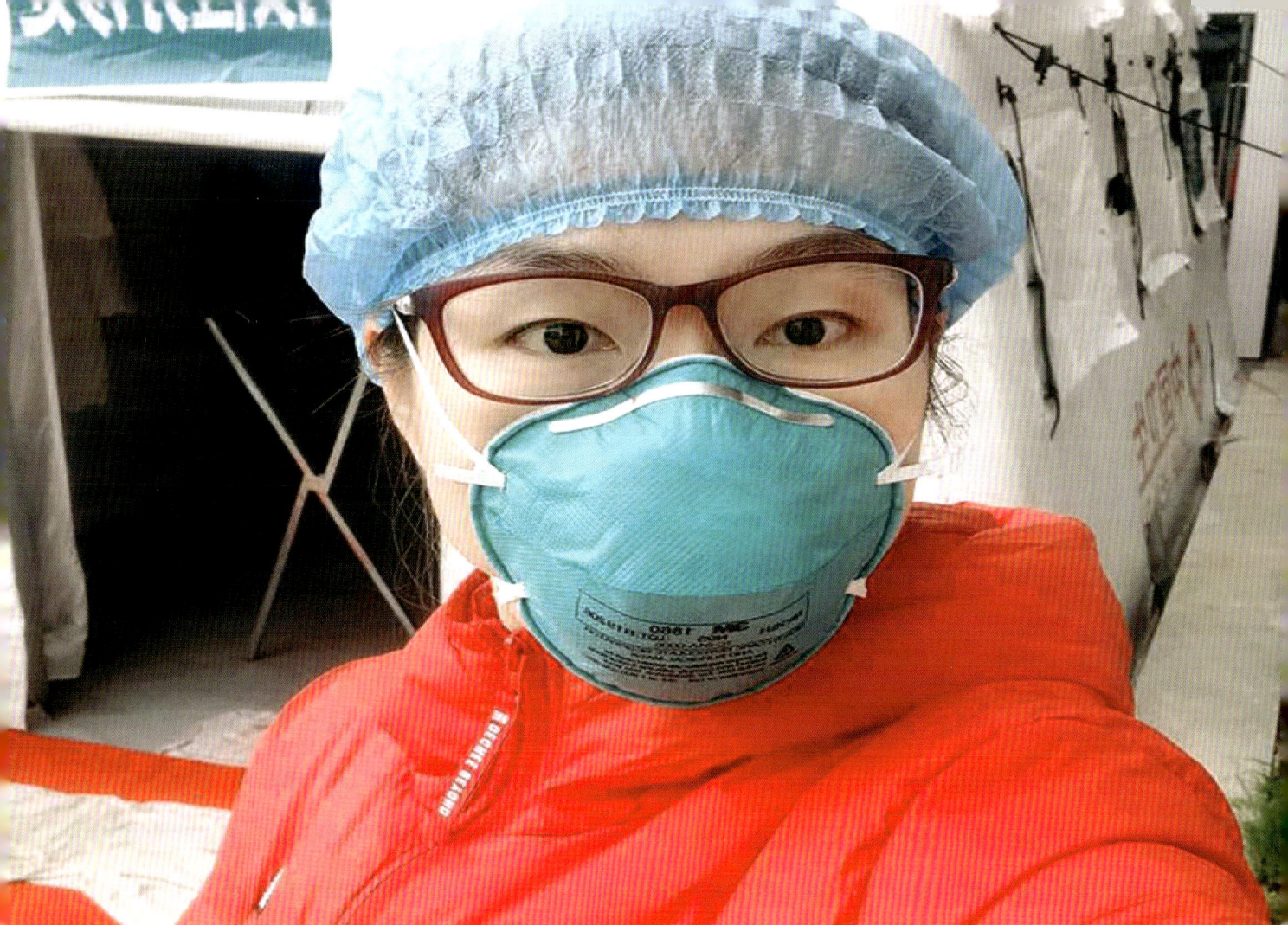

战"疫"日记

武汉鏖战　不负韶华

时　间：2020 年 3 月 17 日

地　点：湖北武汉中心医院后湖院区

记录人：宁夏回族自治区人民医院　彭丽

people.cn

武汉鏖战　不负韶华

从未这么急促地出过远门，我只知道出发的时间和目的地，但不知道归期。没有大道理，也没有豪言壮语。职责所在，义不容辞。

3月17日，武汉，今天的天气非常好，艳阳高照，如果没有疫情的话，必然是美好的一天。万物复苏，春暖花开的日子已经到来。

1月27日（大年初三）那天，由于疫情突然严重，自治区人民医院发出驰援湖北倡议书，作为一名有着13年护理工作经验的护士，我第一时间报了名，当晚回家收拾行李，做好随时支援武汉的准备。2月21日在我们（宁夏第六批援鄂医疗队）出发之前，我没有让父母来送行，妈妈给我发来一条短信："彭丽，保护好自己，干好工作，不懂的要多问，别出差错……"包含着不舍和谆谆嘱托。我看了一遍又一遍，这条短信给了我坚定前行的力量。

不知不觉间，我来武汉已经25天了，医疗队也已经发生了3个转变：生活从无序变得有序，医疗工作从手忙脚乱变得井井有条，情绪从内心恐慌变成淡定和坚强。平日里，我主要配合领队负责驻地管理工作，院感培训、后勤、住宿、饮食、派车、物资、宣传、党建、队员心理、关心和关爱……拼尽全力。为了让大家能够放松下来，调整好心态，我将队员们日常工作生活中的每个瞬间、每个细节都及时记录下来，留下珍贵的纪念，并整理成图文资料，配上舒缓的音乐，让大家在工作之余也能感受到生活的美好，坚定必胜的信心。

阻击疫情的战斗虽艰辛，但队友相互关怀，心中充满爱和希望。武汉鏖战，不负韶华。感谢我们的团队，大家携手并肩，愿武汉保卫战尽早胜利！愿春花绽放，我们的国家明天更美好！

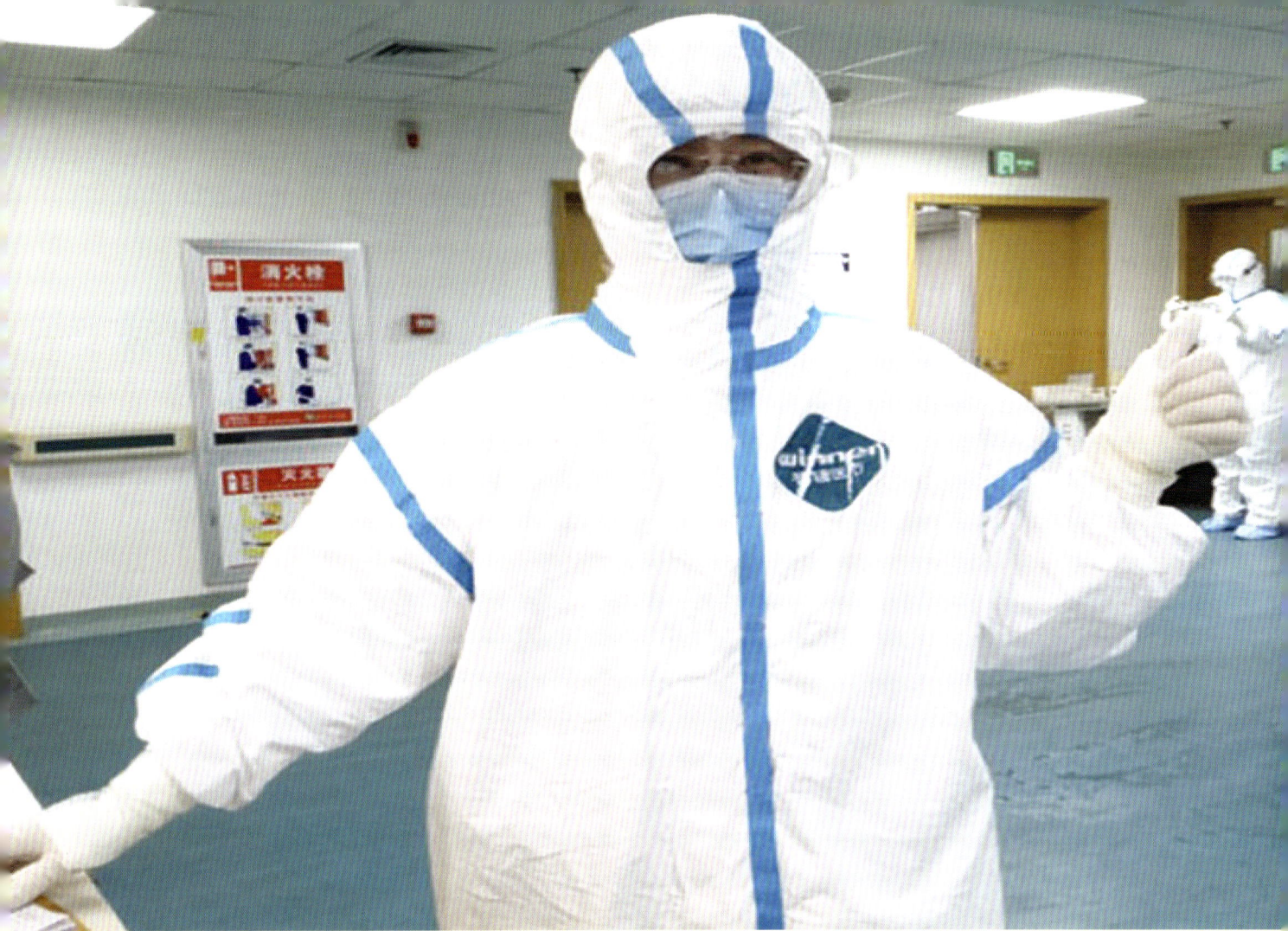

战"疫"日记

陪伴也许最能安抚　倾听胜过所有语言

时　间：2020 年 3 月 17 日

地　点：湖北武汉市中心医院后湖院区

记录人：宁夏回族自治区人民医院　王玉巧

陪伴也许最能安抚
倾听胜过所有语言

在武汉的这些日子，让我体会特别深的是每天早上查房，患者看到我们时眼神亮起来的那一刻，我总会莫名地被感动。不管是老人、孩子，还是那些平时坚强的男人，在没有家属陪伴的治疗中，见到医护真的就像见到亲人一样，双方都不由自主地伸出手握在一起。

我们病区一位60岁的阿姨反复核酸检测阳性，医生决定给她用氯喹。次日查房一进病房她就紧紧握着我的手，说吃氯喹后难受得很，恶心，感觉胸闷气短加重了。我握着她的手，即使隔着两层手套都能感觉到她双手的冰凉。她说怕自己挺不过来，年前忙得没顾上看80多岁的父母，自己开着服装店，冬装还没有卖完，借了点钱把春装进到店里，原想着年后边甩冬装，边卖春装，结果大家都隔离在家没人买衣服了，现在自己又被确诊，女儿还在上大学……我就这样一直握着她的手听她诉说，能感到她冰凉的手在我手里渐渐变暖。我想，这时候陪伴也许最能安抚她的焦虑，倾听胜过所有语言。这几天她的病情好转，核酸检测也转阴。今早查房，她心情好多了。

这就是我们的日常诊疗，每天都能和不同的患者见面，每一个患者背后都有一个故事，每一个故事其实都有自己的影子。媒体报道我们是逆行英雄，患者面前的"大白"，其实我们也只是一群穿着防护服的普通医护。

尽管来武汉时医院贴心地给我们带了各种物资和生活用品，包括新的工作服，但不论啥样的衣服，被消杀后必然各种掉色。今早看一同事工作服上的大片"氯"花，咋看都像昨晚上娃娃在衣服上尿了几次后自然晾干的样子。

可喜的是现在很多省市的患者渐渐清零，我们已经走过至暗时刻，我们这一群傲骄的"丐帮弟子"将继续战"疫"到底，直到武汉保卫战大捷！

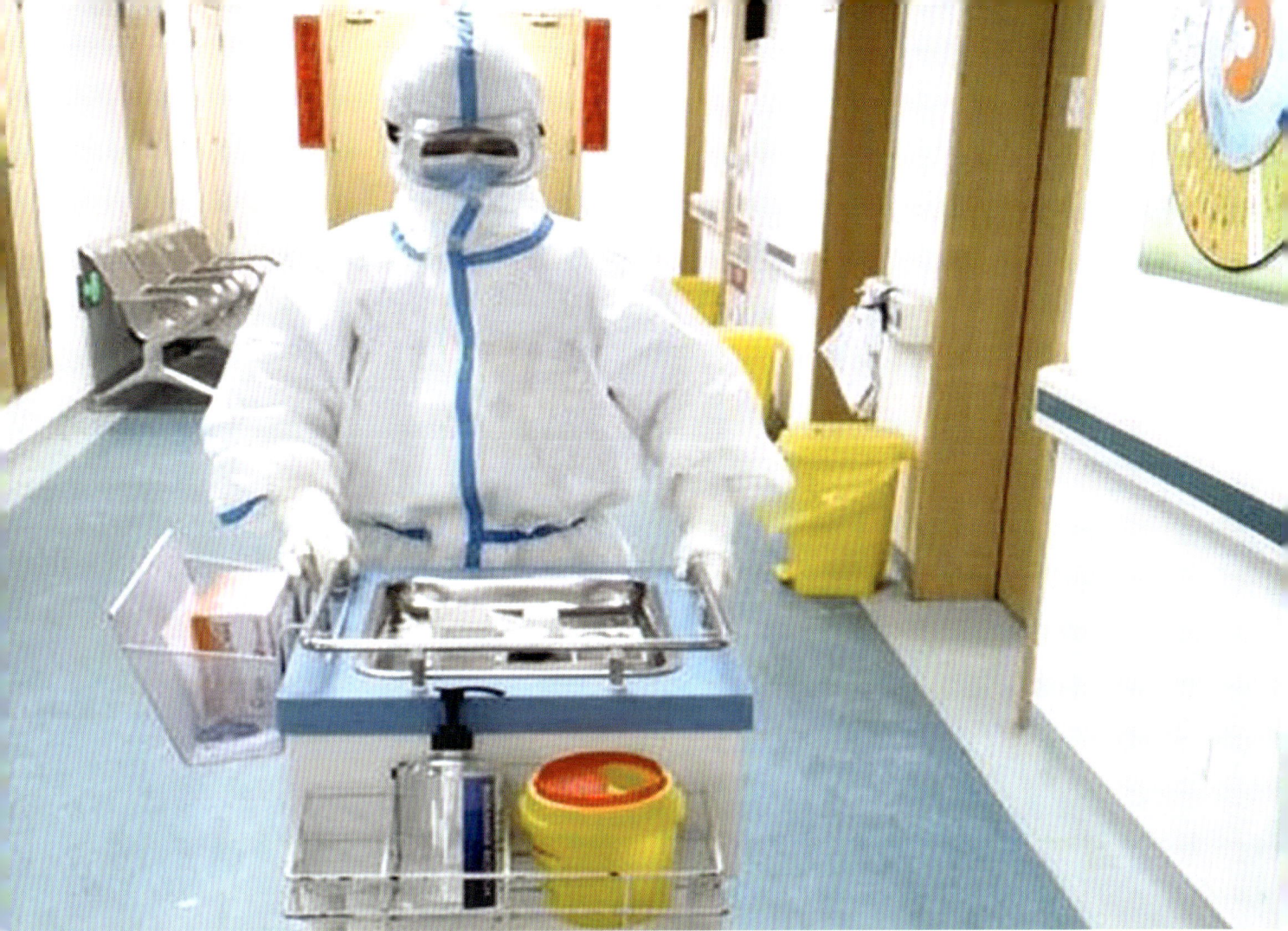

战"疫"日记

这个春天，当好披着战袍的天使

时　间：2020 年 3 月 17 日

地　点：湖北武汉市中心医院后湖院区

记录人：宁夏回族自治区人民医院　张彤

这个春天，当好披着战袍的天使

自接到报名驰援武汉的通知后，我就迫不及待地向组织申请去武汉，与此同时，我也写下了入党申请书。出发的前一天，才告诉父母自己要去湖北支援了。父母坚定地支持我的决定，虽然有担心和不舍，但他们依然希望女儿在新的考验中和湖北人民并肩战斗。我也暗下决心，不打胜仗不归乡。

其实，刚到武汉时，心中的兴奋已消失一大半，面对不熟悉的环境、紧张的工作节奏和严重的水土不服，我承受着巨大的心理压力和身体不适。尽管身着防护服、戴着口罩，但我们在和每位患者沟通时都会面带微笑。我们心里明白，突如其来的疫情给很多人带来了很大的心理冲击，他们往往产生焦虑、紧张等负面情绪，如果我们不把微笑带给别人，患者的心理负担可能会加重。支援湖北，就要做好吃苦受罪的准备。

我们来到武汉已有一段时间，自治区医院医疗队负责的一位老奶奶身体状况和心情逐渐好了起来，每当她看见宁夏的医护人员进来，都会开心地笑起来。然而，刚进医院时的老人家可不是这么乐观的，因为对疾病的恐惧，老人的情绪很低落。一次简单的聊天得知老人的孙女和自己的年龄差不多大，于是我对老奶奶说："您就把我当成您的孙女。"一句再简单不过的话，却让我们的心靠近了。

在战"疫"一线，就要用心抗疫。用声音传递温暖，用情感消除恐惧。老人的记忆力不好，不超过三天就会忘记我叫什么，但每次来到病房时，老人却又会不停地念着我的名字。一天，老人突然说道："彤彤，你把你的电话号码给我，你休息的时候我可以给你打电话聊天。"那一刻，我突然感到眼里有光，心中有暖，脚下有力。

现在，虽不能完全听懂武汉方言，但每天和老人的聊天让我们成了好"闺蜜"。有时治愈一个人，需要先治愈她的心，让隔离病房变得有温度，有爱的地方就是家，看着一天天好起来的老奶奶，我心里踏实了好多。

今天奶奶跟我说："彤彤，等我病好了，你带我去宁夏看看。"我的眼泪终于忍不住流出，我想这是开心的泪水。这个春天，当好披着战袍的天使。樱花的暗香已在逆风中飞扬，阳光一定会照亮医护人员那最美的身姿，护他们平安归来。

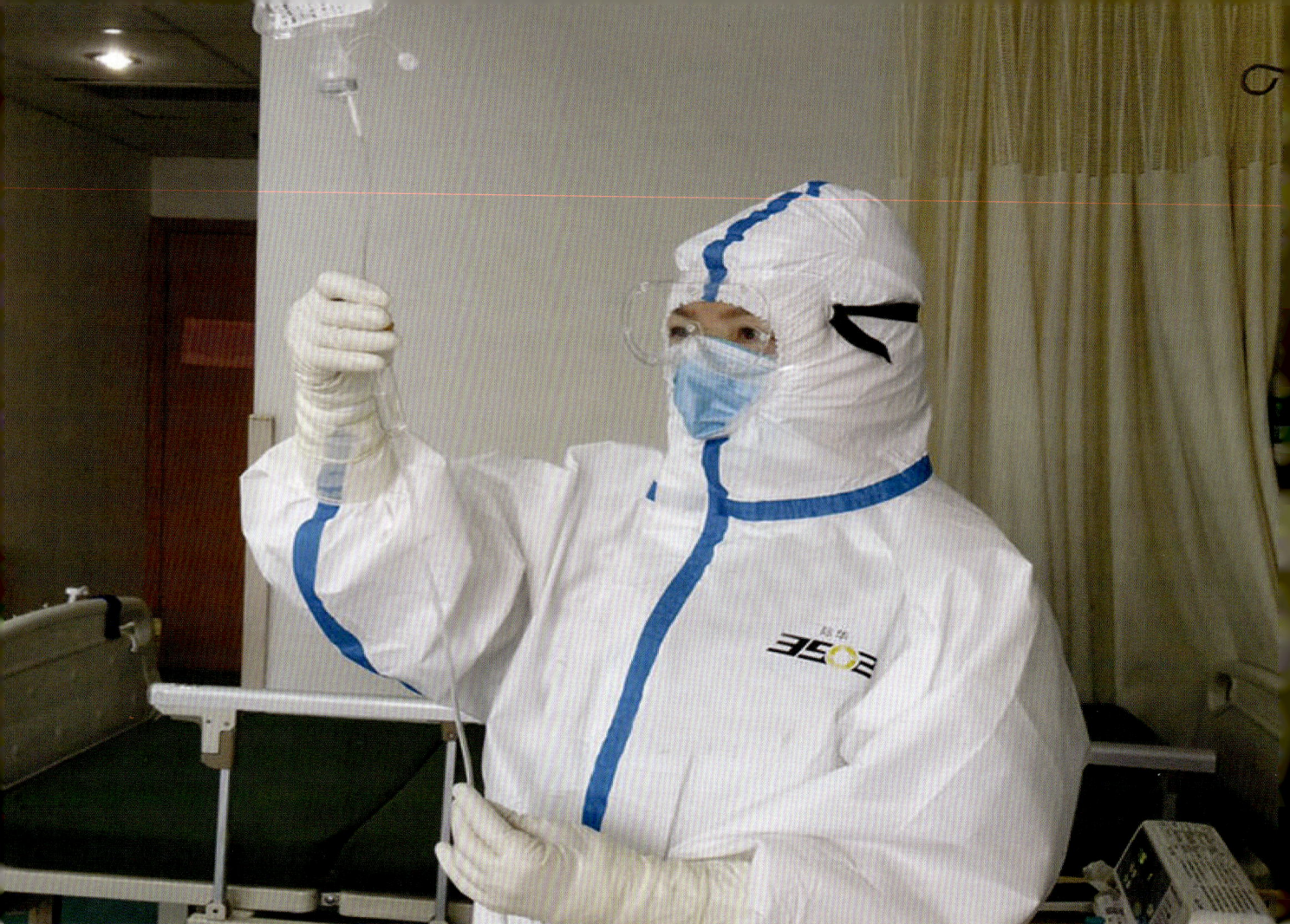

战"疫"日记

有泪水在，我感到自己仍然饱满

时　　间：2020 年 3 月 17 日

地　　点：湖北武汉市中心医院后湖院区

记录人：宁夏回族自治区人民医院　李翔

人民网
people.cn

有泪水在，我感到自己仍然饱满

来武汉前，由于爱人也在一线参加抗击疫情的工作，回不了家，我只能把7岁的女儿送回老家，一心一意投入抗疫的战斗中去。

到武汉之后，我们被分配在离华南海鲜市场只有2.3公里的武汉市中心医院。不到一周，大家就适应了新的工作环境，迅速投入到发热四病区的工作中去，全部独立工作。我和同事谢婷一直以来主要承担着病区危重患者护理工作。我们分管的两位高龄患者，其中有一位89岁的病人长期卧床，为了防止发生压疮，1小时就要翻一次身，最长不超过2小时翻一次身，在翻身过程中，要确保老人的肢体在功能位，每一个关节突出的位置都要垫上软枕，保证所有管路的通畅性。至少需要三个人才能将老人抬起来，瘦弱的姑娘们给老人翻完身后，顾不上擦汗，就开始检查纸尿裤，更换大小便失禁器具。而这位老人还有高血压、房颤、脑出血等基础性疾病。除了上述工作，一日三餐顿顿需要我们给老人喂饭。

有一天老人格外烦躁，翻身、进食很不配合。看着消瘦的老人，我耐心地劝着她，饭就是打败病魔的援兵。然而不管我怎么说她就是不听，谢婷每喂一口米粥老人就抵触地吐出来，加上老人存在认知功能障碍，我们心里着急又担心，但又无可奈何。当我听到老人嘴里咕哝着"女儿"时，我突然明白原来老人是想女儿了。心疼加上悲悯，我终于找到了打开老人心扉的钥匙，我轻轻抚摸着老人的脸颊和额头道："老人家，你不吃，病不好，将来女儿见了，她可就不高兴了。"不厌其烦地说着，十几分钟过去了，老人不再抵触，终于张开嘴巴慢慢吃了起来。当我看谢婷时，我看到护目镜水汽后面她眼里的泪花。我想起了鲍尔吉·原野在《让高贵与高贵相遇》里说的："有泪水在，我感到自己仍然饱满。"

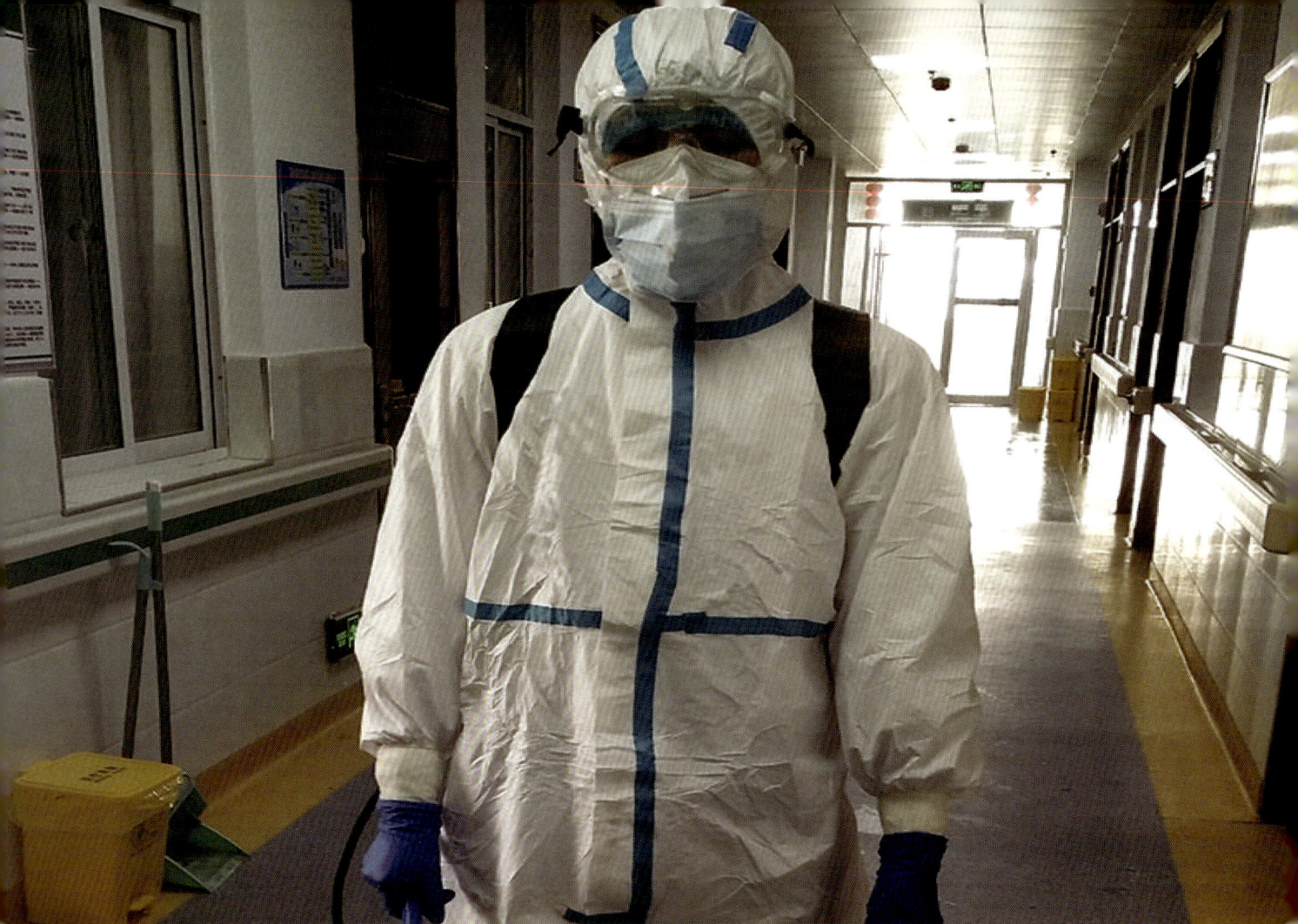

战"疫"日记

鞋套跑掉了,防护服刮破了,可当时真没想太多

时　间:2020年3月19日

地　点:湖北襄阳市职业技术学院附属医院

记录人:宁夏医科大学总医院　柳真

人民网
people.cn

鞋套跑掉了，防护服刮破了，可当时真没想太多

即将踏上回家的旅途，在襄阳经历的一切都历历在目，也有许多的人让我牵肠挂肚，这其中就有因新冠肺炎确诊，收治于襄阳市职业技术学院附属医院一病区207病房的李爷爷。

李爷爷是因新冠肺炎确诊住院的，已经住院治疗了一段时间，因为年龄大、病情重，加之有基础性疾病，因此情况一直不太好。2月24日下午，我上班没多久就接到科室通知，要将207病房的李爷爷转往上级医院继续治疗。李爷爷的身体里已经放了8个支架，医生怀疑再次心梗并伴随新冠肺炎，我和同事急忙收拾李爷爷的东西，给他穿衣服、整理心电监护。不一会儿救护车到了，我们立刻把李爷爷扶到轮椅上，一人推车、一人提心电监护，还有一人拿着泵和氧气袋。其实这样的工作我们之前重复过无数次，但像今天这样穿着笨重的隔离服，戴着双层口罩和满是雾气的护目镜来做这项工作，却是第一次，我们艰难地前行着。没有家属的帮助，我们三个女汉子用尽全力将老爷爷抬上了救护车，然后我和同事师蕊上车陪同李爷爷转往中心医院。此时正值中午，太阳高照，密闭的车厢里，臃肿的防护服下，额头上豆大的汗珠顺着脸颊往下流，流进了护目镜、口罩里，流进了嘴里。我的衣服都湿透了，呼吸困难，我快窒息了，有那么一瞬间真想把隔离服撕掉。救护车飞速驶往中心医院东津院区，因路途颠簸，李爷爷难受地呻吟着，我知道他很不舒服，我边握着他的手，边拿来了衣服垫在他的头下面。同事师蕊则细心地蹲在他的身旁将他的头托起来，避免磕碰到担架。

我有生以来从未觉得时间如此漫长煎熬，密闭的车厢和不透气的防护服快要将我闷透，疾驰的救护车让我的胃里翻江倒海，嘴里满是汗水与胃液搅拌的奇异味道。我硬撑着，一边询问李爷爷哪里不舒服，并观测着血压、氧饱和、心率的波动，一边用李爷爷的电话联系中心医院的医生护士。用时40分钟，我们终于到了襄阳市中心医院，为了争取抢救时间，来不及等，我和同事迅速将老爷爷抬下来并放到平车上，一路小跑成功地将李爷爷转进了ICU，看到那里忙碌的护士们，我和同事师蕊便马上帮助他们铺床、抬李爷爷上床，更换心电监护、接微量泵、安装氧气装置……最终看到监护仪的屏幕上显示生命体征一切平稳，我悬着的一颗心终于落地了。在我们将李爷爷一切安置好，交接完毕准备走时，老人家看着我们，用一口我还听不太懂的襄阳话说着感激之词："谢谢，太感谢你们了，我没有家人在，给你们添了那么多麻烦，喂我吃药，给我倒尿，又一路送我过来，给我穿，又给我脱，真是太谢谢你们了。"说着说着，他哽咽地将头转向一侧，我的眼眶也湿润了，我把手机放到他的手里，告诉他："老爷爷，等你好了，用这个手机和家人联系，他们会来接你的。我们走了，襄阳医院还有病人在等我们，您多保重！"

走出监护室的门，又回头看了一眼老爷爷满是感激的眼睛，虽然与他相处时日不多，但我在心中已然把他当作亲人。我心里默默祝福：一切都会好起来的。走出中心医院，才发现自己因为着急，鞋套跑掉了，防护服刮破了，手套也破了，现在回想起来真有些后怕！可当时没想太多，也顾不了那么多，作为一个在心脏科室工作10年的医护人员，我深知心梗意味着什么，能够以最快速度将老人家平安送到ICU，就是我当时一切的所思所想。我的腿感觉像灌了铅似的，无比沉重。全身衣服湿透，一会儿热一会儿冷。也因为刚刚上下车抬病人用力过猛，例假还没好的我大腿两侧已是血迹斑斑。此时此刻，才真正感觉到自己像个战士，像个斗士！虽然伤痕累累、辛苦异常，但却体会到了存在的价值以及被需要的感觉，一切值得！

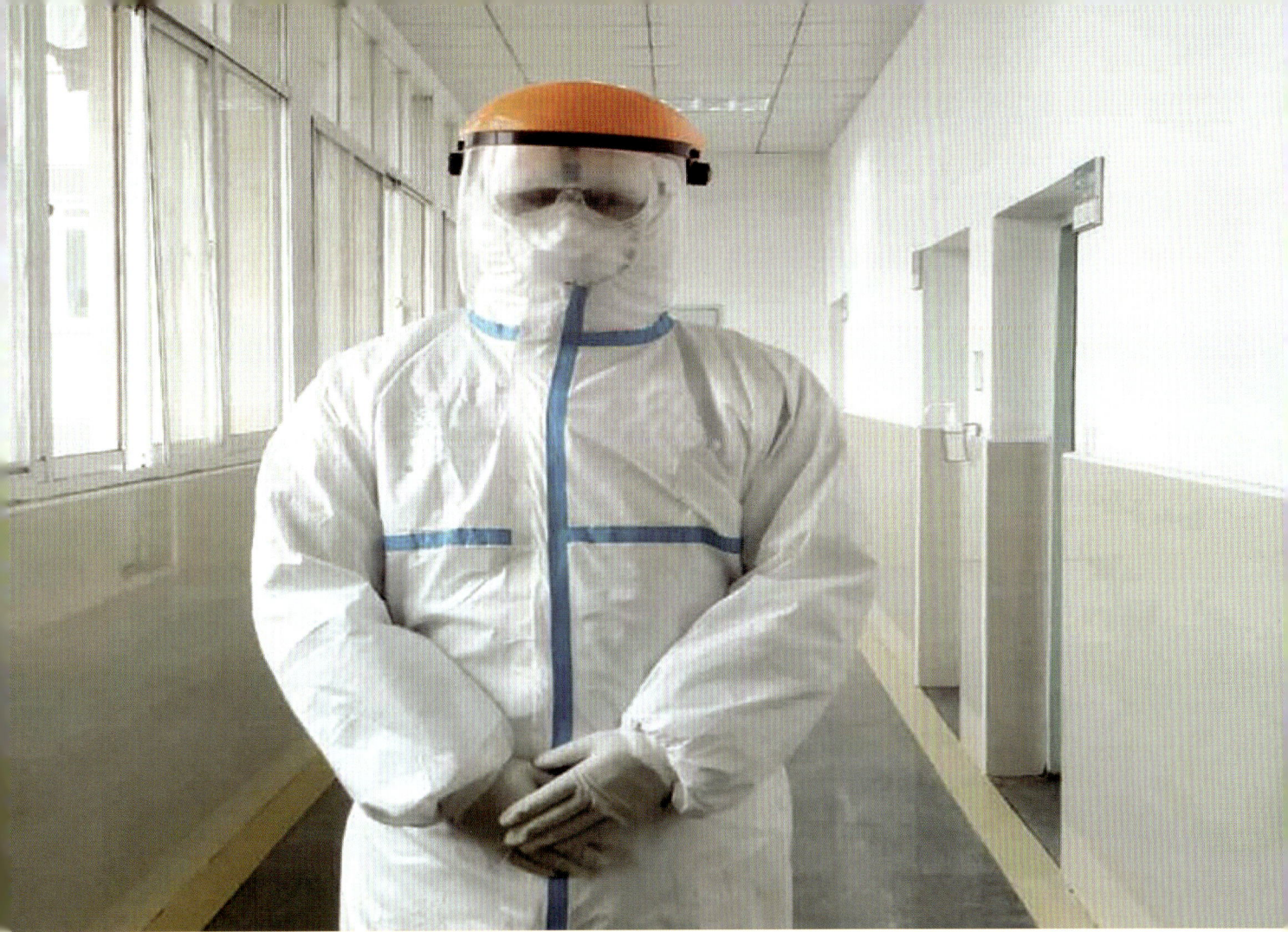

战 "疫" 日记

做笔记再温习，为疫情防控工作取得最后胜利准备着！

时　间：2020 年 3 月 22 日

地　点：湖北潜江市

记录人：宁夏回族自治区疾控中心　孙伟

做笔记再温习，为疫情防控工作取得最后胜利准备着！

今天是我们抵达潜江的第三十三天，听着宁夏援湖北医疗队分批次撤离的消息，看着他们返程的一幕幕画面，尽管大家归心似箭，但疫情还没有结束，复工复产复学后的防控工作任务依然艰巨，我们必须要克服麻痹思想和厌战情绪，相互鼓励，调整心态，坚守疾控人的初心和使命，站好最后一班岗。

吃完早餐，作为宁夏疾控流调队员，按照湖北省新型冠状病毒感染肺炎疫情防控指挥部下发的《关于开展湖北省新冠肺炎疫情防控疾控大培训的通知》和潜江市新型冠状病毒肺炎疫情防控指挥部办公室关于《参加全省新冠肺炎疫情防控疾控大培训方案》要求，我们乘车抵达潜江市政府视频会议室。9点半会议准时开始，会议共分为两阶段：第一阶段由国家卫生健康委疾控局局长常继乐主持，湖北省委常委王贺胜和国家卫生健康委副主任于学军做了重要讲话，对全省今后防控工作再安排、再部署，要求各地严格按照会议精神因地制宜、精准施策，防止疫情死灰复燃；各援鄂疾控专家队要严格按照"疾控大培训"工作要求，做好技术指导和业务培训工作，为当地培养一支带不走的公共卫生队伍。第二阶段邀请全国知名专家就新冠肺炎疫情防控方案各项措施、特定场所环境卫生消毒、实验室检验检测、疫情期间心理疏导工作方案、膳食辅导对策、疫情报告要求和医疗机构发热门诊规范要求等内容进行系统全面的解读，大家认真聆听专家讲解并不时做笔记，对于重点要点记录详细，并拍照录音。

打铁还需自身硬！为了确保培训实效，下午我们在宾馆对上午的培训内容再温习，再讨论，再提升，熟记核心知识和要点，随后大家制作培训课件，为潜江市复工复产复学技术指导和培训工作准备着，为潜江市疾控中心、医疗机构和社区疫情防控知识专业培训工作准备着，为潜江市疫情防控工作取得最后胜利准备着！

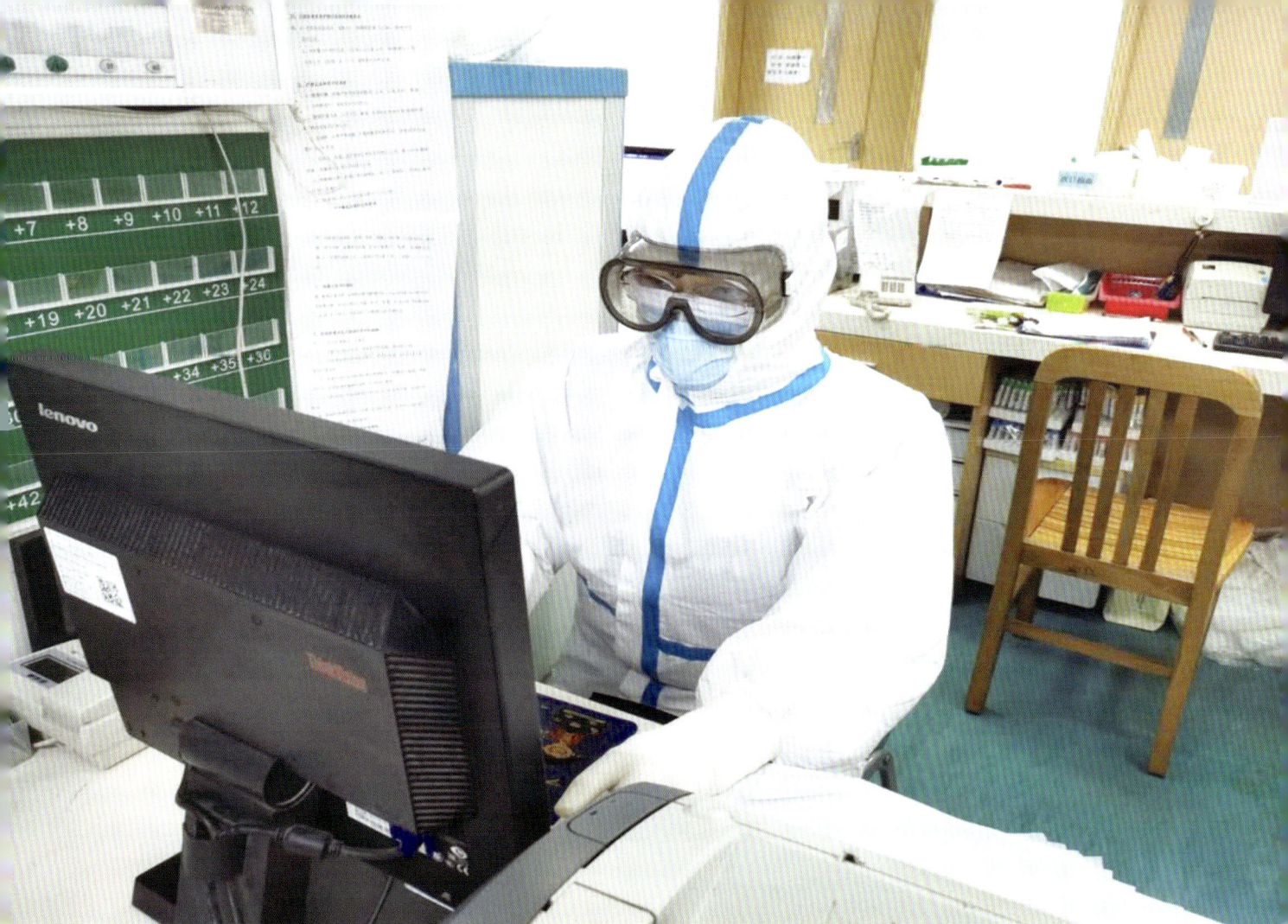

战"疫"日记

每个人都努力工作，是因为心底藏着大爱

时　间：2020 年 4 月 7 日

地　点：湖北武汉市中心医院

记录人：宁夏吴忠市同心县人民医院　马金玲

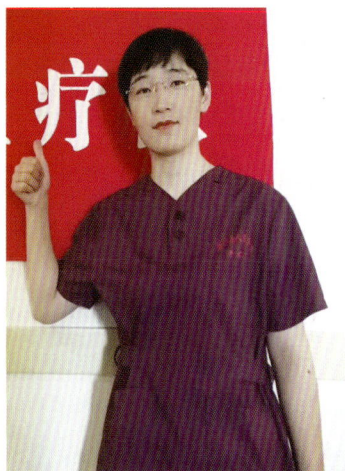

每个人都努力工作，是因为心底藏着大爱

接到回家通知的时候好像没有想象中那么激动，算上明天我离开家整整49天了，似乎在这里待得有点"傻"了，从武汉回来的时候持续兴奋了好久，在被隔离的时间里慢慢沉淀了下来，最后一天，捋捋这段时间的经历吧！

从第一次接到支援湖北的消息开始，我就积极报了名，到确认被选之前，我一直在做着准备，家里的安抚、要带的东西等，但是等了很长时间都没有消息，心里都已经放弃了，所有人都觉得我可能不去了，突然通知来了，我要走了，而且走得挺着急，那一刻是有点儿小慌张的，心里久久不能平复！看着家里人帮忙打包行李，我的心里不知道是一种什么感觉。出发那天早晨，城外的朝阳惊艳了我，安静祥和，仿佛诉说着最真挚的祝福！

进"战场"的时候谁都没有想过可能今天就会"中标"了，大家总是抱着一个乐观的心态，吐槽着护目镜还没进去就起雾了，没干活儿呢浑身就已经开始冒汗了！谁都没有说过"我害怕，不想进去了"！进去也是以最乐观的心态干着力所能及的事情，忙里偷个闲，给自己苦中作个乐，护患关系达到前所未有的和谐。人生总是有这样那样的不如意，但当一切都放在生命面前时，可能都会变得微不足道了，人们常说先有大家才有小家，没有国，哪来的家，这些可爱的战士来的时候可能只是出于一个医务人员的本能和使命感，但到了这里，让你努力工作的，更多的是每个人心底藏着的那份大爱，中国人骨子里渗透着"仁德"二字，到了关键时刻这种大爱已经不由本人意志去控制了，只想尽全部努力使患者康复回家！

生命的延续，无法割舍的血缘关系，让每一个中国人把家看得尤为重要，无论置于何方，心中始终惦念着一个叫家的地方。回家对于所有人来说都是一件特别幸福的事。武汉是个英雄的城市，封一座城，护一国人，不是说说而已，这其中的艰辛怕是只有武汉人民自己才能体会到，而我们只是过客，顺带做了点儿自己能做到的事而已。这批人一个不少，安全返航，是件令人激动的事情，不管这背后有多少心酸的故事，最终我们都挺过来了，时间是抚平一切最好的良药，相信一切都会过去！

生活的齿轮总是追逐着你，让你没有时间去伤感春秋，只是在督促着你前进前进再前进！往年的默哀可能只是流于形式，没有真正体会过，所以无法感受这种悲伤。而今年许是真正经历过，亲身体会过，默哀的那天，好多人哭了，那一整天都蔓延着悲伤，打开手机或者电视看着看着就想哭。我们总是埋怨着生活的各种不如意，却不知道这也是一种幸福。有些人只能永远停在2020年，不再有欢喜，不再有悲伤！

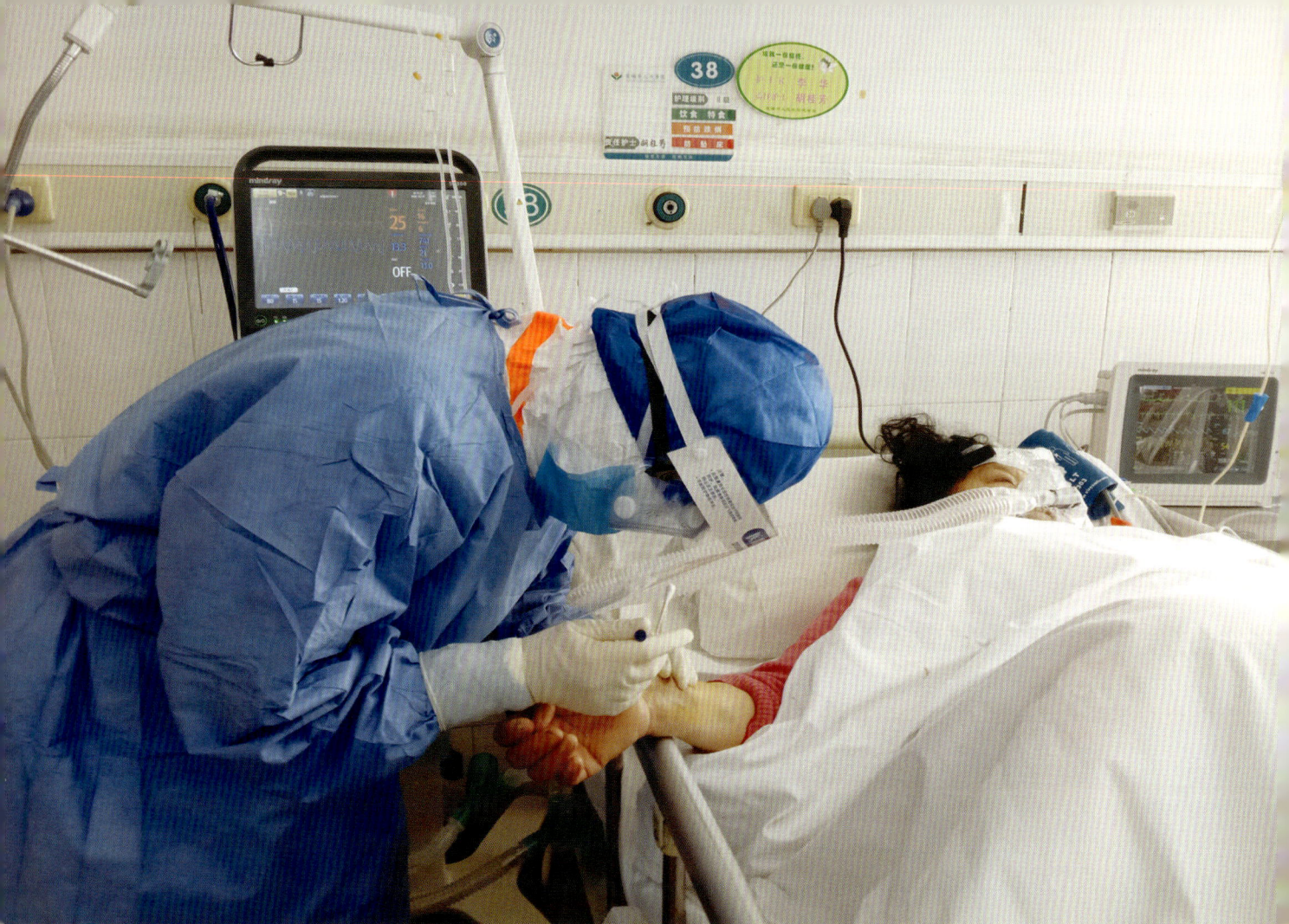

战"疫"日记

谢谢啦！有你们在真好

时　间：2020 年 2 月 1 日

地　点：湖北襄阳宜城市人民医院

记录人：宁夏银川市第一人民医院　付晶琀

人民网
people.cn

谢谢啦！有你们在真好

经过三天严格培训，今天是我正式进入病房上班的第一天。天还没有亮的时候我就醒了，看着窗外蒙蒙夜色中的宜城，心里依然还是有些忐忑不安。

简单地吃过早饭，因为要早晨交接班，7点半便和卢燕主任、杨春燕护士长及队友们到达宜城市人民医院感染科。看着醒目的"隔离区"三个大字，说不紧张、不害怕，那是骗人的。

进入病区后，我们开始更换工作服，卢燕主任一直在监督我们穿防护服的每个步骤，生怕我们有一个细节没有做到位，导致自身感染。直到我们全部穿戴完毕，主任紧张的脸上才有了放松的笑容。

进入病房，看见依然穿梭在病房里的感染科护士忙碌的身影、被汗水打湿的防护面屏，我的心仿佛在被用针深深地刺痛着，之前紧张、害怕的情绪一扫而空。好想大声告诉她们，亲爱的姐妹们，我们来了，在这场抗击新型冠状病毒感染肺炎的战役里，你们并不孤单，有我们陪你们一起走完。

隔离病区分为两个区，一楼是确诊病人，二楼是疑似病人。我们先要认真和夜班护士做好床头交接班，仔细听取每位患者的情况，为接下来的工作做准备。

看着每位患者那忧愁的表情，我暗暗告诉自己，一定要尽自己最大的努力，帮助他们战胜病痛的折磨。急病人之所急，忧病人之所忧，不正是每位白衣战士的使命吗？

扎针，换药，做雾化，耐心地为每个患者讲解疾病的相关知识。发药、打饭、倒开水、整理用物、讲解药物的服用方法及注意事项，用我们一点一滴的行动告诉他们，湖北人民在牵挂着你们，祖国人民也在牵挂着你们。

　　闲下来的时候，有次和一位阿姨聊天，她问："丫头，你不是本地人吧？"我回答："对啊，阿姨，我是从宁夏来的。"她说："辛苦啦丫头，这么远还来照顾我们。谢谢啦，谢谢啦，有你们在真好!"

　　看着这位阿姨泛起泪花的眼睛，我暗暗发誓：一定要努力，要加油，帮助他们早日康复。

　　初春的湖北依然还有些寒冷，但我的心却是温暖的。

　　一样的背影，一样的笑容，一样的使命，一样的决心，让我们一起努力，一起战胜疫情。

　　宜城加油！湖北加油！中国加油！

战“疫”日记

写给爸妈的信：等疫情结束，我们一起去旅行吧！

时　间：2020 年 2 月 1 日

地　点：湖北襄阳宜城市人民医院

记录人：宁夏银川市第一人民医院　高娜

写给爸妈的信：等疫情结束，我们一起去旅行吧！

"妈，我去湖北支援了，您别担心我，我会好好照顾自己的……"说完我立刻挂掉了电话。领导在，不方便接电话。我是下飞机的那一刻才打电话告诉父母我去湖北的消息，不敢在电话里多说，我怕我忍不住要哭。

今年是我第三年没有回家过年，原本计划今年回家，可是疫情的出现阻止了我的计划。每天看着新闻，感染的病人从几十个增长到几百个，几千个……看到医护人员那么辛苦地工作，我只能在被窝里偷偷掉眼泪，但心里已经有了自己的一些想法。

年三十，您打电话说："娜，最近这个疾病传染厉害得很，你们医院有没有啊？你可要注意啊，每天要好好吃饭，可不要减肥啊，你可不要去接触那些病人啊……"我当时很肯定地告诉您，我才不会去接触那些病人，知道了我肯定躲得远远的。可是，您想都没有想到，我是多么勇敢，我主动报名来湖北支援了，知道您肯定不会同意，所以，我下飞机才告诉您。

自从来了湖北，您隔1小时发一条信息，打电话，发视频，不停地联系我，问我吃了没，饭好不好吃……连平时不善交流的爸爸，每天都发消息问我状况，让我有什么事别告诉妈妈，跟爸爸说。妈妈还说："这次回家一定要催你赶紧结婚，自己一个人，没人管着你，想干吗就干吗，我看你有了家庭，有了孩子，还会不会乱跑。"

虽然您很担心我，但心里还是挺为我自豪的吧，没想到平时自己一个人过马路都害怕的我现在这么勇敢。我是不是很棒?!

你们放心吧，我肯定会好好照顾我自己，每天吃饱喝好，休息好，保护好自己，然后安安全全回家。老爸，老妈，老妹，等这次疫情结束了，我们一起去旅行吧！

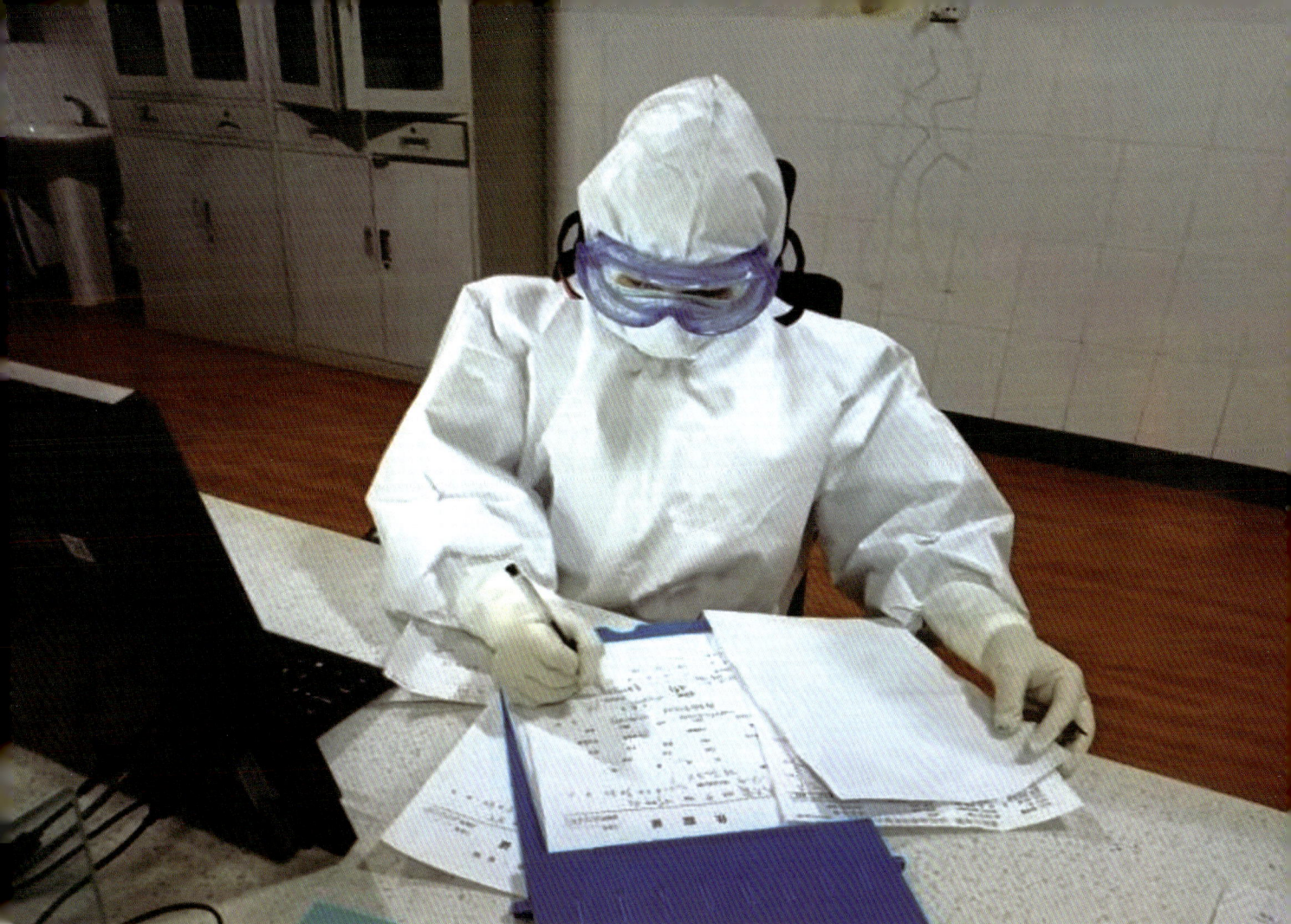

战 "疫" 日记

我已写好入党申请书，随时准备接受考验

时　间：2020 年 2 月 1 日

地　点：湖北襄阳老河口市第一医院

记录人：宁夏银川市第一人民医院　马丽

人民网
people.cn

我已写好入党申请书，随时准备接受考验

"打胜仗，零感染，武汉必胜！"是一声声振聋发聩的口号，更是所有抗疫工作者的信念！我不是共产党员，但早已心向往之，此时此刻，我已经写好了入党申请书，随时准备接受组织和人民的考验，在这场磨难中淬炼自己。

当我知道要组队千里驰援湖北时，我义无反顾地报名参加，来到襄阳后，了解到湖北现在面临严峻的形势，我更加笃定我当初的选择。来湖北已经第五天了，今天才和爸妈通了一个电话，不是我不孝顺，而是我知道，我会听到对方说话时令人揪心的哽咽声……虽然我远在湖北，但我每天都在我的"温馨小窝"家族微信群里，宣传新型冠状病毒肺炎的预防小知识，也了解到了我的家人每天都在关注湖北疫情发展的新闻，而他们也只能眼巴巴地在新闻中寻找关于我的蛛丝马迹，只能在视频中寻找哪怕是一闪而过的我的身影。而就在刚刚，我看到了父亲在他的工作岗位上做了一个可以供大家用流动水洗手的小发明，我顿时感觉我每天的唠叨没有白费，也为我的父亲点赞。

我想告诉你们，请放心，我在给患者带来健康的同时，也会做好自身防护，爸妈，你们的女儿已经长大，能帮助别人，也能独立承担社会责任，也请你们相信，我会永远是你们的骄傲！待我凯旋时，我要吃你们亲手做的羊肉臊子面，在你们怀里讲我的襄阳故事。

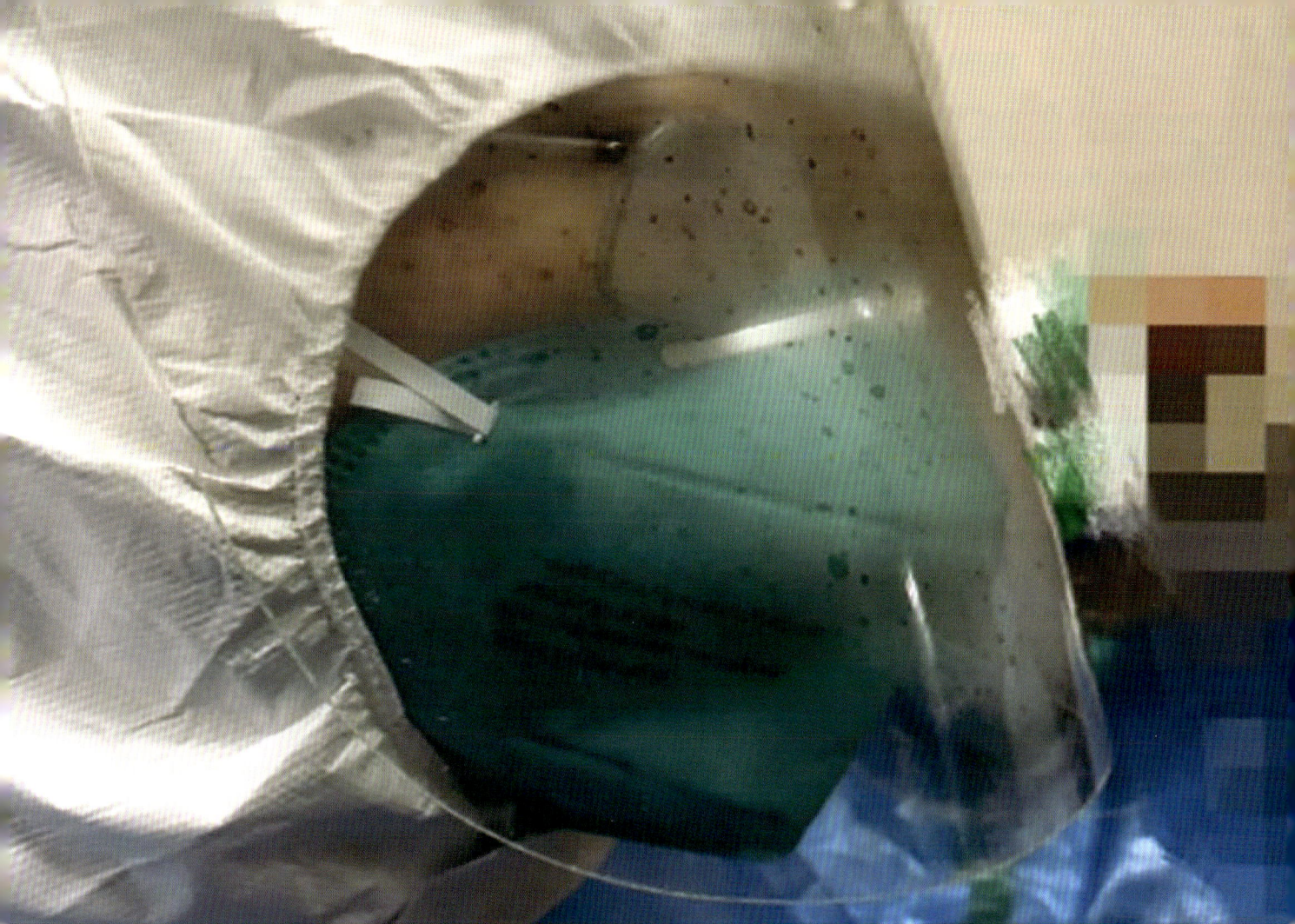

战"疫"日记

写给妈妈的信：等我平安归来，以后的日子里我照顾您！

时　　间：2020 年 2 月 1 日

地　　点：湖北襄阳宜城市人民医院

记录人：宁夏银川市第一人民医院　卫夏利

人民网
people.cn

写给妈妈的信：等我平安归来，以后的日子里我照顾您！

今天是我来湖北的第五天，工作慢慢步入正轨，原谅我决定援鄂的时候没有告诉您，我是怕您担心。当您知道我来湖北的时候，您没有一句责怪的话，只有五个字，"妈妈支持你！"

短短的五个字，写出了您对我的关心和担心。从我呱呱坠地，您就开始为我操劳了，在我的印象中，您不善言谈，总是默默无闻地出现在我的身后，无微不至地照顾这个家，从来没有听您说过一句怨言。

因为我是一名军属，生完孩子后，您又肩负起为我照顾小孩的责任，我现在工作了，您本应该享福的，却为了我的孩子又开始操劳，害怕我工作累，总是帮我把家里收拾得干干净净，我下班回到家总是能吃上香喷喷的饭菜。咱们老家在陕西，我工作在银川，就这样，您带着小孩从银川到西安、从西安返银川来回奔波，为此整整坚持了四年！

这世上哪有什么岁月静好，不过是有人替你负重前行。感谢您为我们负重前行守住小家，我和爱人才可以负重前行为岁月静好贡献自己的一份力量。我们不是生而无畏，而是对生命敬畏，有我们在，没有什么打不倒的病毒！最后我想说，母爱是无私的，是用金钱买不到的，谢谢您！现在，我的孩子也长大了，等我平安归来，以后的日子里我来照顾您！

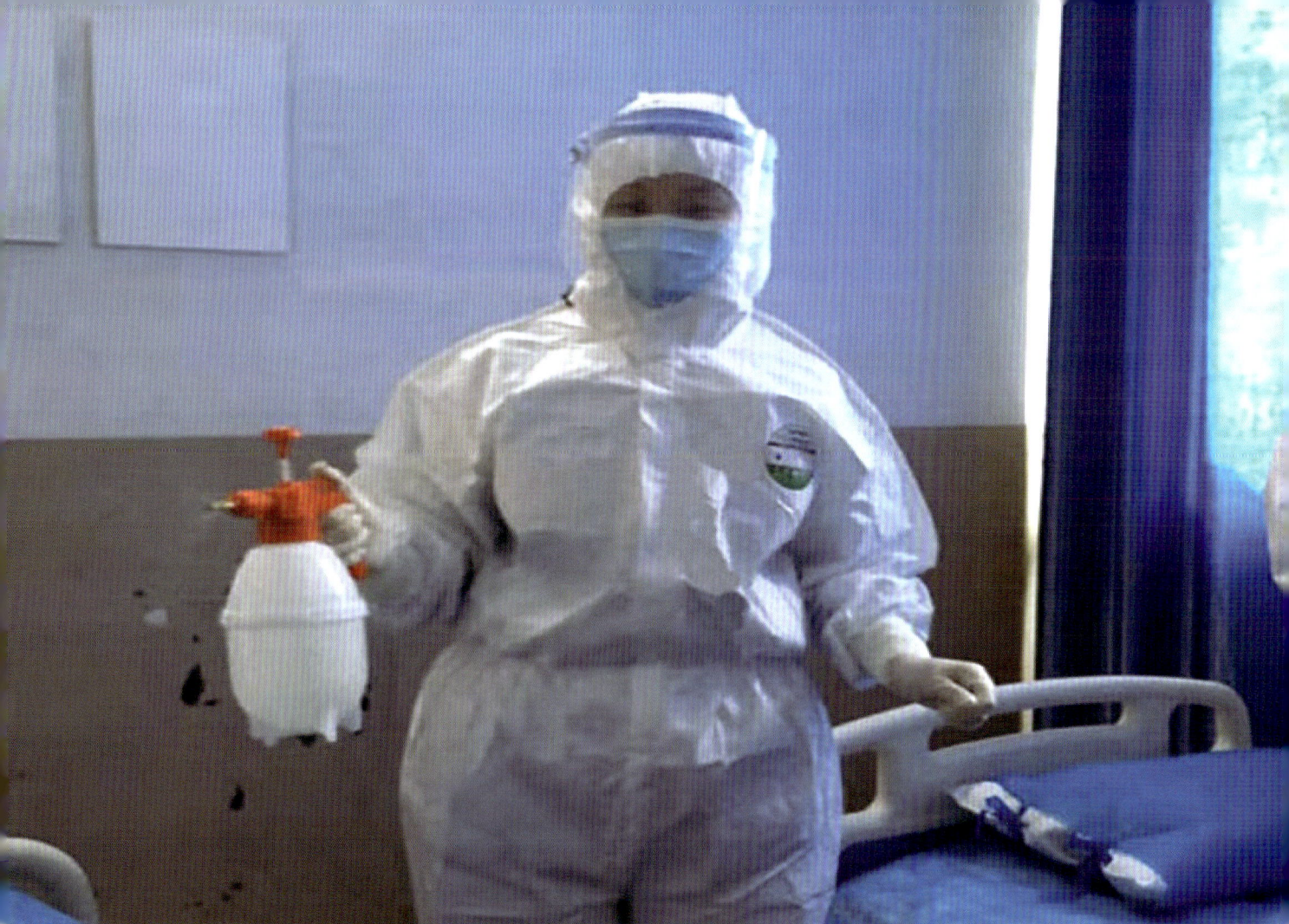

战"疫"日记

待花开疫散　必春暖人间

时　间：2020 年 2 月 4 日

地　点：襄阳老河口市医院

记录人：宁夏银川市第一人民医院　刘艳红

人民网
people.cn

待花开疫散　必春暖人间

2月4日，立春，天气晴朗。穿上纸尿裤，全副武装，迈着蹒跚的步伐，做着笨拙的动作，一步一步走进隔离区。

"大哥早上好！昨晚睡得怎么样？"

"一般，毕竟不是家里。现在已经七天过去了，哭不出来了，睡眠又不好。每天三四点钟就醒，心里堵得慌，感觉气也喘不过来。"

"好，现在给您测下血氧，96%，不错，坚持呼吸功能锻炼，加油！今天我给你带'宁夏味'泡面，祝你早日康复！"

"感谢你们，有你们真好，一起加油！"

今天蛮开心的，和夜班小伙伴们查完房后，看了所有病人，大多数心态阳光，斗志昂扬。个别患者，由于已经被隔离十来天了，出现了恐慌、焦虑的情绪。我想，我应该用积极乐观的情绪去感染他们，让他们以乐观的心态度过隔离期。

隔离病毒不隔离爱！即使穿着厚重闷热的隔离服、戴着把皮肤勒得生疼的防护口罩、护目镜下的视野被汗水模糊，姐妹们依然给病人轻声的安慰、细心的护理，我相信护目镜后的眼神，他们一定能感受得到！

愿春风吹走瘟疫，愿春雨滋润大地。同心协力冬"疫"必去，春回大地必暖人间。迎春启程，向阳而行，老河口加油！襄阳加油！湖北加油！中国加油！

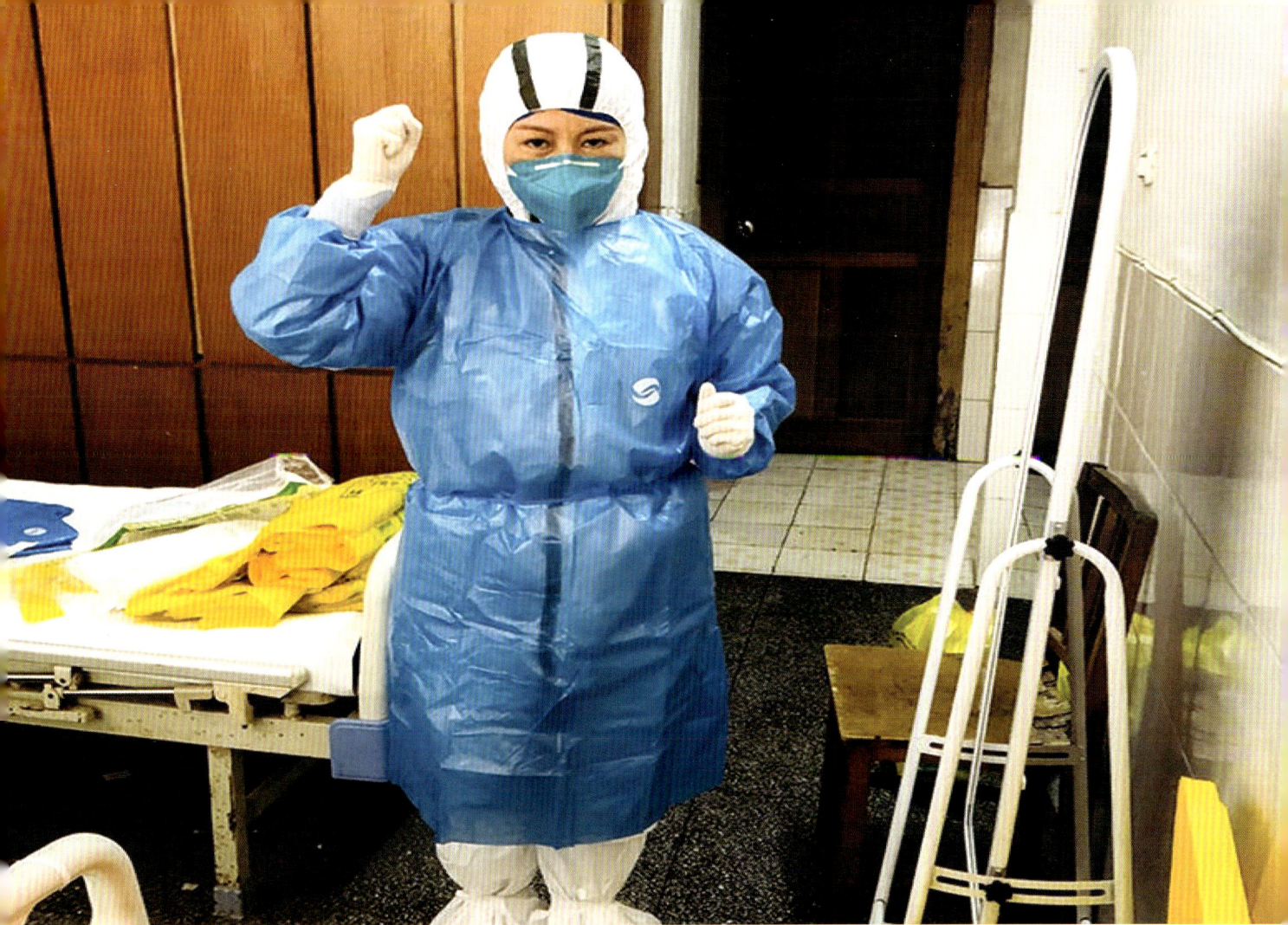

战"疫"日记

每次进入病房，我们都相互说"加油"

时　　间：2020 年 2 月 8 日

地　　点：湖北襄阳宜城市人民医院

记录人：宁夏银川市第一人民医院　卢燕

人民网
people.cn

每次进入病房，我们都相互说"加油"

今天凌晨夜班医生收治了一位69岁新冠肺炎重症患者，患者呼吸困难明显，送入病房时，血氧饱和度只有60%左右，呼吸衰竭，病情非常危重。晨会大家听到交班内容心头一紧，又是一例危重症，年龄大，有基础疾病。我和感染科主任刘再伏及主管医生张俊荣更换了防护服，进入隔离病房查看病人。危重症患者的病房是具有高感染风险的地方，但大家没有退缩，没有畏惧，守在床旁帮患者调整无创机械通气的参数。病人的呼吸逐渐慢了下来，血氧饱和度逐渐升至90%以上。绷紧的弦暂时得到了一点放松，我叮嘱管床护士严密监测生命体征，如果无创通气治疗效果不好，随时有可能要为老人进行气管插管。接着我们查看了全病区的危重症、重症及普通症病人，这一圈下来就到了中午，虽然初春的宜城温度只有零上4度，但我的全身闷得都是汗。脱防护服比穿更重要，如果脱的步骤不正确，前面防护得再好也白搭了。

我们援助的宜城市人民医院感染科，有很多感人的故事。护士长李华在宜城市收治第一例确诊病人时，在没有什么防护物资的情况下，近乎赤膊上阵，不顾安危，为了保护其他同事，自己进入病房长时间奋战。我刚来到宜城加入这个集体时听到其他医生讲她的故事，不禁泪目。科主任刘再伏是一位谦和、受人尊敬、有能力的老师，对各类感染性疾病诊治积累了丰富的经验，疫情发生后的这一个多月来，他冲锋在前，每天休息不足4小时，我们医疗队的到来，缓解了他极大的压力，尤其在重症和危重症患者的救治上，给予了他们很大的帮助。每次进入病房时，我们都要相互打气，相互说"加油"。

疫情面前，没有旁观者，我们责无旁贷，我们是并肩作战的战友，正如钟南山院士所呼吁："有重症医学同道的共同努力，才有可能更好地抢救重症患者，改善预后。"降低新型冠状病毒重症肺炎患者的病死率至关重要，即使目前没有特效的抗病毒药物，但重症患者的早期识别、规范化精细化管理必定会降低病死率。

忙碌的一天结束后我走出医院大门，正门对面有个湖，名叫"鲤鱼湖"，湖面碧波荡漾，停摆了几艘小船。美丽的宜城，此刻如此的寂静，我坚信，不久的将来，这里必将迎来欢歌笑语。

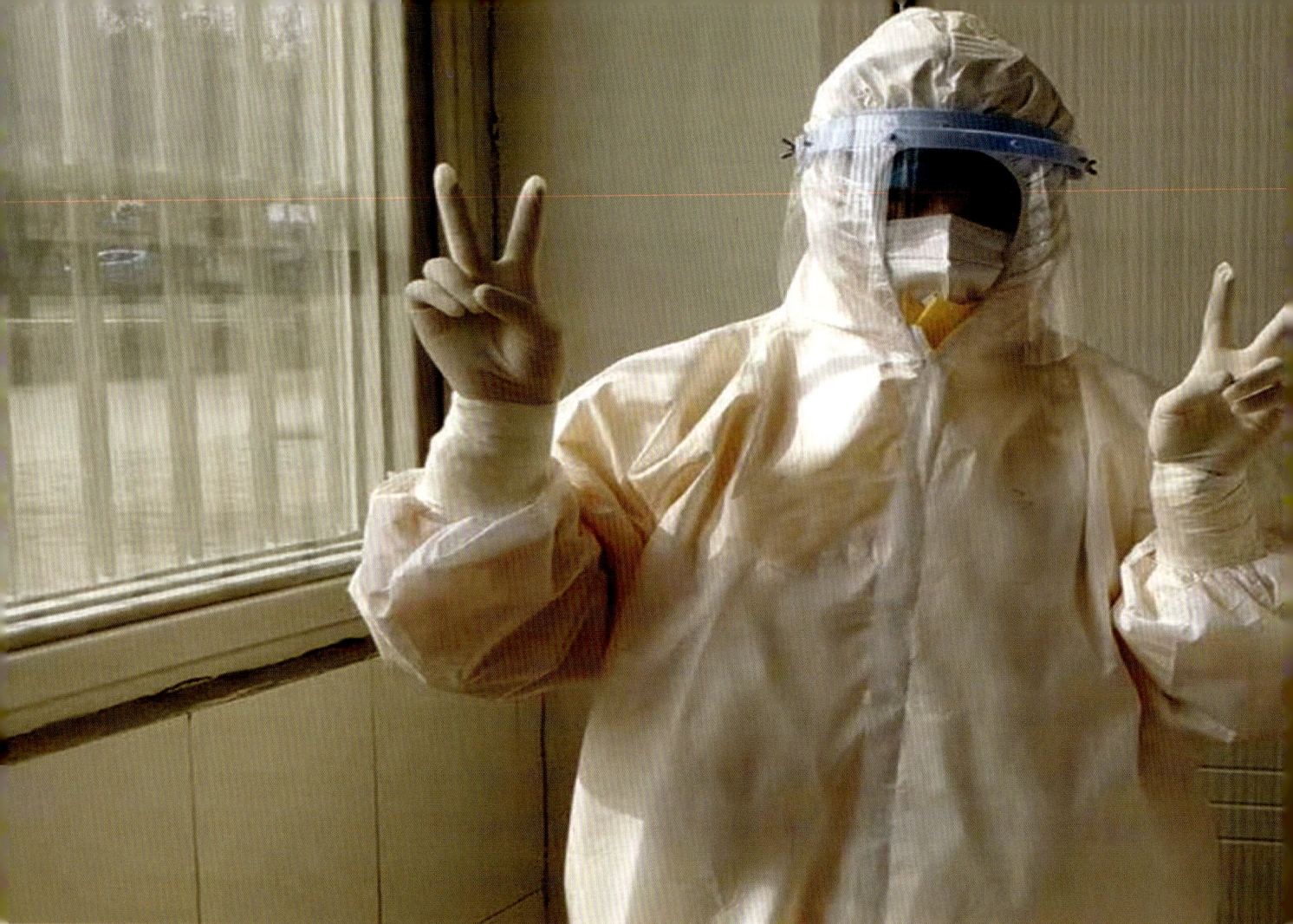

战"疫"日记

讲讲我在治疗室中如何"演奏"

时　间：2020 年 2 月 8 日

地　点：湖北襄阳老河口第一人民医院

记录人：宁夏银川市第一人民医院　阿永辉

人民网
people.cn

讲讲我在治疗室中如何"演奏"

今天是我们来援助湖北第十一天，清晨7时30分，太阳依旧懒散地躲在遥远的天边，不愿起来爬坡。而我，作为一个有斗志的青年，要开始自己今天的"演奏"。

口罩、帽子、手套齐上阵，正式踏入治疗室，注射器、安瓿瓶、各类药品、利器盒，包括地上的垃圾桶……都为我所用，组成一个个琴键。感觉一晚上没见，十分想念这些宝贝！来吧，宝贝们，都快来到我的手里，让我去尽情演奏，去给需要你们的人们奉献你们的价值！

就这样，我的手、大脑、身体都十分配合地为我所调用，也时刻保持专注、迅捷的状态。直到上午10点才会有一点放松，来缓解高度紧张所带来的高负荷！在这期间，虽然很专注和谨慎，但客观因素仍不可有效地避免，那便是掰安瓿瓶颈部会有玻璃碴子掉落，哪怕很小心，由于量大，仍会出现扎破手的情况。你就会看到有一些血调皮地跑出来，去渲染你的手套，让你的手套看上去不是那么的单调。然而这点小插曲依旧影响不到我的弹奏，生怕停下来一秒楼上的患者会多等一秒。当你停顿下来，想要关心手的时候，发现它已经自我修复了，只有手套上的一小片血色绘画，记录着刚才的小插曲。就这样，两小时的弹奏又结束了！

接下来便是收拾一片狼藉的台面和地面，进行治疗室的彻底消毒！就像擦拭陪伴你多年的钢琴老朋友一样。当然在此期间还有时不时新入患者的药物需要我调配！中午手抄医嘱，打明日的输液单、条码、抽血条码等，又是紧张的三小时！下午又开始了治疗室的彻底消毒，在刺鼻的消毒水味中整理明日要用的药物，配下午所需要的雾化药，不到半小时，地上就又会出现两大箱子垃圾。感觉自己好有成就。贴单、摆药！下午3点30分，我终于谱写、修改、演奏完了我的一首完整的、动听的交响曲。

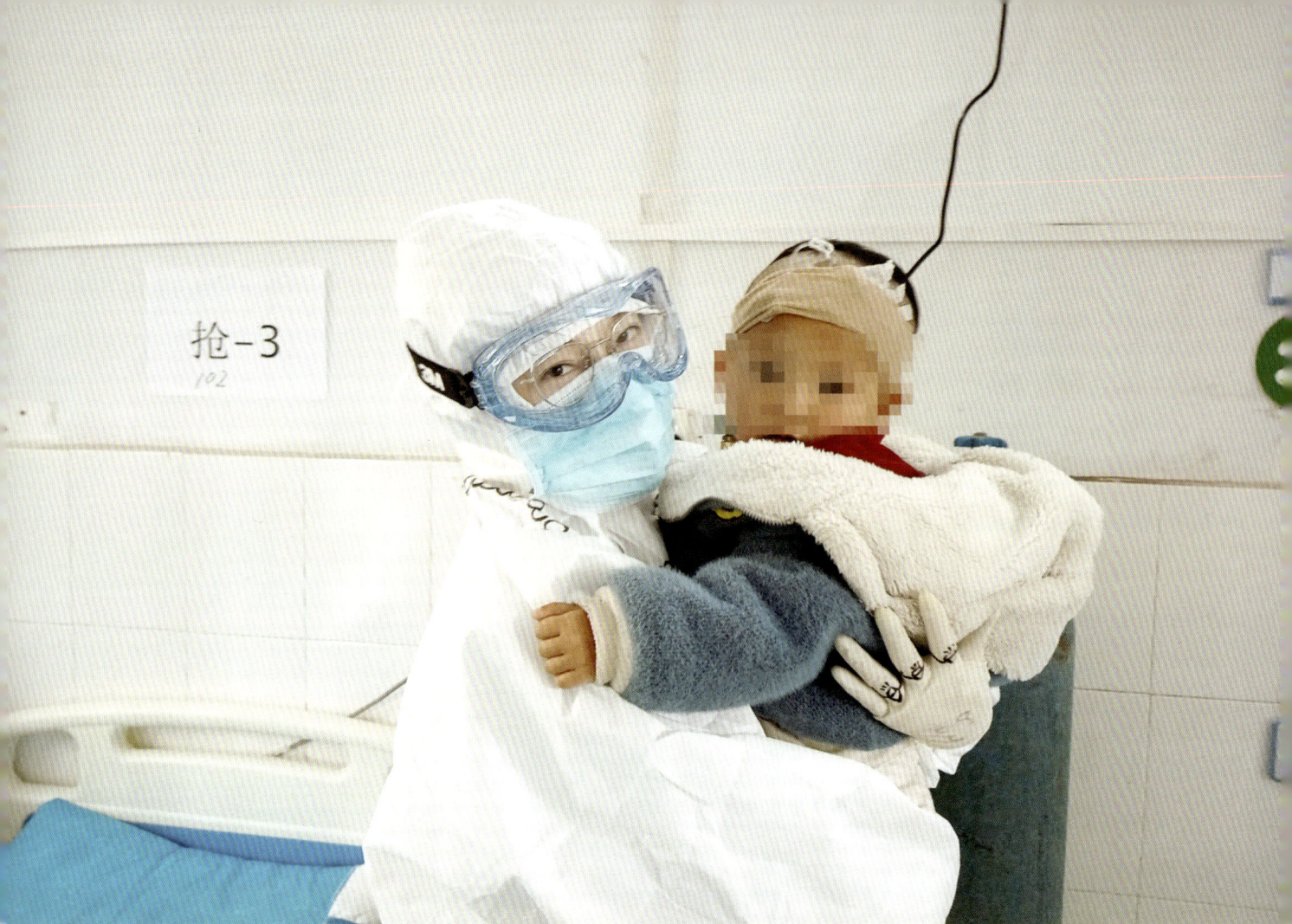

战"疫"日记

妈，不要担惊受怕，不许偷偷流泪

时　间：2020 年 2 月 8 日

地　点：湖北襄阳宜城市人民医院

记录人：宁夏银川市第一人民医院　胡莹

人民网
people.cn

妈，不要担惊受怕，不许偷偷流泪

今天是个特殊的日子，是正月十五元宵节，是一年中第一个月圆之夜。今年的元宵节与往年大不相同，宜城市的街道空无一人，我独自走在街上，两边的商铺全部大门紧闭。在这个热闹喜庆的日子里寂静得连鞭炮声都听不到，整个城市仿佛陷入深深的沉睡中。

想必您在银川也是相同的情形，在这个团圆的日子里，我不能陪在您身边，只有狗狗和您做伴，一定很孤单吧？还好我有先见之明，离家前就买好了汤圆放进冰箱，不过我猜您今天一定没煮着吃。

我在这里一切安好，工作的时候十分认真，防护流程做得很到位，绝不马虎。我现在是一个肩上能扛得起责任的小战士了，早已不是从前那个迷迷糊糊的小女孩，您放心，别再为我担惊受怕，我在这里吃得饱，穿得暖，当地政府、医院和市民对我们很照顾，今天的晚餐特意为我们准备了汤圆，还是我最喜欢的黑芝麻馅，心中温暖不已。

您在家中要照顾好自己，没事别出门，如果出门一定要戴好口罩，三餐一定要按时吃，每天记得开窗通风，晚上不要熬夜，尤其不准偷偷抹眼泪，还是那句话，您安好，我在前线才能全身心投入工作，才能没有后顾之忧。花好月圆人团圆，暂且放弃我们的小家，等疫情过去之后，我回家和您一起煮汤圆。

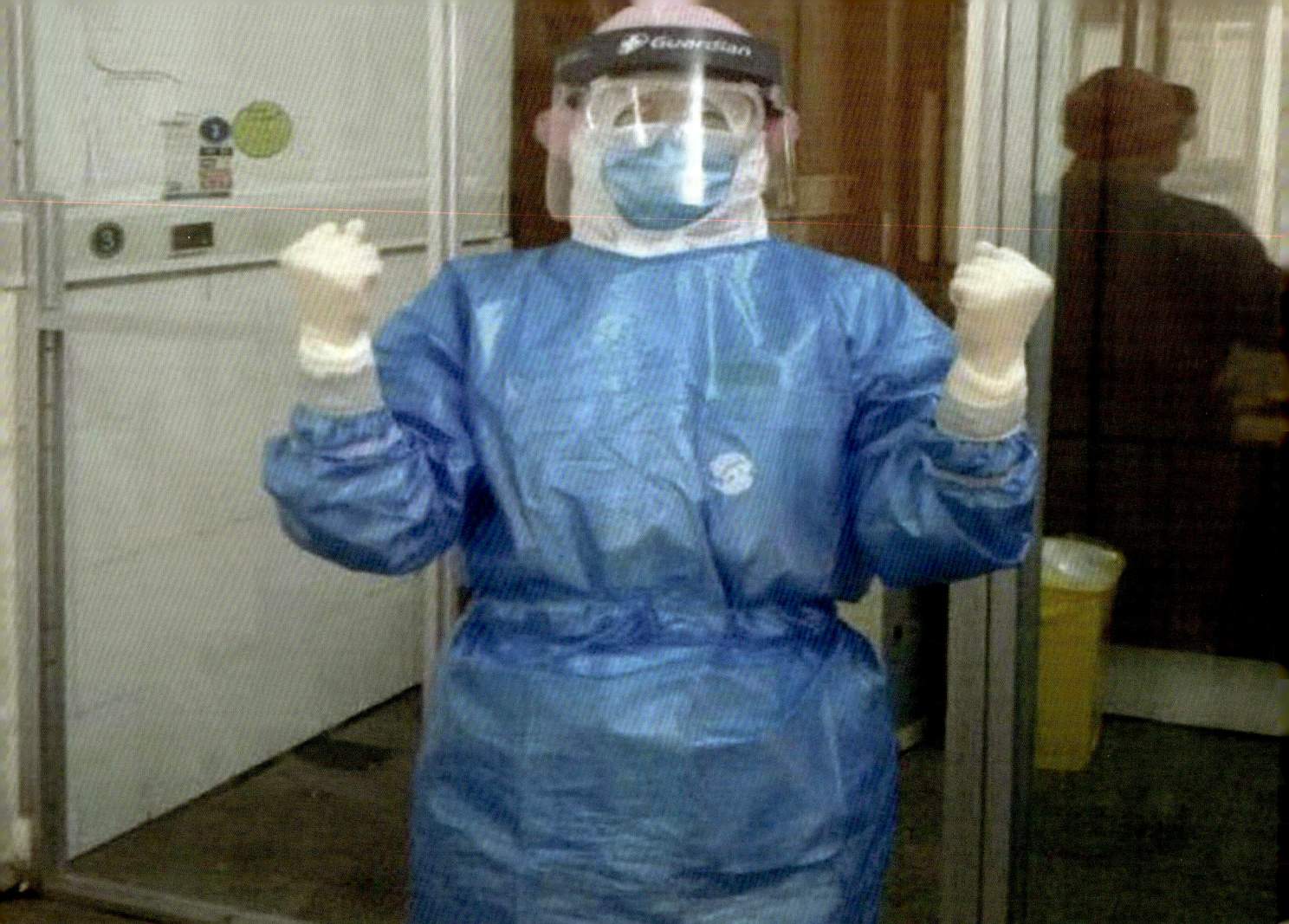

战"疫"日记

写给女儿的信：你永远是我手心里的宝

时　　间：2020 年 2 月 8 日

地　　点：湖北襄阳宜城市人民医院

记录人：宁夏银川市第一人民医院　刘霞

人民网
people.cn

写给女儿的信：你永远是我手心里的宝

丹丹宝贝，这是妈妈第一次给你写信。今天妈妈离开你驰援湖北抗疫一线已经整整12天了，又是正月十五闹花灯、吃元宵、合家团圆的日子。一大早，妈妈就收到了你给我画的画，还有语音祝福："妈妈，祝你元宵节快乐，身体健康，工作顺利。妈妈，我等你回来吃元宵。妈妈，多保重自己。我想你啦，妈妈！"你的祝福妈妈都收到了，妈妈很喜欢，很开心！妈妈也十分想念你，想念全家，提起笔来却不知从何说起，满眼泪水……

我和爸爸都是医务工作者，又都是共产党员。妈妈出发前去看望你和姥姥，你抱着我哭了许久，不让我走，因为你从来没有离开过妈妈。现在的你还不知道妈妈为什么去湖北，外面究竟发生了什么事情，你只知道妈妈是在照顾一些生病的人……

丹丹宝贝，妈妈走之前你刚刚满7岁，在妈妈眼里你一直都是个乖巧懂事的好孩子，妈妈也谢谢你！来到湖北的这些天，我们感受到了湖北人民的热情，其实我们做的很少，可是他们却把我们都当成了英雄，你应该为妈妈感到骄傲和自豪！妈妈相信，等你长大以后自然会理解。现在你已经是一名一年级的小学生了，希望在这段时间里，你能够学会独立、坚强、勇敢，照顾自己和姥姥，学会合理安排利用自己的时间。未来的路还很长，也会更加艰辛，妈妈想说，让我们一起努力，好吗？

少年智则国智，少年富则国富，少年强则国强。你之前跟妈妈说，长大后，也想做一名白衣天使，和妈妈一样，还想成为一名科学家。妈妈相信终有一天你的梦想一定能够实现！今天，你们是株株幼苗，在学校这片沃土上苗壮成长；明天，你们便是国家的栋梁。最后再说一句：你永远是妈妈手心里的宝，祝愿你健康快乐地成长！

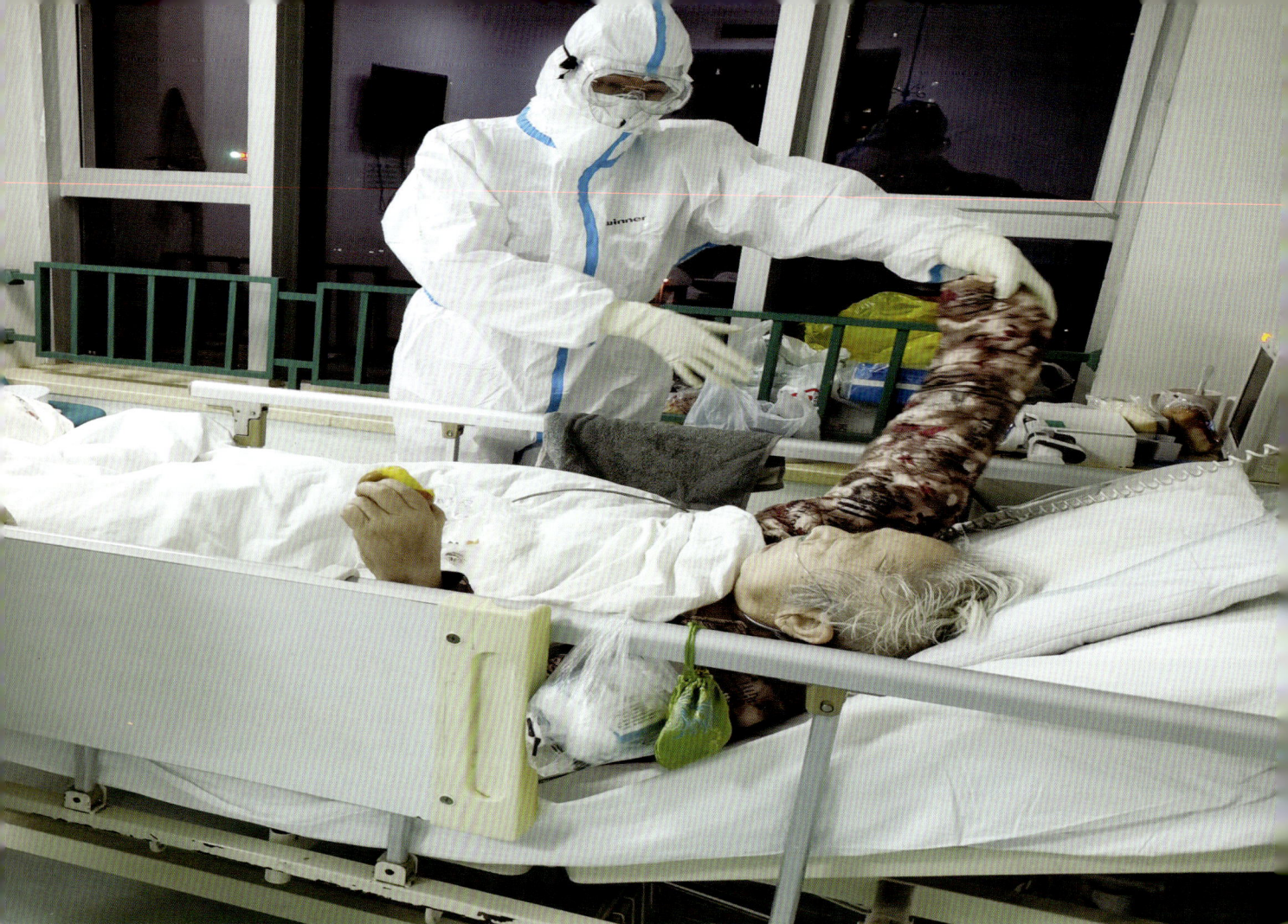

战"疫"日记

病人说他们喜欢中医，
相信中医能帮助他们早日战胜病魔

时　间：2020 年 2 月 29 日

地　点：湖北武汉市中心医院

记录人：宁夏银川市中医医院　彭莉君

人民网
people.cn

病人说他们喜欢中医，相信中医能帮助他们早日战胜病魔

2月29日，我们正式进入病房以后，看着重症病人的病情慢慢有了起色，大家原本忐忑不安的心终于平静下来。最开心的是，我们把中医特色护理带进了病房，受到病人的一致欢迎。

我所在的病房有好几个危重病人，其中有一位孤寡老人是重点关注对象。老人此前因中风偏瘫，再加上这次的新冠肺炎，身体状况一度急转直下，医院甚至给他下了病危通知书。我们在接管的时候，老人全身大面积压疮，连意识都不太清醒，成天处于嗜睡状态。大家全力救治、精心护理，老人的生命体征慢慢开始平稳，意识清醒了，能说话了，偶尔还能跟医护人员聊几句，也知道吃东西喝水了。

我把穴位按摩、肺康复、八段锦等中医药的特色疗法带到了病房。几个症状略轻、能下床的患者，当天就跟着我们做起了八段锦，病人说他们喜欢中医，也相信中医能帮助他们早日战胜病魔。

正式进入病房前，多少有点忐忑和焦虑，但几天的工作下来，大家的心态越来越平和：只要把焦点放在病人身上，同时严格做好防护，病毒远没有想象的那般可怕。工作内容和平日里做的差不多，给病人做压疮护理，插鼻饲管、尿管，帮病人翻身、喂饭等生活护理。但工作强度还是比较大的，原本4小时的班次，加上上下班的路途和防护服的穿脱，一般都要耗时8小时以上。

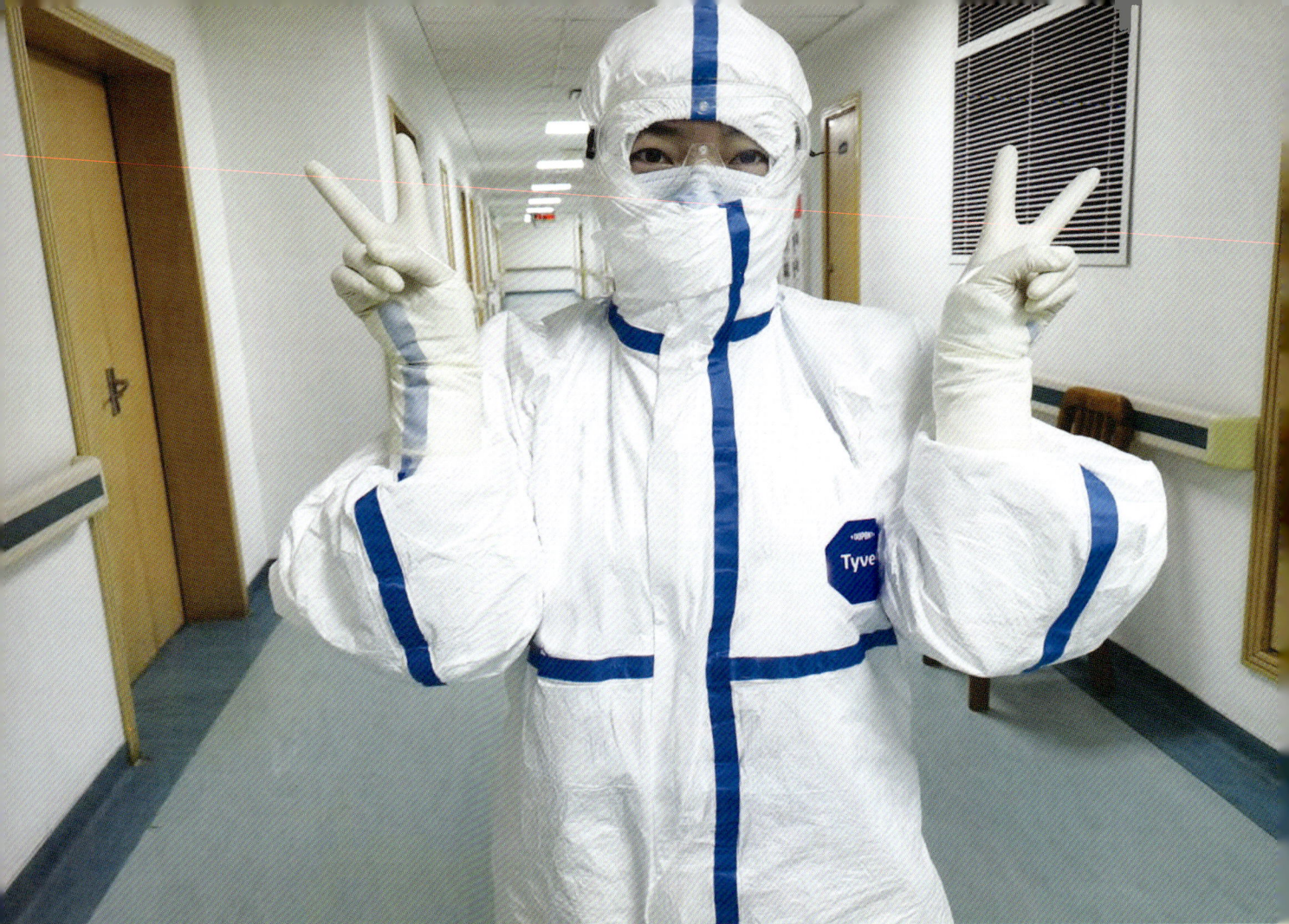

战"疫"日记

奋战一个月，见证你英雄的样子

时　间：2020 年 3 月 21 日

地　点：湖北武汉市中心医院

记录人：宁夏银川市妇幼保健院　徐一璟

人民网
people.cn

奋战一个月，见证你英雄的样子

月光穿过窗户静静地泻在房间里，将地板点缀得斑驳陆离，趁着月色，我们踏上了夜班的路。上车时一如既往地与公交车师傅互道一声"你们辛苦了"，这已经成为我们每天生活的一部分。看着师傅带笑的眼睛，我们心里暖暖的，虽然很不舍，但这是我最后一个班、最后一次乘坐这个车，我努力记住这个师傅的样子，在心里默默地说了一声：谢谢您！

公交车离开的瞬间，我习惯地抬头望向驻地酒店，看到队友们站在窗前用手电筒向我们挥手，仿佛叮嘱我们"站好最后一班岗"。深夜1点，病人们已经熟睡，我们和上一班的队友做完交接，他们临走前留下一句"最后一个班，加油！"便转身离开了病房，我们在这个病房经历了太多日日夜夜，看着病人逐渐减少，看着武汉日渐恢复，而我们也到了离开的时候，"最后一个班"这几个字沉甸甸地落在心里。最后一个班，我们一定会加油！

病区的13位病人生命体征都非常平稳，最后的四个小时在这寂静的夜里过得格外快，30床病危的老爷爷得知自己要被转院，非常难过，他在枕头底下压着一张纸，上面记录着每个照顾过他的医护人员的名字，似乎生怕忘记了谁，一笔一画都流露着对医护人员的感激之情。

望着寂静的走廊，眼前浮现出患者一个个微笑的脸庞，想起他们平日对医护人员的关心和感谢。看着各种医疗器械，大家忙碌工作的身影像放电影一样在脑中飞速闪过，我的眼泪顿时模糊了视线。

这，是我们曾经并肩作战的地方，这，是我们曾经挥汗如雨的战场，内心全都是对这里的不舍。接班的队友走进来，我们进行了最后的交接班，由于时间关系我们没法和叔叔阿姨们一一道别，我们顺着走廊走过，看着一间间熟悉的病房，看着在病床上的熟悉的面孔，心中有太多太多不舍。我们依次有序脱掉了防护服，被汗水浸透的衣裤，脸上泛红的压痕，是今日工作给予我们肯定的印章。

乘坐着最后一班公交车前往驻地，沿途看着武汉的夜景，每一个高大的建筑上都滚动着"致敬白衣天使""武汉必胜""中国必胜"的灯光字幕，这，是武汉人民对我们最大的鼓励。

凌晨5点多，消杀组的老师们在驻地帐篷前等待着我们的归来，依次为我们做完消杀工作。无论时间多晚，无论是否与你相熟，他们始终坚守在工作岗位，等着你平安归来，让人内心充满感动。

武汉，四年前曾见过你繁盛时的样子，如今以特殊的身份出现在你的生命中，见证你英雄的样子，这是最难忘的时光。以后我会回来看你珞珈山上粉红的樱花争相绽放，享受江边青草香扑鼻而来。

武汉，再见！

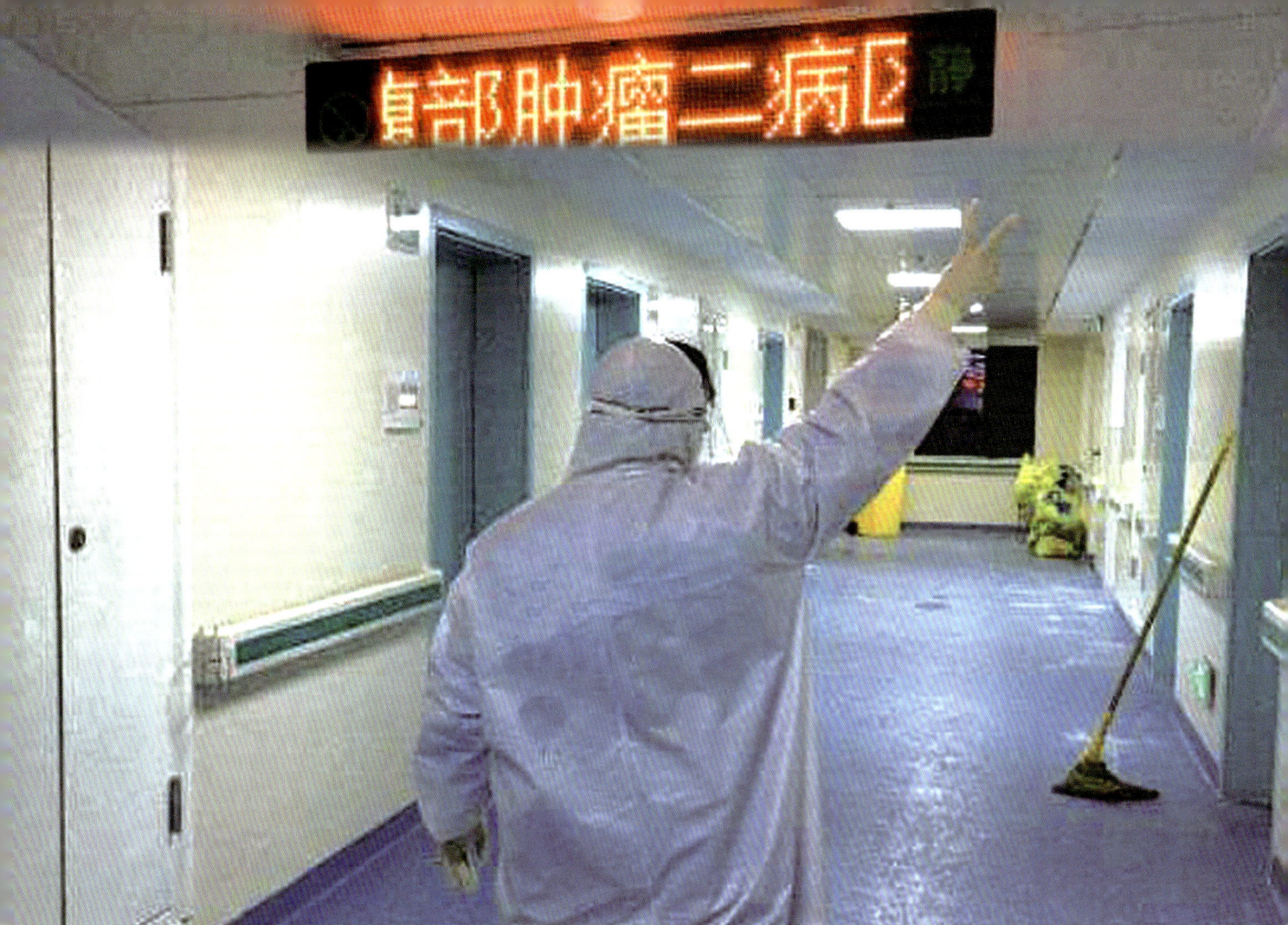

战“疫”日记

愿我们今日的努力付出会让明天的岁月更加静好

时　间：2020 年 2 月 2 日

地　点：湖北襄阳市第一人民医院

记录人：宁夏石嘴山市第一人民医院　郭丽荣

人民网 people.cn

愿我们今日的努力付出会让明天的岁月更加静好

昨天是我的第一个夜班，我和襄阳市第一人民医院西区隔离病房六区的欣怡老师一起，新收感染确诊患者12人，病区总患者人数达到23人，留取血标本百余份，静脉留置针穿刺成功十几人，输液、雾化、观察、测量、退烧、咽拭子、监测心电图等，庞大的工作量压在我们两个小女子的肩上。防护服内早已汗流浃背，护目镜上也是雾蒙蒙的，但脚下的步伐没有停歇，手中的动作没有迟缓，我们不停地奔走在病房之间，护理于患者身旁。

"正确留取各类标本，及时送检！""静脉穿刺成功，液体通道建立！""降温措施有效，体温缓慢下降！""呼吸机运行良好，指脉氧指数平稳！""一边工作一边沟通，患者情绪平稳，心理护理有效！"每一项工作的圆满完成，都是对我们付出的肯定。记得在给一位患者穿刺静脉留置针时，他听出来我不是本地口音："你不是襄阳本地人！那你一定是宁夏医疗队的，是不是？"我手上戴着橡胶手套摸索着穿刺，顾不上回答只是轻轻点头。他一下子激动起来："是的！襄阳人朋友圈里都在说，宁夏的医疗队来襄阳支援，我见到你们了！谢谢，非常感谢！不怕危险，从那么远的地方来帮助我们！非常感谢！"我边固定好穿刺成功的针头，边微笑着说："我们是一家人，我们共渡难关，加油！"

那一刻，我相信他透过面罩看到了我的微笑，我的笑容让他备感温暖。我内心满满的幸福和骄傲，为我一身白衣而自豪，为我援助襄阳而欣慰。因为援助湖北，我体会到了医护人员的艰难；因为援助湖北，我感受到了患者对救治的渴望；因为援助湖北，我理解了奉献与付出的真正含义。我们今天的负重前行，正是为了大家明天的岁月静好。

加油，襄阳！加油，湖北！加油，中国！

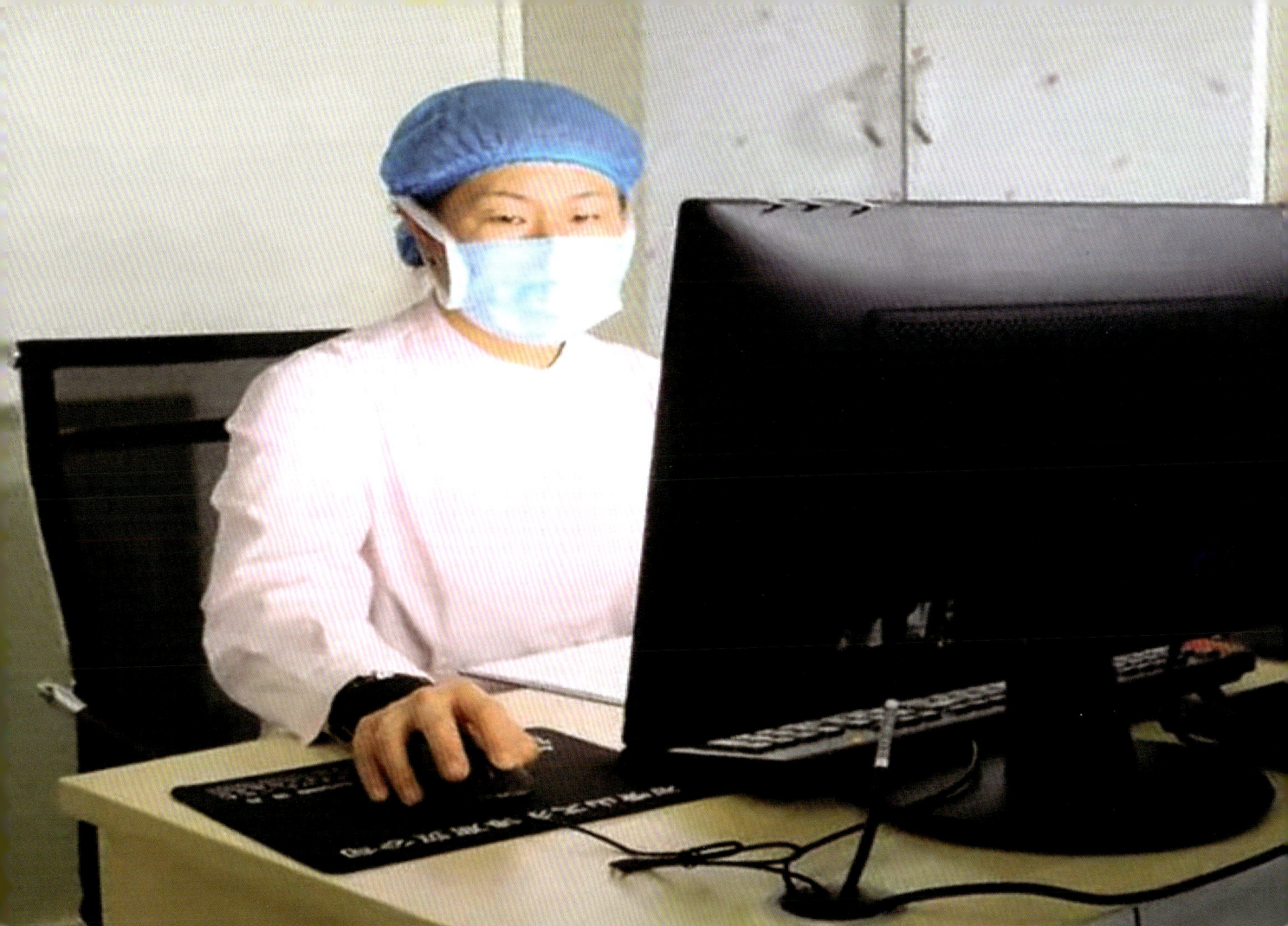

战"疫"日记

逆光时刻，期待春暖花开

时　间：2020 年 2 月 10 日

地　点：湖北襄阳市第一人民医院

记录人：宁夏石嘴山市第一人民医院　刘莹

逆光时刻，期待春暖花开

等疫情结束，我要把耽搁的时间追回来。冬去春来，繁华可待；你我同在，从未分开。

答应孩子寒假与他一起去趣立方体验生活，陪他去动物园，去郊外亲近大自然，我都没来得及兑现，等到疫情结束，我要陪伴孩子享受亲子时光。老公从未抱怨工作繁忙的我与他相聚太短，家里的大事小情都是他在操心，是他在坚强地支撑着我去信心满满地工作，等疫情结束，我要好好地弥补他，过个二人世界。去给父母做一顿年味儿饭菜，一起看看电视唠唠家常，陪伴他们跳跳广场舞，一起沐浴春日阳光看灿烂夕阳，等疫情结束，我要好好让父母享受天伦之乐。要尽情地享受各种美食，去吃火锅、串串、凉皮，宁夏家乡的各种味道，吃货的我每天想想都很开心。见到兄弟姐妹，摘掉口罩，来个大大的拥抱，积攒的心里话聊一天一夜，等疫情结束，来一场久别的聚会。

经历了暴风雨才懂得平静生活的美好珍贵，把往日延期的行程提前，背上行囊，来一场说走就走的旅行，去深呼吸那甜美的山林清新。等疫情结束，我要走出去看看风雨后的壮丽河山。

等疫情结束，我们有很多美好时光去创造。我坚信，每一个黑夜的终点都是曙光，逆光时刻，期待春暖花开。

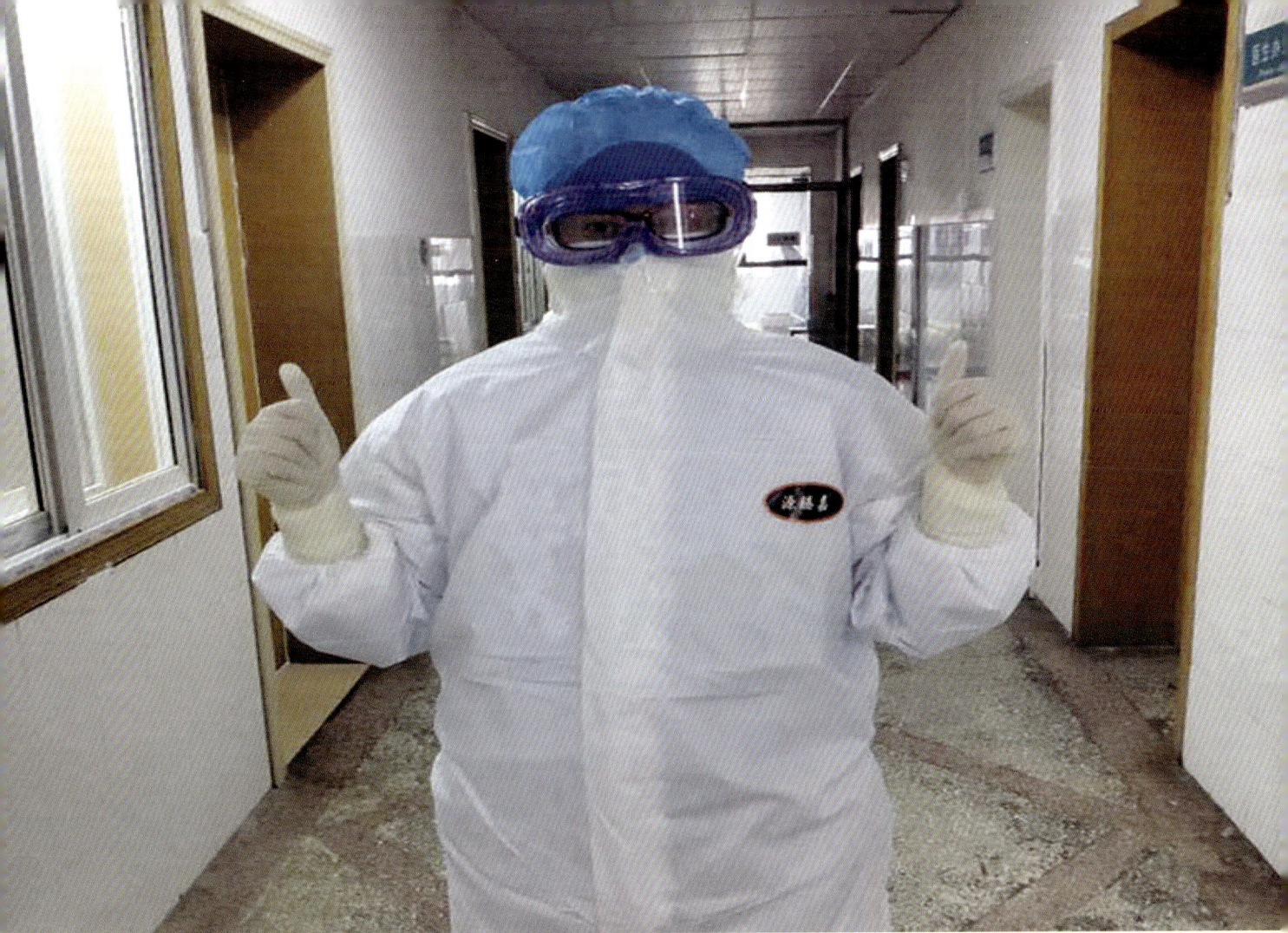

战"疫"日记

我们就是平凡而勇敢的逆行者

时　　间：2020 年 2 月 16 日

地　　点：湖北襄阳枣阳市第一人民医院

记录人：宁夏石嘴山市第五人民医院　轩杰

人民网
people.cn

我们就是平凡而勇敢的逆行者

今天是我来到枣阳市第一人民医院的第二十天，与新冠三区的战友们已经建立了深厚的革命友谊，回想这些日子工作中的点点滴滴，感悟颇多。

新冠病区，由我们刚来时的5个病区，增加到了9个。工作危险、时间紧急、任务繁重，时常看到苏宏正主任和常志强主任在各个病区穿梭奔忙的身影；看到周围都是"逆行而上"的医护人员。他们平凡的工作，却彰显　伟大的情怀。

我所在的新冠病区，大部分是从各科室抽调过来的医生，总的来说都很年轻，王霞和柴飞虎都是90后医生，唐鹏和我年龄相仿，而护士们大多是一群90后的小姑娘，他们都是大年初一就来到这里工作的，至今没有任何抱怨，团结协作，从不停息。他们总认为这些都是自己分内的事，再平凡普通不过了。所有伟大的事情都是平凡人做平凡事而再多一份执着坚守，多一份责任与良心。他们平凡而勇敢。

我所在的新冠三区主任柳发勇是一个30岁出头的小伙子，为人热情，责任心重，工作能力强，他也是大年初一就来到三区工作的，当时这里是医院的旧感染病区，设施简陋、条件艰苦，可经过短短几天时间，柳主任带领着所有医护人员齐心协力、克服困难，尽职尽责地发挥医护人员作用，让医疗软硬件环境有了很大改善。而在我们年初六来到医院的时候，各项医疗工作已经有条不紊地进行着，让我不禁由心底赞叹不已。截至目前，三区、四区收治患者40余人，治愈患者已达10余人，无死亡病例。据我所知，柳主任每天都在医院，他有两个小孩，大的4岁，小的才1岁半，因为自己的工作性质，他已经20多天没回过家抱抱他们了。不仅是柳发勇主任，团队其他成员都是如此，放弃一切美好投入紧张忙碌的工作中，特殊时期方显英雄本色，所以，他们平凡而勇敢。

这些天我也和当地的医生们一起查房，每次跟柳主任去隔离病房查房，他总是用温暖的家乡话跟患者细心交谈，耐心地给每一位患者讲解病情及检查结果、目前的治疗方案及疾病的科普知识，同时宽慰他们对家里的牵挂，缓解他们的焦虑心情，等等，并征求他们对医院在生活、服务等方面的建议，一下子就拉近了跟患者的距离。穿上厚重的隔离防护服，戴上护目镜，几个病房走下来我已经是满头大汗，气喘吁吁，而柳主任丝毫没有表现出来。如此体会，更加佩服在里面做治疗的护理团队的忍耐及技能。

记得有一位患者老大姐不识字，无法签署同意书，病房里没有印泥，怎么办？柳主任说教她写吧，于是我就一笔一画地教老大姐写，当完整地写出自己的名字时，大姐高兴地笑了，对我们说："谢谢柳主任，谢谢您，宁夏来的老师，这么大老远地跑来支援我们，真是辛苦了，一定要多保重！"隔着防护眼镜，我和柳主任对视而笑，这就是我们最开心的时刻。虽然隔着不透气的防护服，但医患之间的距离没有因此隔离。所以，他们平凡而勇敢。

我尊敬的战友们，在这特殊时期、特别环境下并肩战斗，虽然现在还不能一起举杯庆贺，但我们坚信，不久的将来定将彻底战胜疫情，待到樱花盛开，春花烂漫时，我们欢聚一堂共同感受胜利那一刻的美好时光！

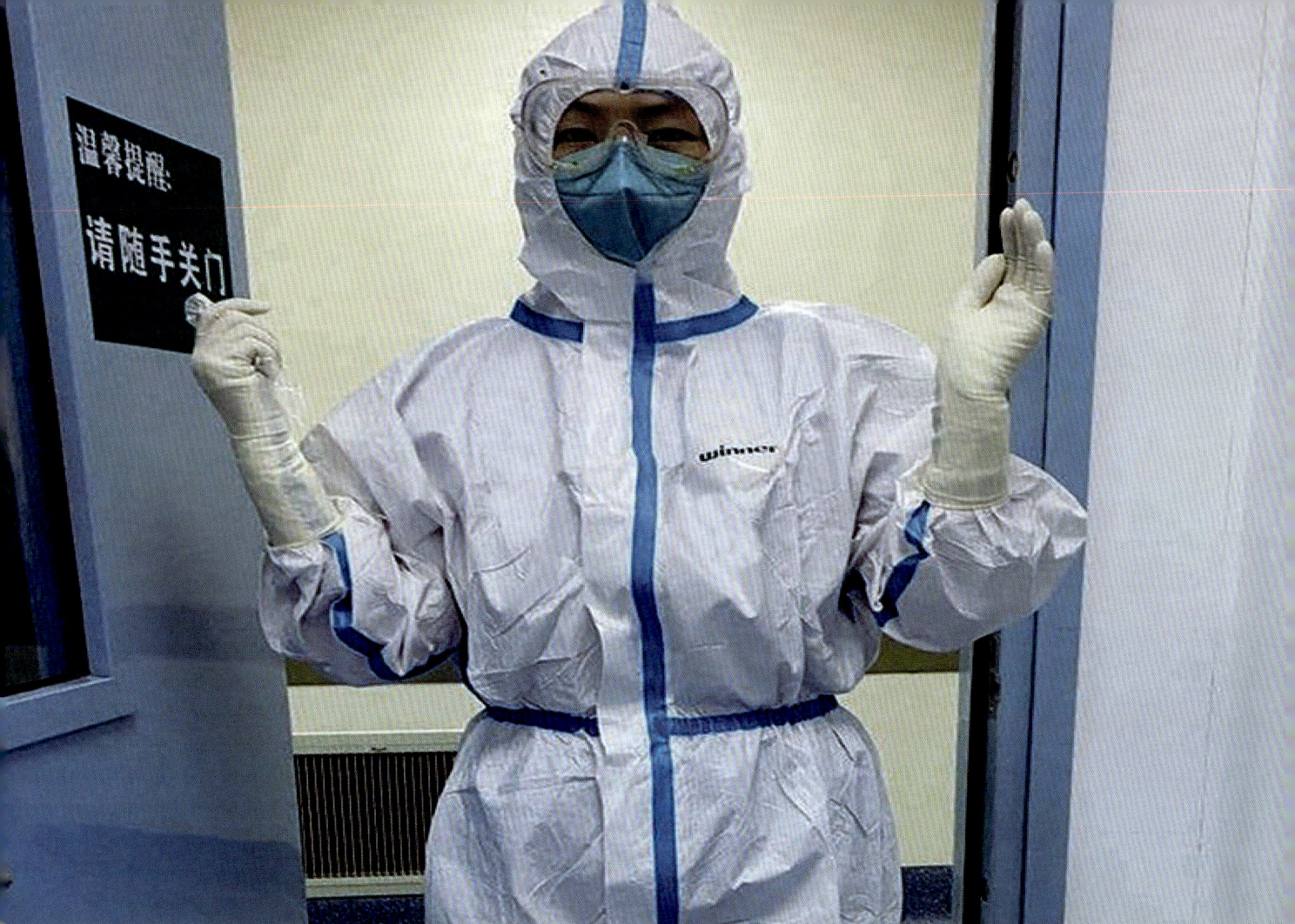

战"疫"日记

寒冷的天也能感觉到额头的汗水
顺着护目镜流进嘴里，咸咸的

时　间：2020 年 2 月 19 日

地　点：湖北襄阳职业技术学院附属医院

记录人：宁夏石嘴山市第二人民医院　吴丽

人民网
people.cn

寒冷的天也能感觉到额头的汗水顺着护目镜流进嘴里，咸咸的

今天是我来湖北的第八天，几天的时间忙碌起来过得可真快。我们先进行几天的培训，虽然已经做好了上"战场"的准备，不知道演练了多少遍穿脱防护服，可是实战与演练还是有区别的。我们的带队队长杨主任说必须要练习，不仅要练习，还要一个一个考核过关，才能"进舱"。这边的田院长给进隔离区选了一个幽默的名称，管进隔离区叫"进舱"，我们也就入乡随俗地叫了起来。

2月16日，雨加雪，是我进舱的第一天，在被雨声惊醒的我正想着如何去上班时，襄阳职业技术学院领导就为我们送来了雨伞、保暖内衣、棉拖鞋、加厚衣服、暖宫贴等，每天我们都被暖暖地感动着，试问我们有这样的团队怎能不胜利？我和我的同事王文庆今天是一组班，我们小心谨慎地检查，慢慢地穿着防护服，一点细节都不放过，每一步都互相对望一眼，互相检查，穿好后这边的老师又再次检查。要进舱了，我们深吸一口气，就像穿过时光梯一样到了病房，走廊是那么的静悄悄，病房的门都是关着的，老师细心地为我们介绍工作环境及各班的职责。这时406室门口放出了一个水壶，正在疑问时，老师说需要我们帮助打水，简单的介绍后我们的工作从打水开始了。打水、处理垃圾、输液、采血、发药、测体温、测血糖，在这寒冷的天气我们也能感觉到额头的汗水顺着护目镜流进嘴里，味道咸咸的，但我们能看到患者一双双渴望的眼睛，一句句感谢的话语，一次次的招手，疫情虽然隔离了我们的距离，可它隔离不了爱，隔离不了我们战胜疫情的信心。

还记得前天我在帮412室的一个老奶奶打水时，老奶奶用方言说了半天，我细心听了好久才听明白，原来是说，她的水壶不保温，不够热。正当我给老奶奶解释，只要她想喝热水，我随时都可以去打水，并准备再去看有没有新的水壶时，旁边病房的门开了，一位病人拿出一个水壶递给我。我不解，他说："这是我的母亲。"老人顿时说："我不换了，我不换了，你不能喝了。"我的眼前模糊了，分不清是泪水，是汗水，还是雾气。这样的情况太多太多了，这样的家庭还有很多，我一下感受到肩上的责任是这么的沉，相信举全国之力，万众一心，定能战胜疫情！

进舱上班几天我还发现了两个不一样的身影，那就是"志愿者"。他们一个在私人诊所从事护理工作，一个是学的护理专业，后来改行从事房屋出售工作，都是90后的年轻人，疫情一出，他们毅然决然地报名成了志愿者，小女孩笑着说："诊所现在不开门，看到了新闻，早点帮忙，早点结束，大家就能出去玩了。"那个男孩子则幽默地说："这会儿也没有房子卖，干脆来出一份力。"短短的几句玩笑话是那么的真挚，我向他们伸出了大拇指，你们太棒了。正所谓少年强则国强。

这些天我们很快进入了工作状态，一行9个护理姐妹彼此都见不着面，但是我们每天用微信的方式相互关心。在这个群里，大家每天分享着工作中的小经验，互相检查、打气，互相监督吃饭、喝中药：防护服又换成不带脚套的了，大家要穿胶鞋，手套怎样戴不容易滑脱，谁谁的饭放到门口了，回来记得热热赶紧吃……每天我们的姐妹群里都会叽叽喳喳说个不停，我们的护理组长刘佳也会不停地鼓励大家，"姐妹们，中药虽然苦，但还是要喝，要热热地喝，加油！"

今天下早班，下午洗完澡4点开始吃饭，虽然晚了些，但是吃得很满足，因为我在做一件有意义的事，跟家里视频报平安时，看到6岁的儿子手里拿了一个黄色的飞机，他高兴地说："妈妈快看，我给你折的飞机，等你把病毒赶跑了就能坐飞机回来了，我和爸爸去接你。"仔细一看，飞机上一笔一画认真地写着"妈妈加油"。妈妈答应你，妈妈一定会把病毒赶跑，好好地抱抱你。

愿你生命中有阳光，怀中有玫瑰，愿屋檐让你躲过风雨，时光眷顾你，愿护理一生，归来仍是少女，愿春天快快来到！

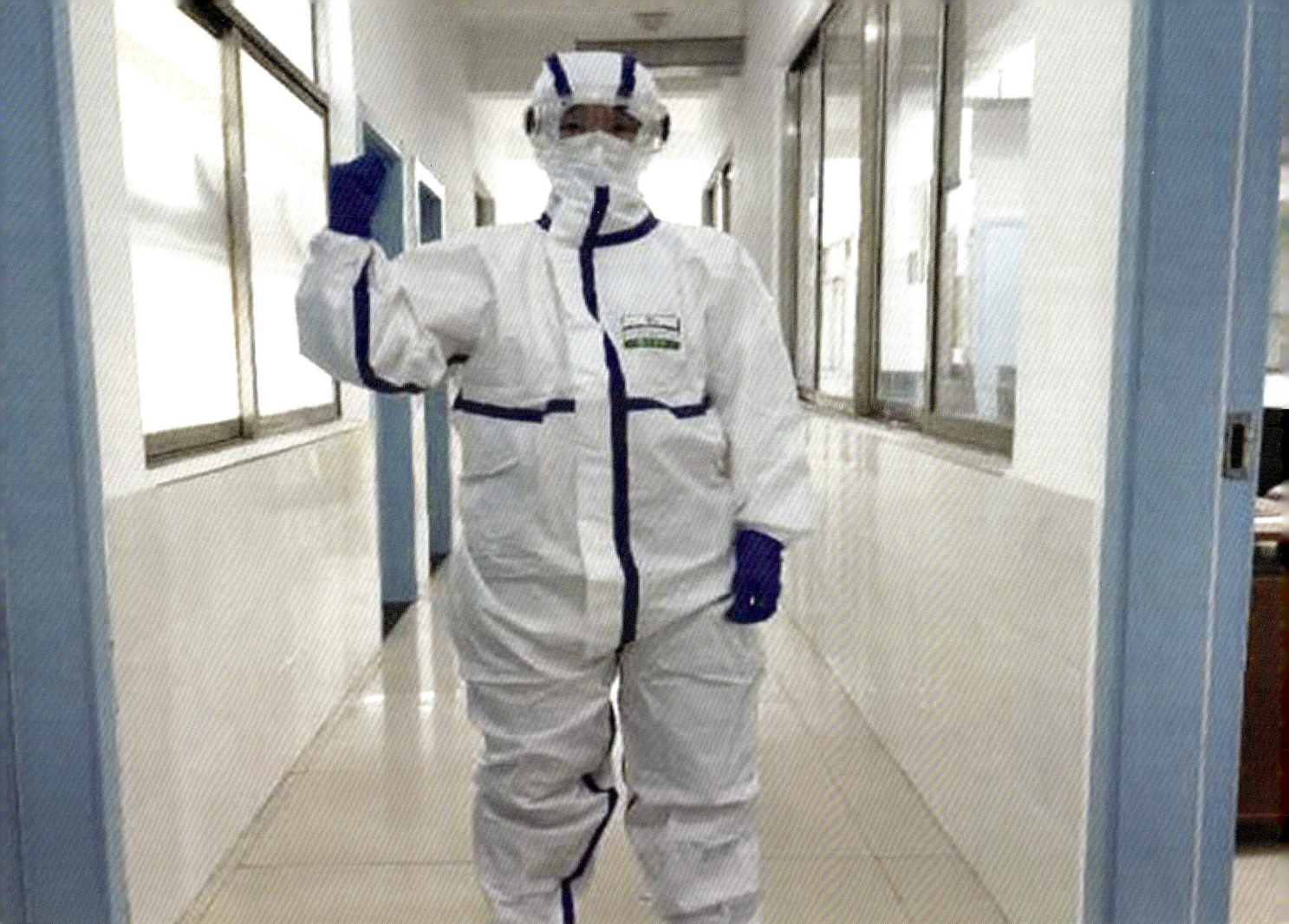

战"疫"日记

我们是阳光里的"姬秋丽"，怀揣希望去努力

时　　间：2020 年 2 月 19 日

地　　点：湖北襄阳市传染病医院

记录人：宁夏石嘴山市第二人民医院　闫莉婷

人民网
people.cn

我们是阳光里的"姬秋丽"，怀揣希望去努力

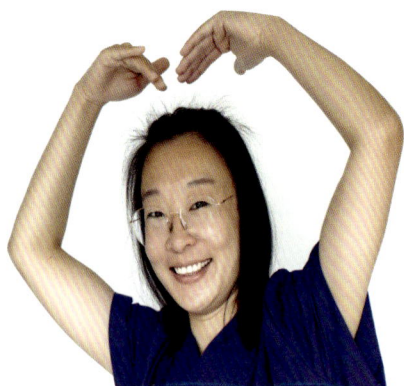

姬秋丽是一种生长速度很快、极易养护、如玉石般精致小巧的多肉植物。它可以在极其恶劣的环境中生长，只要有一点点阳光，哪怕缺少水分，没有呵护，它也能顽强生长，努力开出属于自己的世界。

2020，是一个充满魔力的数字，而2020年，同样也是需要被历史铭记的一年。在当前抗击新型冠状病毒肺炎的严峻斗争中，有一群勇敢的特种兵、现实生活中的"姬秋丽"，他们正在用顽强拼搏、努力向上的精神谱写着一曲无悔的青春之歌，描绘着一幅顽强的生命之画。

我是宁夏第三批支援湖北医疗队的普通一员，是石嘴山市第二人民医院一名普通的临床医生，是一名共产党员。今天是我在襄阳市传染病医院工作的第六天，早晨一共查了21个确诊病人，大部分病人都很乐观，个别病人情绪低落。每查完一个病人，我们都会给他竖一个大拇指，为他加油！病人会很友善地说："谢谢医生，给你添麻烦了。"有个病人说他晚上睡不着，白天瞌睡多，我就告诉他："那白天你没事多在地上溜达溜达。"他说："啊？"我又说："白天下地多活动活动，尽量晚上睡觉。"他恍然大悟，笑着说："大夫，你好像不是我们湖北人。"我笑着说："俺们宁夏来的。"他突然就很严肃地站起身，向我们鞠了一躬："谢谢，我一定配合好好治疗。"我很感动，我们就是换了一个地方在做我们应该做的事罢了。这场战"疫"中，有很多很多的人，在为了抗击疫情而默默奉献着，我们应该感谢他们。

感谢那些迅速投入抗击疫情战斗，不分昼夜、连续奋战，筑起一道道守护生命安全防线的基层民警。感谢得知要把物资送往湖北，深夜采摘蔬菜的农民兄弟。感谢那些为奋战

在一线的医护人员准备厚衣服、搭建安全房默默辛勤付出的后勤保障人员。感谢为这场没有硝烟的战争提供了物质支持和精神动力的所有爱心人士。他们的日子就像大海，有时平静有时澎湃。而他们本身更像是阳光下的"姬秋丽"，人民的安康就是他们的阳光，人民的微笑就是所需的水分，即使少了家人的陪伴、爱人的呵护，他们也一往无前，用爱填满心房、用心努力工作。

大家只不过是所学不同、专业不同、分工不同，但都是为了一个共同的目标——国泰民安，时刻准备着发挥自己的一点光和热。牢记誓言，救死扶伤，哪里有需要就到哪里去，在这场没有硝烟的战斗中，竭尽全力，奋起迎战，共战疫情。武汉加油！湖北加油！中国加油！

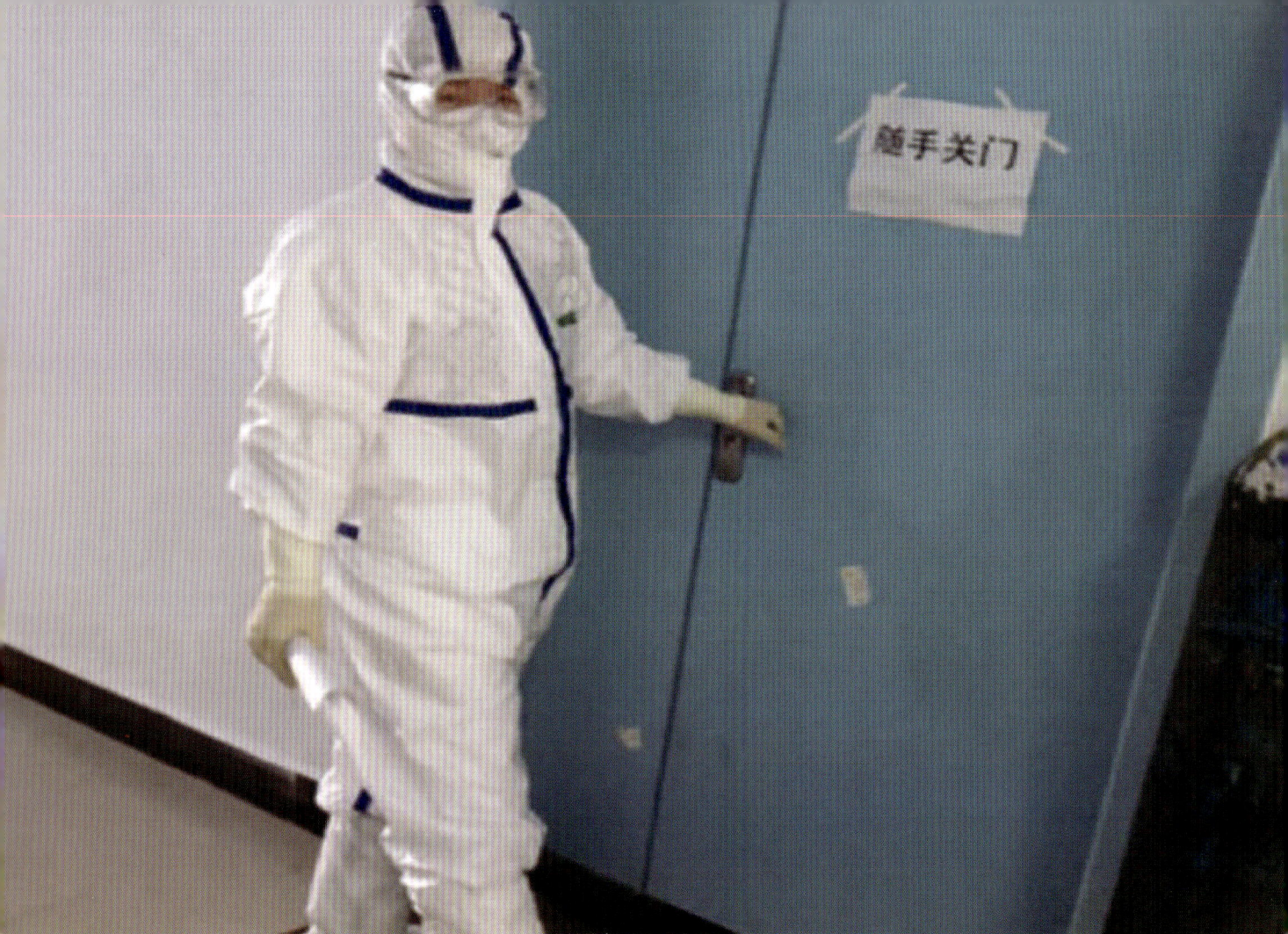

战"疫"日记

战"疫"有你有我　小爱汇聚大爱

时　　间：2020 年 2 月 22 日

地　　点：湖北襄阳市传染病医院

记录人：宁夏石嘴山市第二人民医院　吴荣

people.cn

战"疫"有你有我
小爱汇聚大爱

今天是我来到襄阳的第十天，路两旁不知名的树发了绿芽，医院门口我最喜欢的山茶花也露出花蕊。我们换上了春装，轻装上阵。想必全国人民都期盼着春暖花开，疫情结束，我们摘下口罩，相互拥抱微笑的那天。

让人欣喜的不仅仅是春暖花开，最近几天，全国确诊人数持续走低，治愈人数持续走高，这背后是许许多多的普通人把普通岗位的普通工作做到了极致完美。我们只是换个地方工作，我们只是一只普通的像萤火虫一样的医务工作者，聚在湖北、聚在襄阳，也聚成了一束光，聚成了一簇火焰，燃烧着，为全国战"疫"贡献一份力量。而我们的背后有千千万万个完美的你们。有出征时航空公司的细致周到的服务人员，有传染病医院里每天负责转运医疗垃圾的叔叔阿姨，他们敬业的精神也时时感动着我。

来到襄阳传染病医院，我被分到了四病区，查房的时候穿上密不透风的防护服，虽然行动受限，虽然脸上的微笑不能露出来，但是希望我的声音像一道光照亮每一个患者的心。27床的张阿姨说自己这两天有点咳嗽，我想这可是我专业强项呢，仔细询问完病史，阿姨一个劲地谢谢我，我的内心很充实也很满足，因为这就是我们来到这里的意义所在。不怕辛苦，就怕无用！穿上这件白大褂，就是责任，就是力量。

这场战"疫"让全国人民越发地团结，靠的是你们、我们、他们的共同努力。小爱汇聚成大爱，胜利还会远吗？

战"疫"日记

我告诉病人，你正向灿烂的阳光里走去

时　间：2020 年 2 月 22 日

地　点：湖北襄阳市传染病医院

记录人：宁夏石嘴山市第二人民医院　刘学文

人民网
people.cn

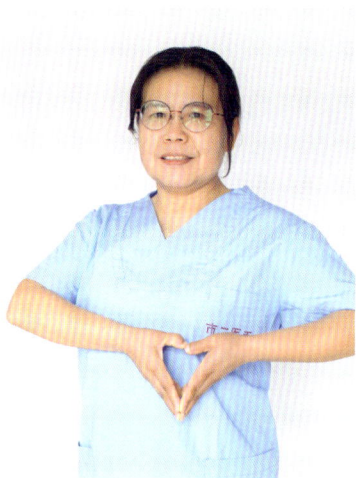

我告诉病人，你正向灿烂的
阳光里走去

今天是我来到襄阳的第十天，在襄阳的日子忙忙碌碌，很是充实。

病房有一位女患者住院一周后仍高热不退，我通过详细了解病史、化验检查发现患者白细胞增高，CRP、中性粒细胞均明显升高，考虑合并细菌感染，及时调整治疗方案，经过三天治疗，患者体温逐渐下降了，不适症状减轻了。今日去查房，患者主动告诉我换药后感觉很好，并对我竖起大拇指！此时的我充满了成就感，一切付出都是值得的。

今日查房，四位患者收到了我的好消息。他们分别是19床的周先生、29床的李先生、13床的王先生和27床的帅小伙。"首先恭喜你，通过你自己坚强的意志和对治疗的积极配合，现在体温恢复正常超过3天，症状缓解了，CT病灶明显吸收了，两次核酸检测阴性了，达到出院标准了，你马上可以治愈出院了。"听我这么一说，这四位像是约好的一样，个个像个孩子似的高兴地手舞足蹈，纷纷表示感谢并且加了我的微信，于是一时间"鲜花""掌声"扑面而来。我想我只不过是做了自己的本职工作而已。

今天我还用特殊的方式给病人讲CT片子：他在病房，我在观片灯下，左手持电话右手不停地在片子上比画："嗯，不错，效果真的很好，病灶吸收超过50%，实变在消散，浓雾笼罩的天空逐渐晴朗了，放心吧，你正向灿烂的阳光里走去。"我都能在电话的这头感觉到他们的喜悦心情。

初来时的恐慌、担心、紧张使我忐忑不安，担心不能很好地完成任务；经过医院严格的防控培训和反复穿脱防护服的实操训练，每一个队员都能熟练掌握在这里工作的要领，培训考核合格后大家对进入隔离病房充满了坚定的信心。一周的临床救治工作证明了我们个个都是好样的。

战友们，让我们一起继续加油！

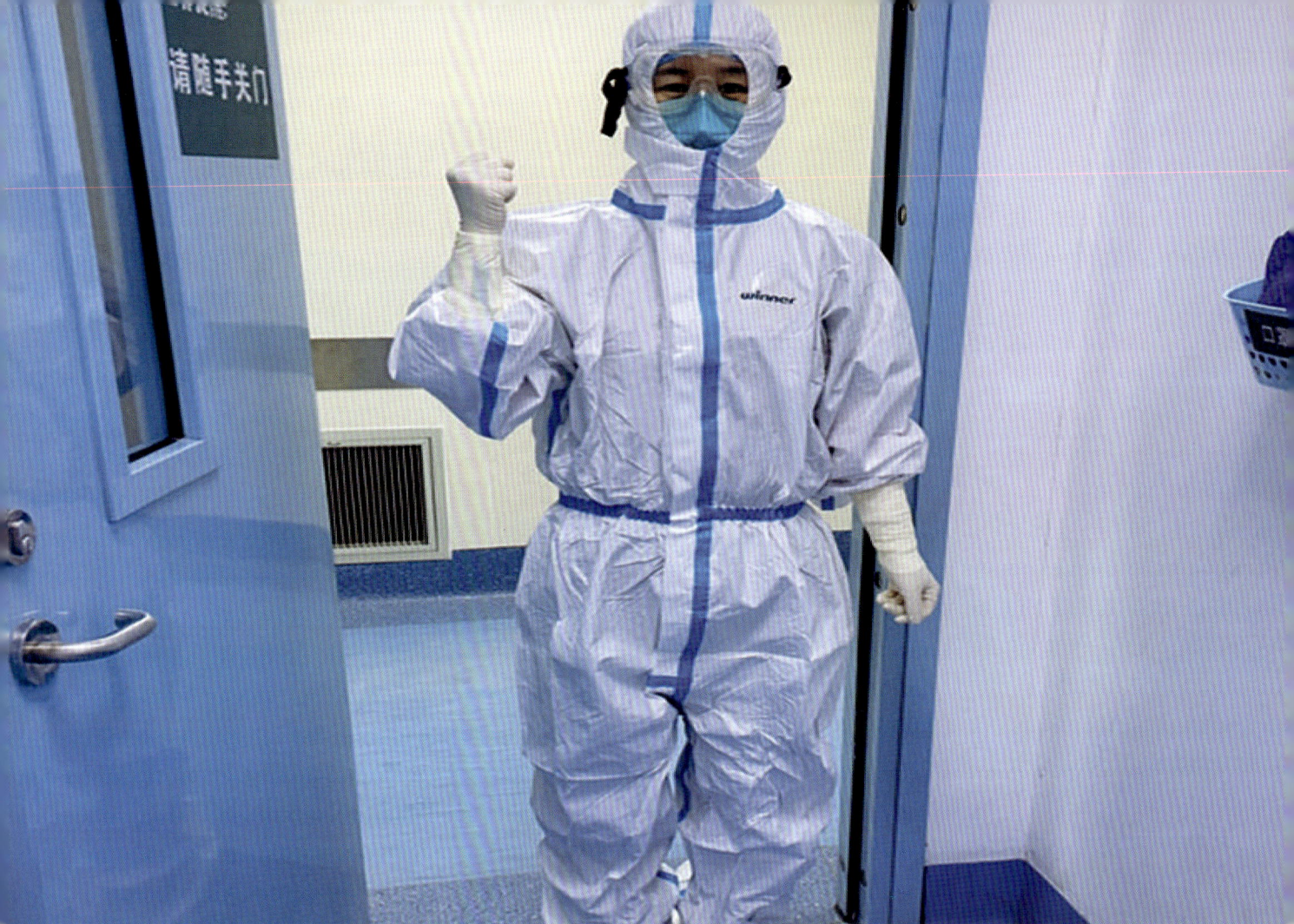

战"疫"日记

我熟悉，我来

时　间：2020 年 2 月 24 日

地　点：湖北襄阳市职业技术学院附属医院

记录人：宁夏石嘴山市第二人民医院　王文庆

人民网
people.cn

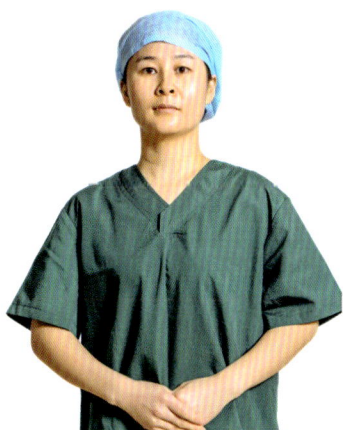

我熟悉，我来

时间过得真快，我来襄阳已经有十多天了。这些日子，虽然忙碌、辛苦，但我却感觉很充实，很欣慰！

从培训到上岗，从上班到下班，这份工作已经从初到时的令人忐忑变得得心应手。昨天是我上的第二个夜班，深夜2点接班时，交班老师告诉我们216室的病人病重，放过6枚支架，血压不好，没尿……听到这样的病情，我是多么熟悉，好像回到了我们心内科的监护室！虽然穿着厚厚的防护服，戴着影响视线的护目镜，包裹得严严实实，但我还是看出了搭班老师的那份紧张与不安，我沉着地告诉她："我熟悉，我来。"

一晚上，我每15分钟监测一次血压，根据血压调节多巴胺的泵速，严格控制液体滴速，严密观察心率变化及尿量……就这样，来来回回穿梭在病房的走廊里，已数不清走了多少趟。直到早上6点，患者心率降下来了，血压过百了，也有尿了，生命体征平稳，无不适主诉，老人用坚定的眼神看着我："谢谢，辛苦了。"一起上班的老师也为我竖起了大拇指，内心的那种满足和成就感油然而生！

有一分热，发一分光。一个人的精力是有限的，但所有人一起加油，黎明一定会提前到来！让我们心手相牵，共同打赢这场没有硝烟的战争！

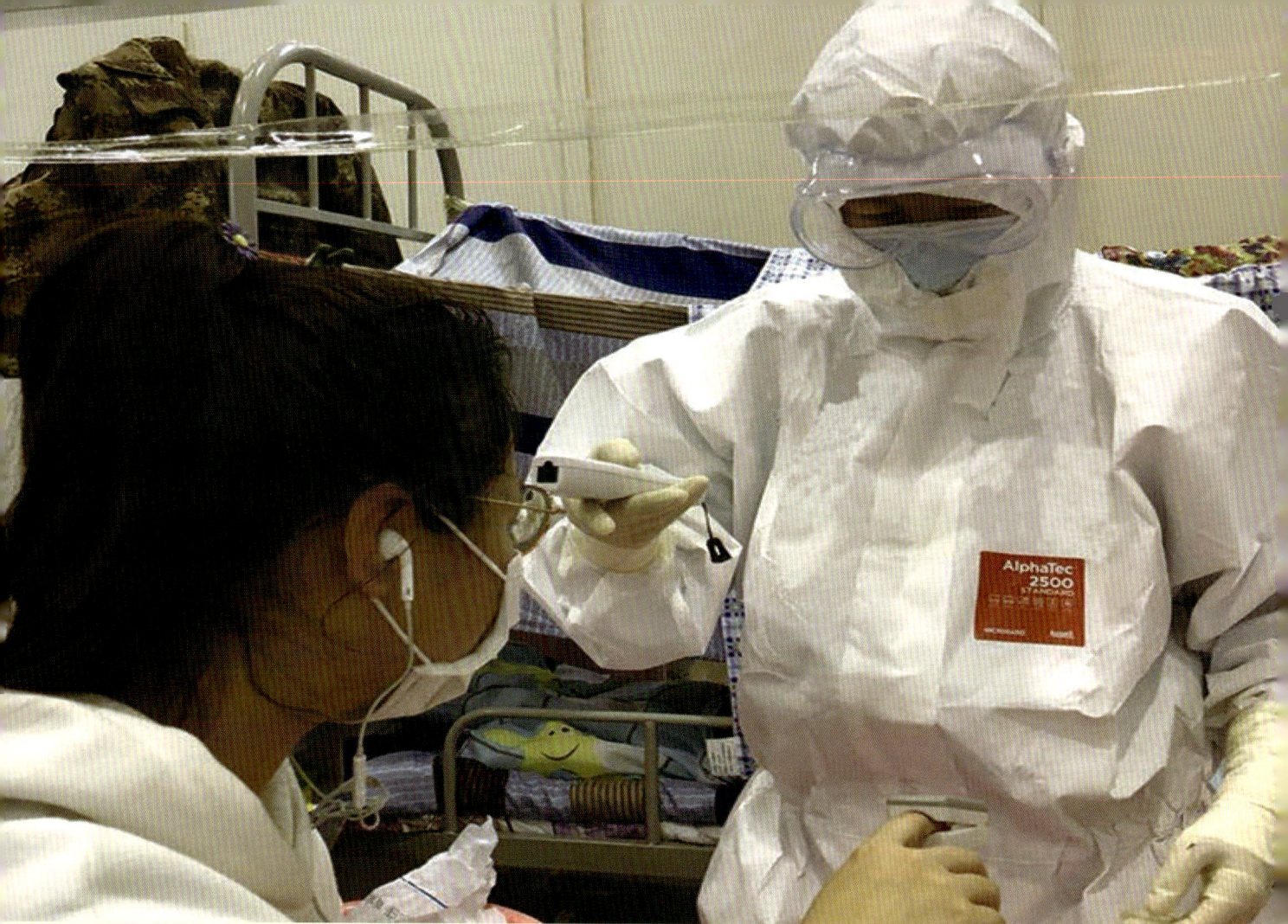

战 "疫" 日记

脱去防护服，一口气喝500毫升水

时　间：2020 年 3 月 4 日

地　点：湖北武汉客厅方舱医院

记录人：宁夏石嘴山市惠农区人民医院　马娟

people.cn

脱去防护服，一口气喝500毫升水

放弃了节日休假，割舍了亲情，冒着被病毒感染甚至牺牲的危险，我选择逆行前进，勇敢地奔赴战"疫"一线。刚得知成为宁夏支援湖北医疗队第二批队员后，我的内心还是有一些忐忑和不安，孩子才4岁多，平时因家远，常常不能好好陪孩子在家多待几天，好不容易盼到了春节，又遇到了这次特殊使命。但看到每天都有数以千计的确诊病人，我毅然决定要到一线去。还记得临走的那一天，儿子拉着我的手哭着不放，我给宝宝说："妈妈去跟病毒打仗，把病毒打败就回来陪你。"儿子的哭声揪着我的心，我都不敢再回头看一眼，硬着头皮抹着眼泪离开了家。

来到武汉，我被分配到武汉客厅方舱医院。入舱前的防护设备穿戴要求十分严格，每次从穿到脱最快也得30分钟，加上消毒、洗换，这个过程就要1个多小时。为了减少接触、污染和麻烦，队员们都把头发剪短，我干脆把头发理成了寸头，当我回到房间照镜子时，看到自己的形象，瞬间泪目。上战场前我和队友们强化训练、互相监督穿脱防护服，要保证上战场时做到零污染。对有隐患的地方加以强化，及时更正。

进入方舱的日日夜夜，每天都重复着测体温、脉搏、呼吸、血压、氧饱和度以及采血、发药、送餐、测血糖、解答病人的疑问、记录……发一次药或送一次餐紧着跑就得1个多小时，有时还要帮病人打水、热饭。来回一次浑身就已经湿透，能感觉到汗水顺着脊背在往下流。

还记得第一次穿防护服工作时，看着一排排床上的病人，说不紧张那是假的。前几个小时，憋闷得让人难以忍受，护目镜起雾了就得憋住气等几秒再慢慢呼气，经过两个小时左右的工作活动，汗水不流了，护目镜也不起雾了，憋闷的感觉逐渐减轻了点，但紧接着袭来的感觉是口干舌燥，口渴得很，却不能喝水，6个小时实在难熬啊！没有尿憋的感觉，可能是体液全从汗孔排完了吧！开始还和别人不断交流，安慰较重的病人，疏导患者心理，到后来，加上气短真是说话的力气都没有了，只能听着病人讲话，尽力地一一去解答他们的疑问、安抚他们的情绪……下班时间到了，进入缓冲一区、缓冲二区、逐层脱去护具，防护服里面的衣服已是湿的，到清洁区更衣，大口喘气，大口喝水，一口气喝500毫升水，喝完又是一身汗，刚换的衣服又湿了。从出发到回到房间已经有11个多小时了，洗完澡，瘫倒在床上，整个人都软了。只想喝水，看着眼前的饭菜没有一点食欲。

闭目养神一个多小时后，起床吃饭，精神有所恢复。一点点回顾第一次上班的过程有无什么遗漏，有无说不到位和做不到位的地方，下一个班应该注意哪些事项。

想到自己是一名来为他们治疗疾病的医务工作者，看到一双双渴望的眼睛，如果我们害怕，那他们又会是怎样的心情呢？我们有行为规范，有操作指南，有科学的防护措施，同时还有战胜病毒的必胜信心，想到这些，第二次进方舱就自然多了，呼吸逐渐顺畅，汗水也没那么多了。病房里处处可见谈笑风生的景象，我们和病人之间的交流也自然了，她们说得最多的话就是："你们从宁夏那么远的地方来支援我们武汉，我们都很感激你们，谢谢你们，你们辛苦了！"甚至还有很多病人拉着我们合影留念，这种合影确实值得我们，更值得病人留念，这次经历在各自人生中都意义非凡啊！

第三次、第四次、第五次……今天已经整整30天了。很多病人症状都缓解了，多数病人在我们的精心护理下已治愈出院，我们的心情也一天比一天明亮，我们发自肺腑地高兴啊，这是我们大家并肩战斗的胜利成果！

战"疫"日记

耳朵和鼻梁痛到不敢出声，
没有一个人有负面情绪

时　间：2020 年 3 月 5 日

地　点：湖北武汉东西湖客厅方舱医院

记录人：宁夏石嘴山市惠农区人民医院　王延琴

耳朵和鼻梁痛到不敢出声，
没有一个人有负面情绪

今天武汉的天气很好，下午接到通知，统一安排剪头发，坐到理发师面前，紧张得可以听见自己的心跳声，我默默告诉自己，头发可以再生，战斗刻不容缓。

按工作要求，晚上9点上班需要提前两个小时出发，剪完头发已经6点20分，大家着急地吃了几口饭，不敢喝水，因为我们不知道面对的是什么样的任务，内容和时间也都是未知的。

上面要求我们穿尿不湿，我一拿起它，就想起了两岁的女儿。还记得在她6个月的时候我开始回到工作岗位，一直忙于工作，她1岁半我又去外地进修学习，本想着学习回来踏踏实实地带孩子，做一名好妈妈，谁知疫情悄然而至，这个时候我怎能退缩，于是主动申请到武汉支援，心里对女儿的愧疚已说不出来，我亏欠她太多了，还好有家人的一路支持，感谢老公、婆婆、哥哥、嫂子。

转眼到出发的时间了，大家穿好统一服装，每组12个人由专职司机送往武汉客厅方舱医院，车里很静，大街上也没有一个人，每个人看上去都心事重重。路过关卡，司机告诉守岗大叔，是医护人员，我开玩笑说了句"现在这几个字还挺吃香"，大家都笑了，打破了紧张的气氛。

穿好防护服，我们小心翼翼，进门就看见间隔1米距离的一列列床铺，护士长告知我负责B2区病人。我巡视病房，询问患者主诉，基本都是以咳嗽、胸闷、气短为主。我告诉他们："心情也很重要，不要有压力和负担，要相信自己一定会好起来。"有一个阿姨跟我说："你们是宁夏来的，好远啊，辛苦了。"我告诉她："全国人民都是一家！"她对我竖起了大拇指。

病人陆陆续续来住院，大包小包的，医院也给大家准备了一些吃的和用的东西，大衣、洗脸盆、热水、米饭、牛奶、自热火锅等。

我说："耳朵实在痛得不行，我想用手去碰一碰"，小张告诉我这样不行，因为手不卫生。可我真是痛到不能忍受，返回去看看小马，鼻梁骨已经被压到发红，甚至有点变青，心里有种说不出来的滋味，我们三个人继续推着那个比我都大的口服药车，逐个给病人去发药，里面虽然穿的是短袖样式的衣服，但我们早已出汗，防护眼镜也随着时间变化而在里面凝结了很多水滴，落在防护服上，模糊了上面的名字。

交接班结束，在脱衣间贴心的老师看着我们，告诉一些我们看不见、不注意的细节，叮嘱我们要对耳朵、耳后、颈部……进行消毒。当速干手涂抹到耳朵和鼻梁骨的时候，我们都痛得不敢出声，泪花在眼睛里打转，但大家都没有表现出一点负面情绪。

穿一层洗手衣，走向外面的帐篷，冻得瑟瑟发抖，但还是互相加油打气。宾馆门口，有医科大的老师，早早帮我们准备了有暖气的帐篷，我们又再次换衣服，老师指导我们再次对面部、耳后、颈部、鞋底进行消毒，转身看着老师们给我们的衣服鞋子进行消毒，我们心里也是满满的感动和谢意。躺到床上已经是早上6点多，我没有一丝睡意，只想说，中国加油，武汉加油！

战"疫"日记

做好培训，为潜江市留下一支带不走的队伍

时　间：2020 年 3 月 21 日

地　点：湖北潜江市

记录人：宁夏石嘴山市疾控中心　侯文刚

做好培训，为潜江市留下一支带不走的队伍

今天是我抵达潜江第三十二天，天气有些阴沉，不时下起牛毛细雨。上午吃过早餐后，根据国家疾控局指令，各省支援疾控队暂缓回撤，留下来继续战斗，但任务待定。大家各自在酒店房间休整，这是大家难得的休息时间，有的队员洗衣服，有的队员和家人视频通话，还有的在电脑前继续忙碌着自己的工作。

下午我们接到通知，国家防控组会同湖北省卫生健康委决定在湖北全省范围开展新冠肺炎疫情防控"疾控大培训"活动，要求各援鄂疾控队以"1+2+3 +N"形式对疾控中心、社区卫生服务中心、复产复工企业、重点场所等工作人员开展培训工作，旨在进一步做好湖北省新冠肺炎疫情防控工作，提升全省各级疾控中心、医疗机构公共卫生能力和水平。

我们迅速和潜江市卫生健康委、潜江市疾控中心沟通联系培训事宜，确保在规定时间内完成工作任务。傍晚时分，宁夏和山西支援潜江疾控队全体成员召开会议，共同商议如何更好地完成培训工作，大家集思广益，决定让每个人各负责一项培训工作，发挥自身优势，找到自己擅长的专业领域开展培训，会后大家回到各自房间，认真准备资料。

目前宁夏支援湖北的医疗队伍大部分都已经回到了家乡，但我们疾控队伍依然要在这里坚守。国外疫情形势越来越严峻，加强防控、防止病例输入是我们的工作重点，我们现在要做的就是加强培训督导和宣传教育，为潜江市留下一支带不走的队伍。

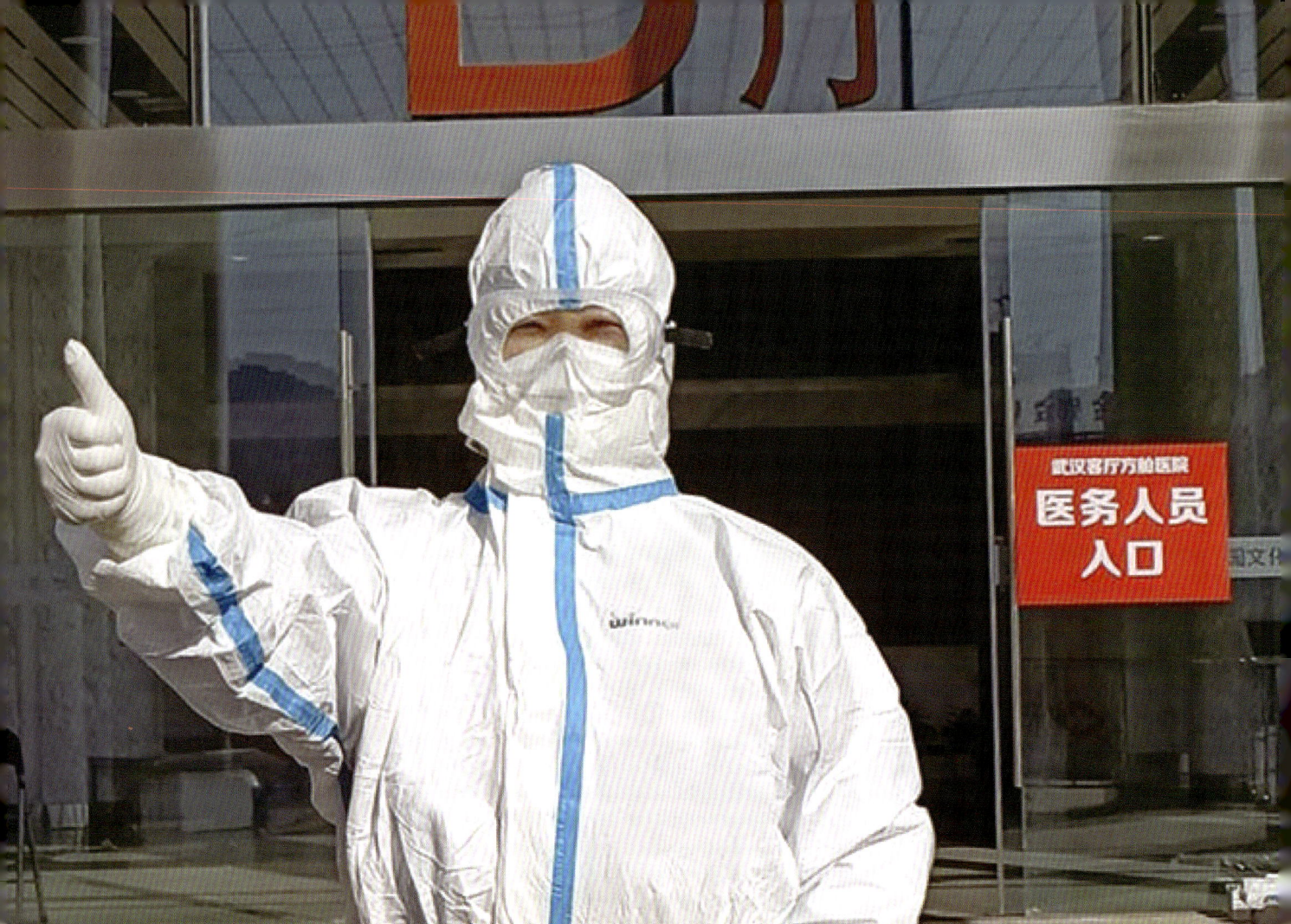

战"疫"日记

这段关于武汉的记忆，我们无憾

时　间：2020 年 3 月 16 日

地　点：湖北武汉东西湖方舱医院

记录人：宁夏石嘴山市平罗县人民医院　苏艳玲

人民网
people.cn

这段关于武汉的记忆，我们无憾

一声召唤，我们不顾一切地从塞北宁夏来到"九省通衢"的武汉；疫情结束，我们也该踏上归程了……

一个多月的战斗，一个多月的相处，今日是多么的依依不舍……

从昨天下午接到通知，要求我们收拾物品，核对身份证准备回家的那一刻开始，我的内心就有些许不淡定了。

虽说早就想着赶紧回家，毕竟那儿有我亲爱的丈夫、可爱的孩子，家人们都在苦苦地期盼着。可是真到了这一刻，却又是这么的不安，这么的难以割舍……这里，武汉，在疫情最为严重的时候，将我们这109位姐妹，紧紧地召唤在一起。

都说我们不顾一切，舍生忘死；都说我们舍小家，顾大家，逆行战疫……其实我们的内心也有过恐惧，也有过徘徊。只是看到有这么多的好姐妹都来了，都在自己的身边，内心深处才安然了许多……这些姐妹，在最危险的时候，就是靠着互相安慰、互相鼓励，才支撑下来的。谢谢你，我们的好姐妹们。

此时此刻，要离开武汉了，我们这个临时组建起来的医护小组，也将完成使命，解散归家了。看看这些姐妹们，有在防护服上签名留念的；有在微信群里粘贴地址，留下通信方式的；有约定明年再来这个英雄的城市看樱花的……我理解，这其实是姐妹们不忍、不舍的一种表达方式，是对自己这一个多月来吃苦受累的一种平抚、一种安慰。

在祖国最需要我们的时候，我们来了，在武汉人民最困难的时候，我们来了。作为一个医护人员，咱们吃得了苦，流得了汗，咱们是真正的"白衣天使"，是人民的卫士……不经意间，我突然发现，我们这些极为普通、极为平凡的姐妹，是这么的不凡，是这么的伟大——我们自己就是真正的英雄、真正的勇士。在我们自己这几十年的人生经历中，有了这一页，我们无憾；有了这一页，我们骄傲……

临走前，把房间的地板拖了一遍又一遍，把床铺的卧具收拾得平平整整，把一切的物品摆放得井井有条……不为别的，就为能够在最后离开的时候，为武汉这座英雄的城市再尽自己的微薄之力。

再见了，武汉，再见了，姐妹们……待到来年再次春暖花开的时节，我会再来，看看武汉大学的樱花，看看这个我战斗过的地方。

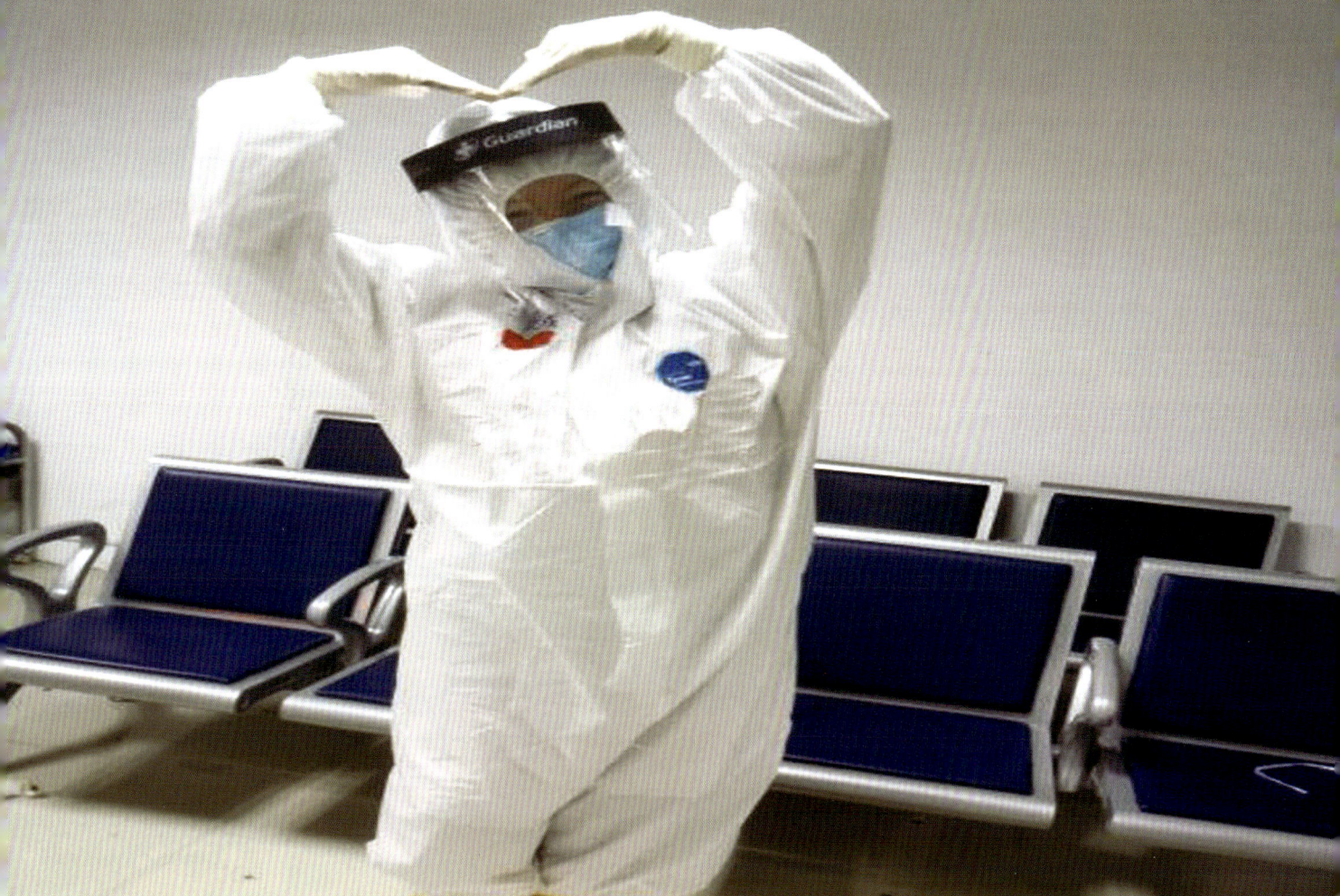

战 "疫" 日记

也许我的力量很小，
但我一定尽我所能

时　间：2020 年 2 月 2 日

地　点：湖北襄阳市中心医院

记录人：宁夏吴忠市人民医院　王越

人民网
people.cn

也许我的力量很小，但我一定尽我所能

到襄阳快一周了，已经投入紧张的发热预检分诊工作中。分诊台前我们询问帮助患者挂号，安排就诊，指引患者进行检查。提醒每个就诊的患者戴好口罩。安排患者留院观察，观察患者的病情变化。午饭时间，为患者送饭。饮水机没水了，抱起水桶就换。对床位进行清洁消毒。病房开窗通风，协助医生采集咽拭子，打电话安排病人转运……工作紧张有序。密不透风的隔离衣穿在身上，行动起来有些不方便，口罩勒得脸和耳朵疼，脸上痒痒的也不敢动手挠一挠，脱下防护服后一遍又一遍认真地洗手……我从未感到如此真实，危险与我近在咫尺。

下午安排一位50岁的叔叔等待转诊，看他心情低落，便安慰他，没事的，都会好起来的，你要打起精神，好好配合治疗，好好吃饭，心情要好，才能扛住！叔叔有些激动，眼泪跟着就流了下来："你们都辛苦了。"看着这个大男人哭了，我心里特别难受。我告诉他，我们是宁夏过来支援的，他特别激动，声音哽咽着连声道谢。我的心情很复杂，也许我的力量很小，但是我一定要尽我所能，给大家信心，给大家力量！努力为每一位患者提供帮助，尽心护理，我们一起攻克难关！我们一起加油！

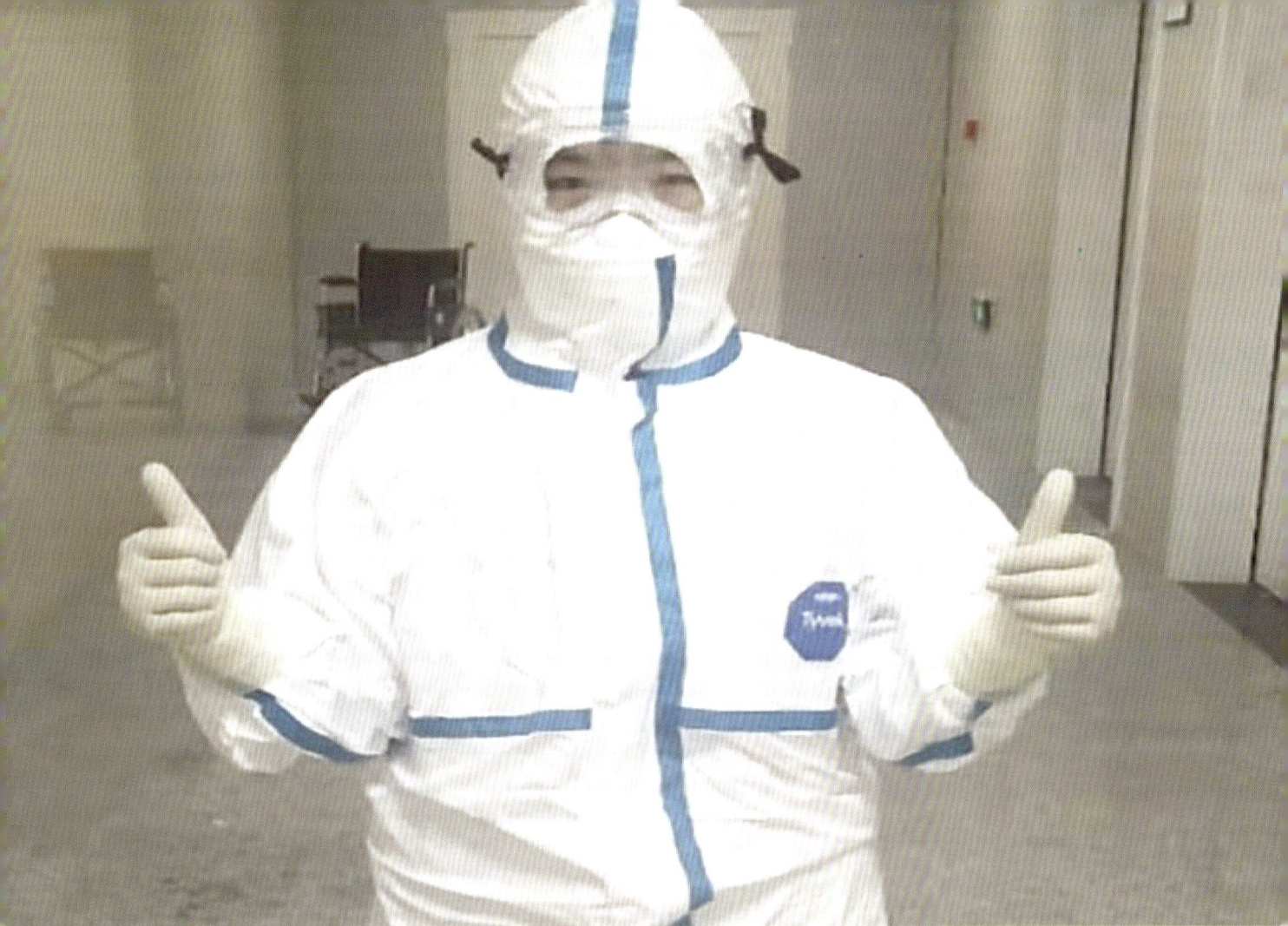

战"疫"日记

老公：我很好，我想你

时　　间：2020 年 2 月 6 日

地　　点：湖北襄阳市中心医院

记录人：宁夏吴忠市人民医院　马振荣

老公：我很好，我想你

2020年1月27日下午，正在上小夜班的我，接到通知要去支援湖北。虽然在此之前心里已有准备，作为一名党员，一名呼吸科的医务人员，我责无旁贷，但真正接到通知时，我却不知所措，不是因为害怕，而是我不知该如何向家人开口，向你开口，孩子还小，你又工作繁忙，我们对家里已经亏欠太多。爸爸了解我，他知道既然我下定决心了，就必然前行，可是我真的不确定你怎么想，所以我就先告诉了两位父亲，奈何时间太紧急，我只能边上班，边让爸爸买洗漱用品、整理行李箱，试图让爸爸向你转达。

我记得忙到7点30分左右，你打来电话，问什么时候来接我下班，当我还在忧心你是否会阻止我的时候，你说你已经在医院楼下等我了。那时是8点10分左右，小伙伴估计看出了我的焦急，她让我早点下班。走出医院大门时，回头看去，"吴忠市人民医院"这七个大字在灯光的映照下显得格外鲜红，真的能照入人心。坐上车后，我俩都默不作声。

回到家里，阳阳最先跑到我面前，要我抱抱，抱起孩子后，看到他天真无邪地冲我笑着，那一刻我虽幸福却也心酸难忍……再看看你红着眼睛为我整理衣服，那个时候我就知道我狭隘了，我低估了一个医务工作者家属的内心。第三天我从爸爸口中得知，你知道我登机的时候哭得像个孩子，我想你是彻底释放了心中的不舍。你是不是特别想问我哪来的自信啊？答曰："你给的！"

从第三天起你每天早晚都会发微信提醒我注意安全，注意防护，我知道你的担忧，但我更加明白，我是妻子，是妈妈，是女儿，是护士。我一定会做好自我防护，照顾好自己，不给家人和祖国添麻烦，尽我所能照护患者，与襄阳市医务工作者共同抗击疫情！

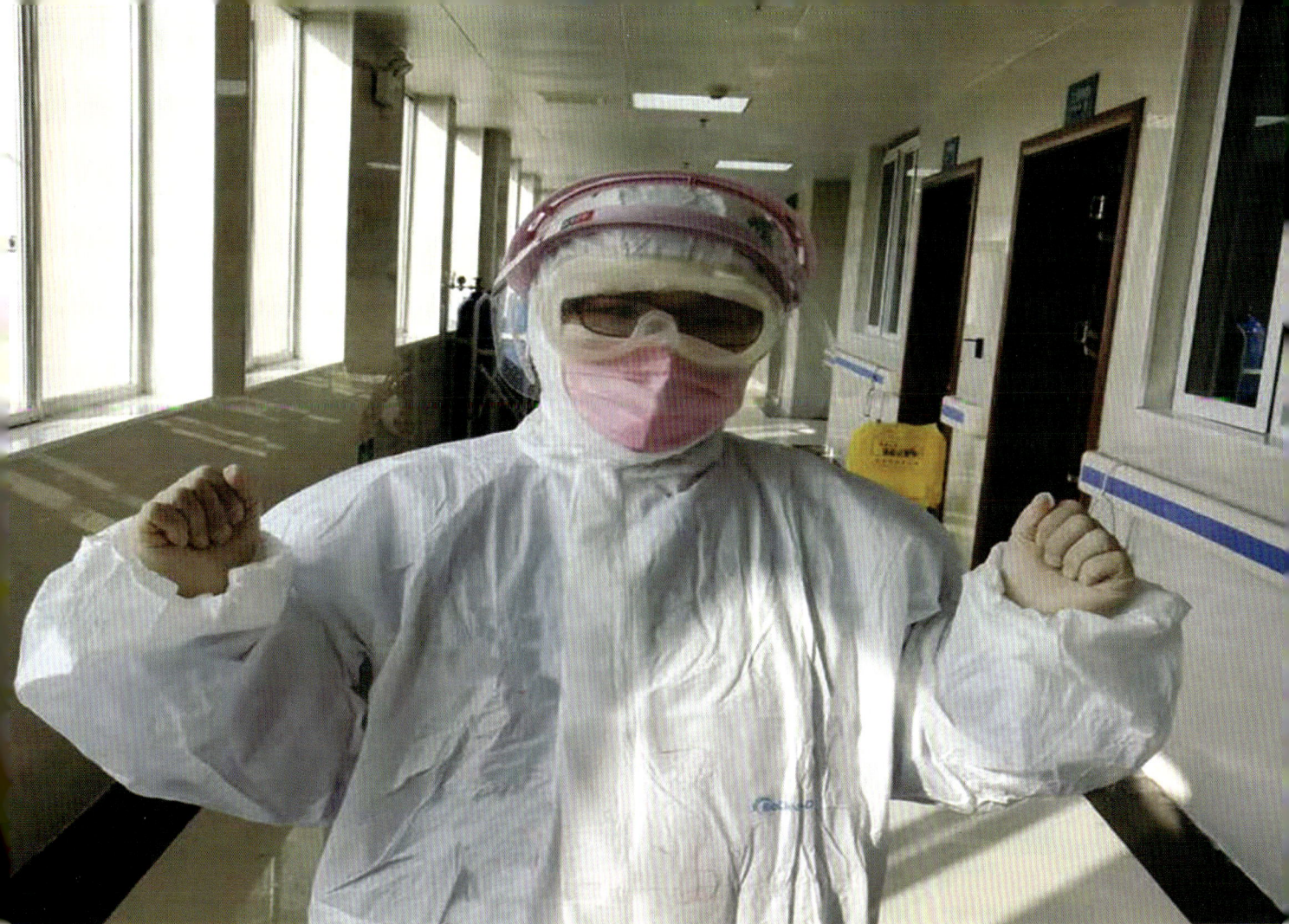

战 "疫" 日记

患难识朋友，谊长情永在

时　间：2020 年 2 月 23 日

地　点：湖北襄阳南漳县医院

记录人：宁夏吴忠市人民医院　朱丽娟

people.cn

171

患难识朋友，谊长情永在

转眼间我来到湖北已经24天了，今天才有空隙让紧绷的情绪得以放松。我是一个不善言辞、不喜欢表达的人，而且一直以来没有记日记的习惯，但今天因为有太多的感情想表达，终于还是没有忍住泪水，我便含泪记下了这些感情。

此次逆行，我没有告诉太多的人，更是刻意隐瞒父母，不视频通话，因为他们年龄大了，真的不想让他们担心。自昨天《宁夏日报》公布了宁夏支援湖北出征的人员名单后，爸爸妈妈打电话："你是不是去武汉了？"见隐瞒不住，我笑笑说："我在湖北襄阳，都挺好的。"听见电话那头哽咽的声音，我也 瞬间泪目。同时我也收到很多亲朋好友的留言信息，句句叮咛、鼓劲加油，今夜想起，心里很暖，谢谢你们！

还记得到达襄阳后，我与本院的战友分开了，我被分到南漳县医院，听说他们缺重症的医生，于是服从安排，到达地点后迅速投入工作，其实当时我还是有些小担心、小紧张的。工作中与中卫的战友结下了深厚的友情。而且，和南漳县医院的几位医生相处得非常融洽，闲暇时间会和他们聊聊天，讲一些当地好玩的、好吃的、有趣的事。每每进入隔离区，总能听到患者说："谢谢你们！你们也一定要保护好自己啊！"想想这些，我心里暖暖的。

时光飞逝，我与这里的医护人员一起工作已经24天了，将要转战襄州区医院，临别时院方表达了对我们医疗队最崇高的敬意和感谢，并送上了鲜花和感谢信。看到大家对我们工作的认可，我觉得再多的付出都是值得的，再大的困难都是能克服的。

今夜被温暖着。患难识朋友，谊长情永在！期盼着春暖花开的那一天尽快到来，人们不再需要隔着口罩、防护服，而是能够直接手牵手，肩并肩，紧紧拥抱在一起，一同感受春天的阳光明媚、生机勃勃！

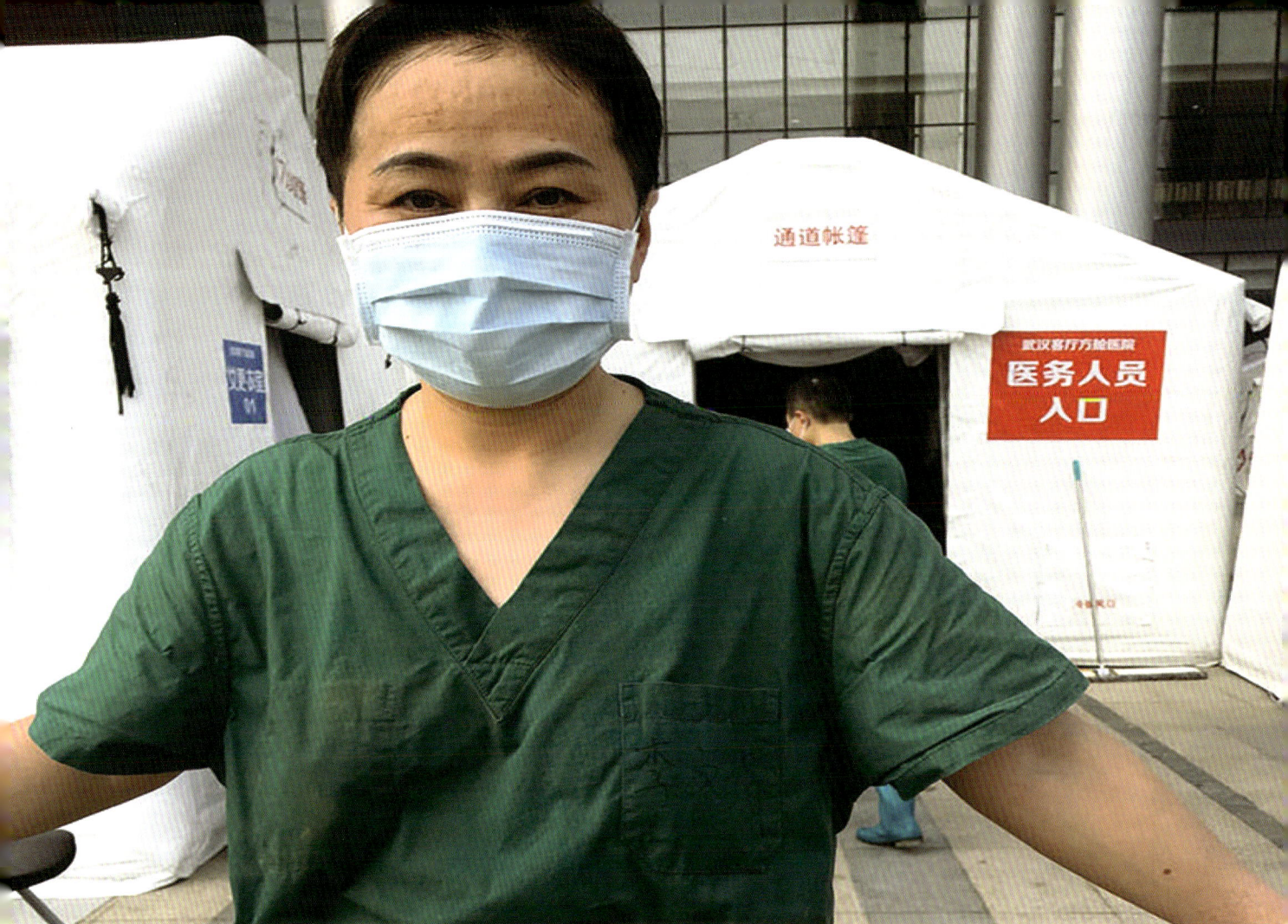

战"疫"日记

王阿姨出院那天，爱让我们 紧紧拥抱在一起

时　　间：2020年3月4日

地　　点：湖北武汉客厅方舱医院

记录人：宁夏吴忠市盐池县中医医院　李文娟

王阿姨出院那天，爱让我们紧紧拥抱在一起

随着诊疗方案的一次次更新，患者的治愈率不断提高，病亡率显著降低，疫情形势出现喜人逆转，原来的"人等床"现在变成了"床等人"，看到一个个康复的患者走出医院，看到他们脸上露出久违的笑容，作为一名医护工作者，我觉得很幸福。

大年初二接到上班通知后，立刻放弃春节休假，返回工作岗位。2月4日，作为盐池县首批援助湖北护理专业医疗队的一员，我和14位姐妹没有来得及和亲人告别，就匆匆离开了家乡，连夜出发赶赴湖北，投身战"疫"最前线。

来到这里，一线的严峻形势是常规护理无法想象的。为了更好地工作，同时还要保护好自己，我和姐妹们参加了一系列防护、院感知识相关培训，一次次练习穿脱防护服，一遍遍熟悉操作规程，对每一个环节的操作都做到了零失误，直至考核过关。按照上级安排，我们被分到武汉客厅方舱医院B区工作。进舱前穿好防护服，大家相互检查确认无误，我负责25位患者的护理，每天的工作是巡视病房、测量生命体征、发药、送饭、测血糖、健康宣教等，几圈下来，早已气喘吁吁，大汗淋漓。

在这个非常时期，特殊的环境里，这些特殊的患者，他们不仅需要身体上的治疗，更需要心理上的安慰。厚厚的隔离服、口罩、护目镜虽然阻碍了我们与患者之间的正常交流，但阻挡不了我们之间心灵的相通，他们感激的话语和坚定的眼神足以让我们斗志满满！患者王阿姨出院那天正好是她的生日，我将心爱的香囊赠予她，爱让我们紧紧地拥抱在一起！

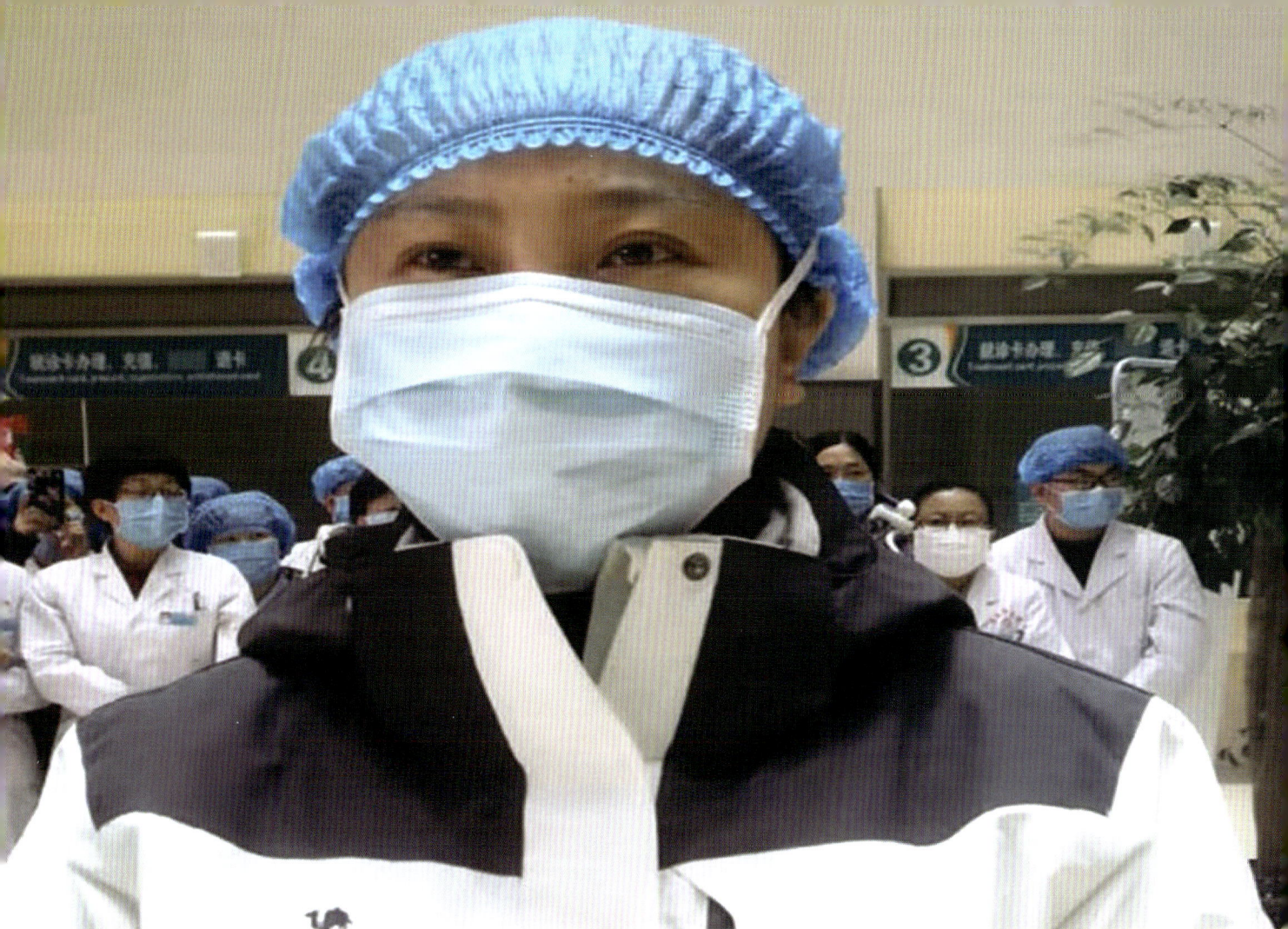

战"疫"日记

生日这天，我许下一个愿望

时　间：2020年2月2日

地　点：湖北航空工业襄樊医院

记录人：宁夏固原市人民医院　李婷

生日这天，我许下一个愿望

2020年2月2日，是千年一遇的特殊日子，是我来湖北的第七天，也是我的生日。早晨6点钟，科里陈立阳老师就发来了生日祝福，我很感动！早餐碰巧吃的是牛肉面，同事说这种牛肉面在襄阳很有名哦！非常时期，这个生日算是过得很圆满了，因为在我老家，生日当天吃的面叫长寿面！

今天我A班，是从早上8点到下午4点，7点30分来到医院，开始穿防护服为进入病区做准备，我和同组的李纪伟相互监督，我们相信，只有做好自己的安全防护措施，才能更好地为患者做治疗。

我俩负责19位患者的护理工作，发放早餐，监测体温、血压、脉搏、氧饱和度、静脉输液等。由于患者采取单间隔离，病区很大，穿着厚重的防护服巡视治疗一圈下来已经汗流浃背。一病区10室的大爷病情较重，不停地咳嗽咳痰，在吸氧的情况下，呼吸还是比较费劲，情绪有些激动；二病区九床一天没有进食，二病区五室要开水和口罩……患者的病情和需要我都一一详细记录，报告医生及时处理。

下班前又来了7位患者，处理并交接完已经下午6点钟！说实话，真心感到累，加之中午又没顾上吃饭，胃又在跟我抗议！回到宾馆，打开手机，有很多祝福短信！妈妈说："生日不能帮你过，但还是祝你生日快乐，照顾好自己！"伙伴们也纷纷送上生日祝福。谢谢我的战友们！！

虽然没有生日蛋糕，但是我还是默默地许了一个愿望：祈愿早日战胜疫情，坚持就是胜利，襄阳加油！中国加油！

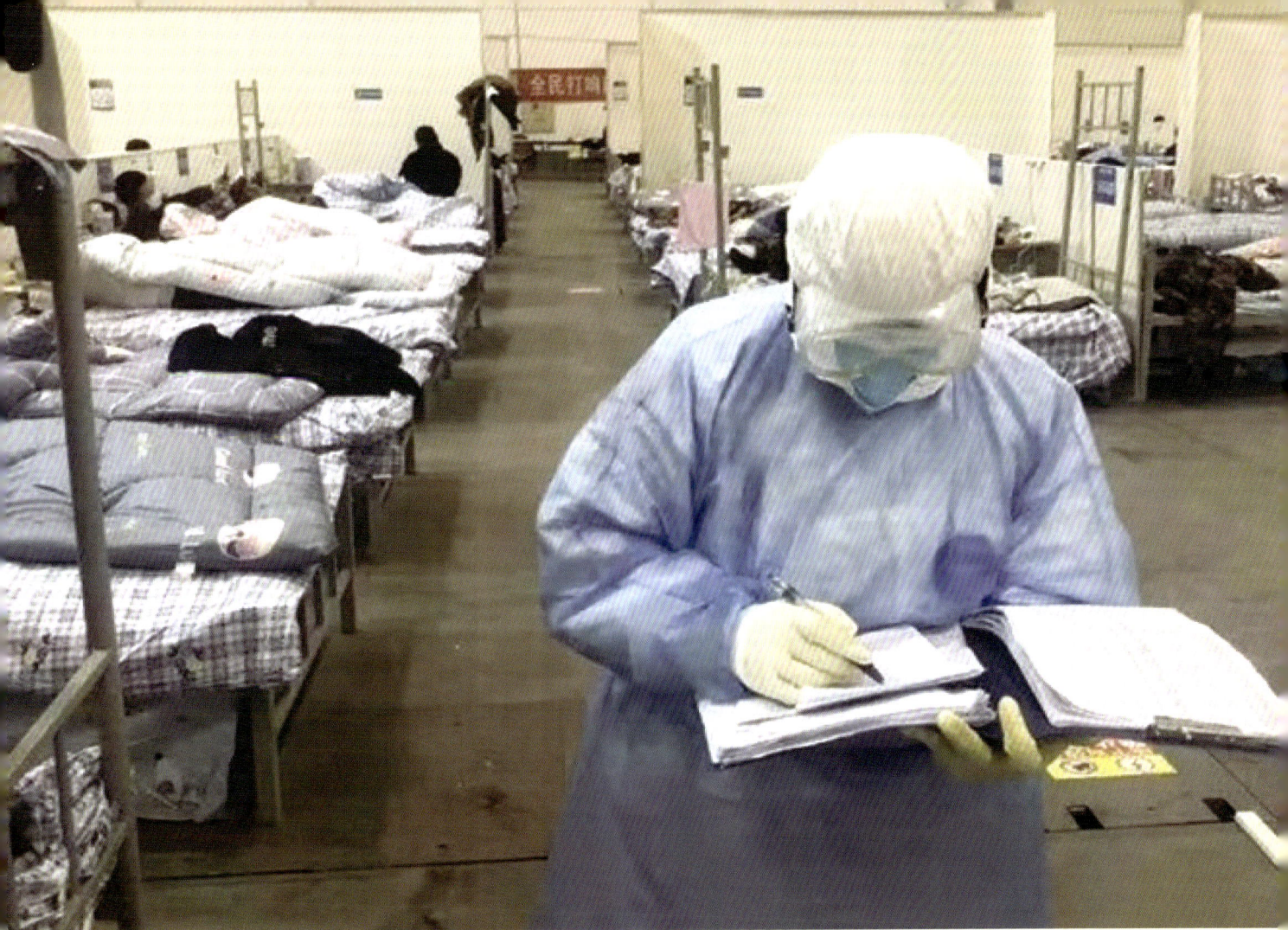

战“疫”日记

被爱包围，让我们共同努力

时　间：2020 年 2 月 14 日

地　点：湖北武汉东西湖方舱医院

记录人：宁夏固原西吉县人民医院　逯曌玲

人民网
people.cn

被爱包围，让我们共同努力

2月4日，我刚下班正陪着女儿，电话响了，是护士长打来的，说医院选我去支援武汉。一个念头一闪而过，"终于来了，我是党员，放下一切，服从命令！"幸好我在第一护理梯队，行李都提前准备好了，简单地收拾了下，匆匆告别了婆婆和女儿……

我和同事们带着责任和使命，带着期望和重托，来到武汉东西湖方舱医院，不知不觉已经10天了。每天很忙碌，但是很充实，看着我护理的每一个病人，我只想让他们快点好起来。

每次脱下防护服，第一个想法是，我的家人，你们都在做什么？我的老公，他也是一名医疗战线上的战士，在大年三十接到命令奔赴一线，那天匆匆一别，直到我身赴武汉，也没再见着他的身影，后来在视频的时候他鼓励我："老婆加油！平安回来，相信你！"我们共同的话题很多，也一直在相互鼓励，相互理解，相互支持！我看到视频那端，他的眼神有点疲惫，依依不舍，但也看得出来，他很坚强，非常时期，非常理解，等战"疫"结束，我们都平安回家，再和你一起回忆那些美好的日子！

今天是女儿妮妮的生日，她今年3岁了，在这个特殊的时期，爸爸和妈妈都不能为你点生日蜡烛，唱生日歌，但你要知道，爸爸和妈妈有多么爱你，这爱，用遍这世上最美好的词语也没法表达出来。爸爸和妈妈在履行自己的职责和使命，只有祖国稳定强大，我们才会过得幸福。等爸爸妈妈胜利回来，一定给我的妮妮补办生日，爱你，我的宝贝，生日快乐！

我的公公和婆婆非常支持我，也一直在鼓励着我。临行之前，把女儿和家都交给二老照顾，我心里很不忍，当二老眼含泪花地对我说一定照顾好自己、保重身体时，我心里很难受，你们放心，我在这里生活、工作都顺利，一切安好！等我平安回家，再孝敬你们。亲爱的妈妈，我在这儿很好，等我回来，带你去旅行，我爱你！

还有我的一家人，科室的姐妹们，我好想你们。你们每个人哭着送我的情景还在眼前，你们每一句鼓励我的话我都记在脑海里。谢谢你们一直以来包容着我，爱护着我。谢谢主任和护士长这段时间悉心照顾我的公公婆婆。我觉得在这个大家庭里，我是最受宠爱的那一个，想想都觉得很温暖……我很坚强，你们也要坚强，等我回来，我们继续努力！

你很勇敢，平时胆小如鼠的你，居然面对疫情毫无畏惧，从来不喜欢短发的你，这次毅然决然剪掉长发，对着镜子很平静地说："好吧，还行……"

这个世界上爱我的人很多，每个人都在为我加油鼓劲。外面的大树，挺拔茂盛，小草们在任性地生长着，这一切都离不开脚下这片土地的滋养。我的祖国，我们每个人都在为你的强大而努力着，舍小家，为大家，这所有的付出我们心甘情愿，你一定要坚强起来！

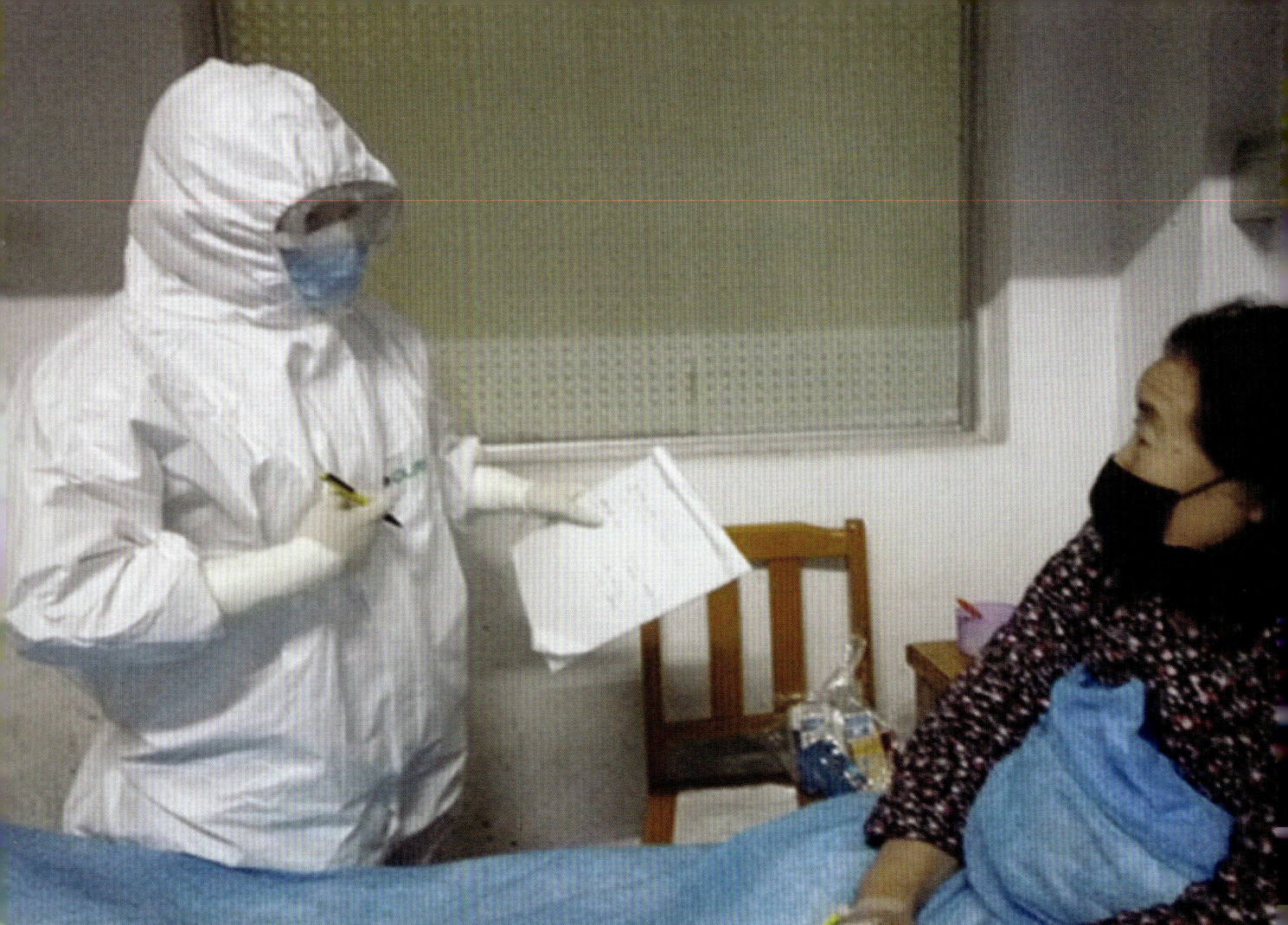

战"疫"日记

我已熟悉这条通往"家"的路

时　间：2020 年 2 月 14 日

地　点：湖北省襄阳市中西医结合医院

记录人：宁夏固原市人民医院　薛蓉

people.cn

我已熟悉这条通往"家"的路

凌晨3点多的襄阳，路上空荡荡的，没有一个人，没有一辆车，只有十字路口的红绿灯，循规蹈矩地变换颜色工作着，如同此时刚刚下班的我。

记得来这里的第一个夜班结束是深夜12点30分，从电梯出来后，看着不太明亮的路灯，我一路狂奔，绕过不熟悉的医院院子，一口气跑到十字路口。紧紧地握着手机，怕天黑，怕夜深，怕角落里可能出来的小猫小狗，怕风吹树叶的声音，怕这个陌生的城市。我能做的，就是使劲地跑，跑回驻地。

十几天过去了，白天黑夜往往复复地走在这条路上。今天再下夜班，又是深夜。但我没有跑，因为很累，跑不动了，迈着像灌了铅似的双腿艰难地往"家"里走。因为我不再怕黑，左拐、右拐、左拐、再左拐……即使黑乎乎的，我也能清楚地记得哪里铺了木板，哪个下水井盖凸起了，记得红绿灯处我要等90秒。因为我已很熟悉这条路，这条通往我临时小"家"的路。

日复一日，在令人快要窒息的防护下，查病人、开医嘱、看检查单、写病历……这就是我的工作。重复但不敷衍、日常却不平淡。众志成城、小心谨慎，待战胜疫情、春暖花开时，我和同事再一同平安地踏上回家的路。

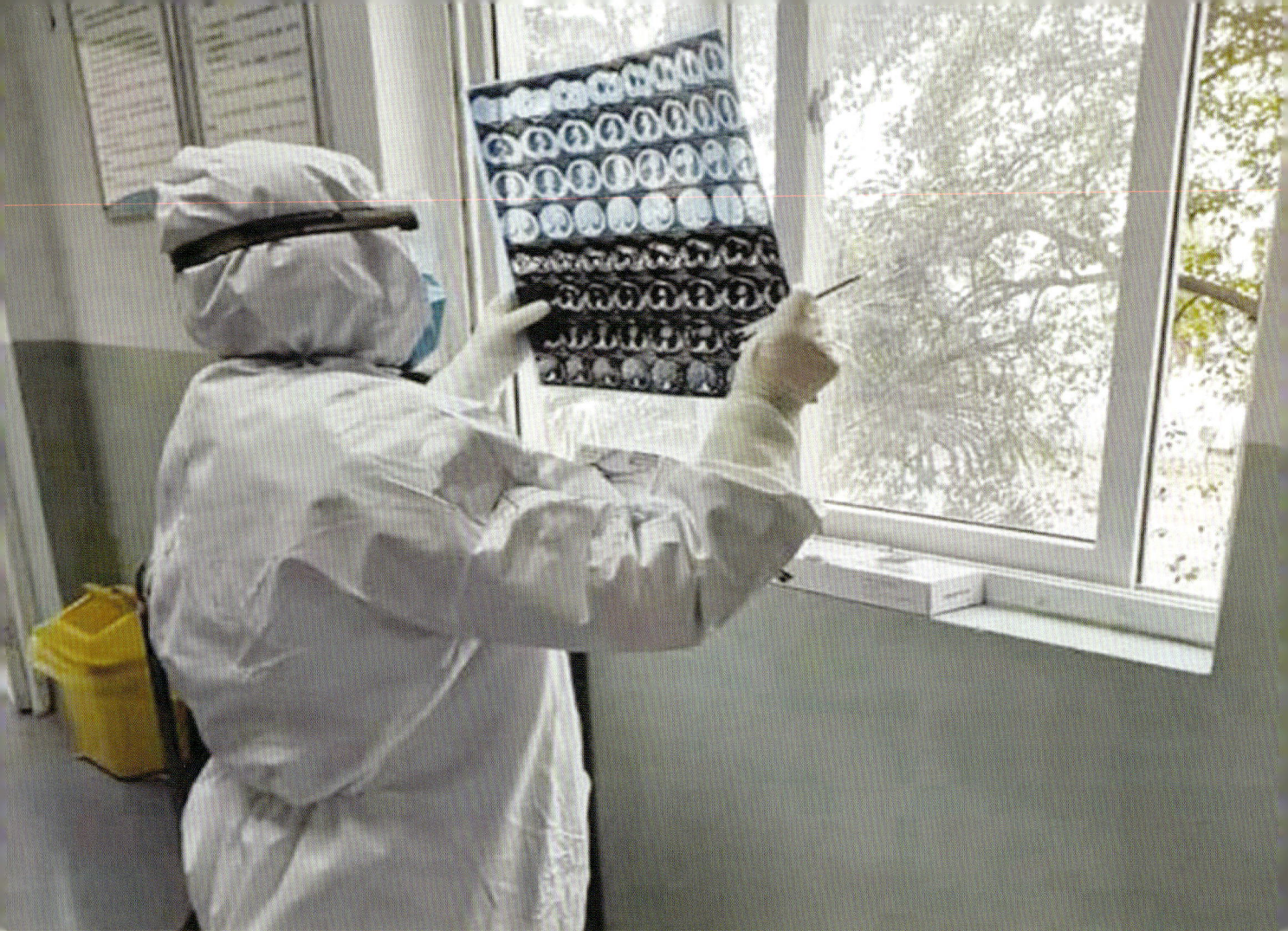

战"疫"日记

感动无处不在，温暖时时刻刻

时　间：2020 年 2 月 16 日

地　点：湖北航空工业襄樊医院

记录人：宁夏固原市人民医院　屈文慧

人民网
people.cn

感动无处不在，温暖时时刻刻

作为驰援医疗队的队员来到襄阳，从开始的前期准备到现在井井有条地工作，医院每一个工作的细节都给我留下特别深的印象。比如对医护人员更衣室值班室房间的改造，刘永良院长总是抽空去查看房间的设备及用品是否完善，比如电热炉会不会正常运转，有没有放衣架，洗澡间有没有洗发水、护发素，甚至查看润手霜准备了没，衣柜有没有加锁，插座够不够用，凡是有不到位的地方，他都会拿笔一一记下来，然后很快让工作人员把物品补齐。

医疗队在襄阳的后勤保障由师炎帅哥全部包揽了，他主动加入我们的微信群，从一日三餐到生活用品，他都想得周到具体，比如剃须刀、指甲刀、面油、唇膏，甚至还给女同志们带来了面膜。

徐家鑫师傅每天承担着大量的运输任务，早出晚归，除运送医院急需的医疗物资和仪器设备外，还要给我们这些医疗队员运输生活用品，遇上天气不好的时候，还要准时准点地接送大家上下班。徐师傅为我们做的一切，大家看在眼里，记在心上。

正是应了春寒料峭这句话，这两天襄阳的天气突然变得冷起来，下班后我回到宾馆，发现门口放着一包暖身贴和一个暖手器，顿时一股暖流涌上心头。

感动无处不在，温暖时时刻刻。我想，点点滴滴都承载着襄阳人民对我们的厚爱与期待，唯有行动才是对他们最好的回报。在这个特殊的战场上，我们愿与襄阳人民同舟共济，携手作战，在抗击冠状病毒的战场上贡献自己的绵薄之力。疫情不退，我们不回，这是宁夏医疗队的铮铮誓言。

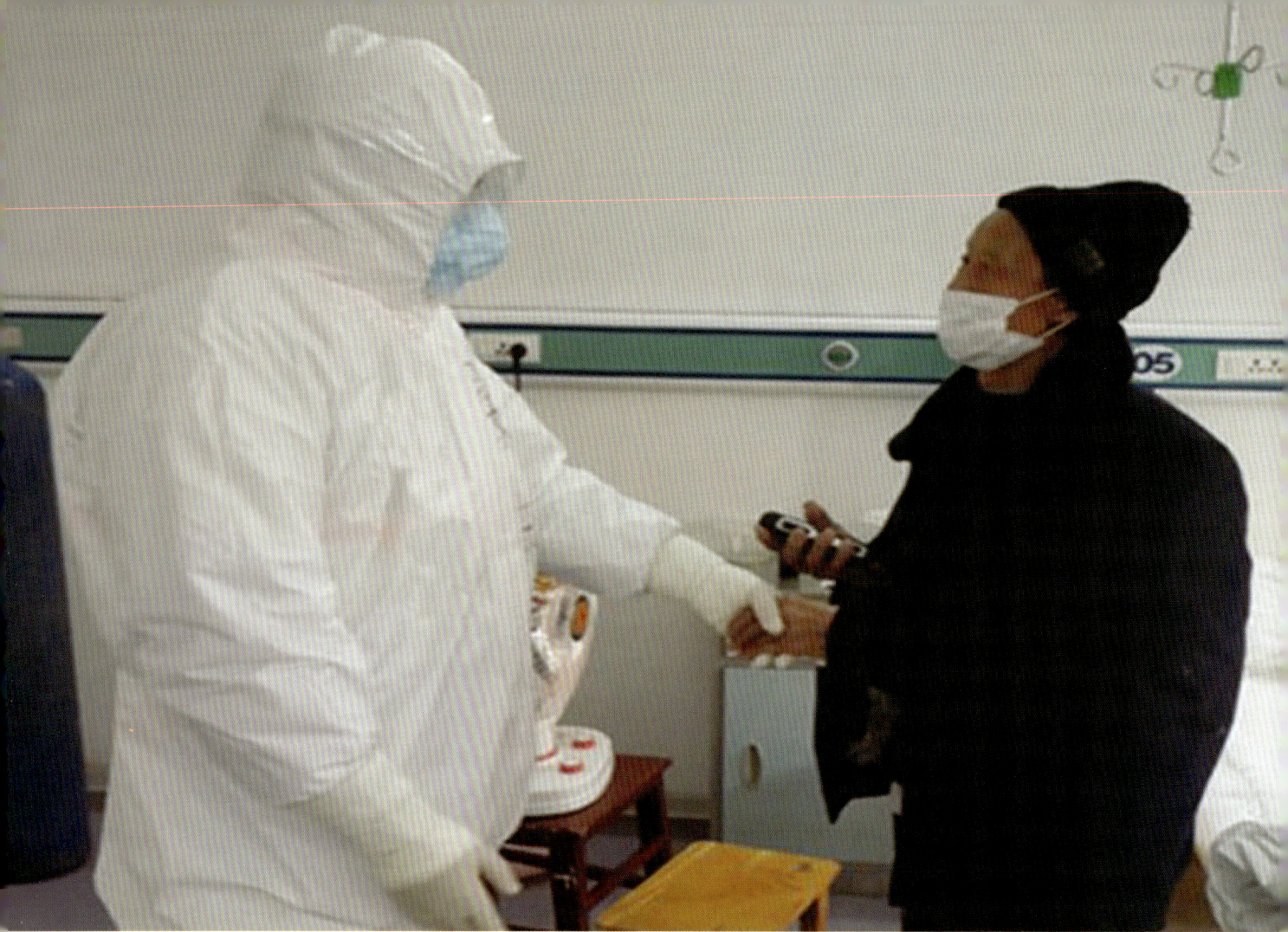

战"疫"日记

81 岁的老爷爷治愈出院了，我心情格外好

时　　间：2020 年 2 月 18 日

地　　点：湖北航空工业襄樊医院

记录人：宁夏固原市人民医院　李强

人民网
people.cn

81 岁的老爷爷治愈出院了，我心情格外好

今天襄阳市阳光明媚、晴空万里。我的心情格外喜悦，因为我们悉心照料了半个月的81岁的胡爷爷今天解除隔离，要出院了！胡爷爷当初转到隔离病区的时候情况很不好，发热、咳嗽、喘息等症状特别明显，血氧饱和度只有80%多，进食很少，不能平卧，生活无法自理。说实话，当时我真为老爷爷捏一把汗，担心他挺不过去。在接诊老爷爷的第一时间，我们详细了解病情，医疗组全体成员充分讨论，并积极外请专家会诊，制定了非常详细、具体的治疗方案。最后在我们医护人员的共同努力下，在胡爷爷的积极配合下，他的病情一天天地逐渐好转。每次去病房查房，他都会竖起大拇指，反复说："谢谢你们救了我的命。"昨天晚上我去病房看他，通知他出院事项。老爷爷激动得热泪盈眶、声音几度哽咽、拉着我的手久久不愿放开，说实话当时我的内心真的很满足、很欣慰，我为自己是一名战斗在湖北襄阳抗疫一线的医生感到由衷的自豪！今天他要出院了，病区里所有人都非常开心。

虽然我不能亲自去送他，但我在这里祝福老爷爷永远健康长寿！

战"疫"日记

无悔当初的选择　深知职责和使命

时　　间：2020 年 2 月 21 日

地　　点：湖北武汉市中心医院

记录人：宁夏中卫海原县人民医院　　王蓉

人民网
people.cn

无悔当初的选择
深知职责和使命

我是一名普通的护士，坚守在平凡的岗位。救死扶伤是我恪守的天职，默默奉献是我信奉的准则，我愿不求回报，终其一生。2019年12月，一种称为"新冠"的病毒如排山倒海之势肆意蔓延，国家遭遇疫情，人民饱受磨难，在这特殊时期关键时刻，我认识到，医护工作不仅仅是一种身份岗位，更是一种神圣的职责。勇于担当敢于负责，是一种精神境界，是人民赋予"白衣天使"真正的内涵。

自新冠肺炎疫情发生以来，人们每天睁开眼睛的第一件事就是关注疫情的发展，看着那一组组冰冷的数字，看着那没有拐点的曲线，每个人手里都捏着一把汗，默默祈祷着，不串门不走动，不拜亲访友，用自己的行动防控疫情。身为医护人员的我们，院方在第一时间组织大家学习专业知识，了解病毒原理，探讨护理及治疗的方法。在丰富了业务技能的同时，更收获了战胜病魔的信心和勇气。今日长缨在手，何时缚住苍龙？只要给我机会，我也会主动请缨赴"疫"线，做一位最美逆行者！

2月4日，我收到了通知，海原县支援武汉医疗队，时间紧迫，当天下午就要出发。当我在名单中看到自己的名字时，心里特别激动。短暂的培训在武汉拉开了序幕，面对的困难也超过了我的预期，但看到被病魔折磨的武汉人民，我潜意识的胆怯竟变成了无尽的动力，身边来自全国的支援者更使我信心百倍。我们一定会打赢这场疫情阻击战！

通过我们共同的努力，看着一个一个治愈出院的患者，我们坚信必能用专业知识和肩上的责任给国家和人民交上一份满意答卷。看到那一双双求助期盼的眼睛，我丝毫无悔当初的选择。我深知作为一名医务工作者，作为一名最美的逆行者，在这场抗击新冠病毒肺炎战"疫"中的职责和使命。最后让我说声武汉加油！湖北加油！中国加油！

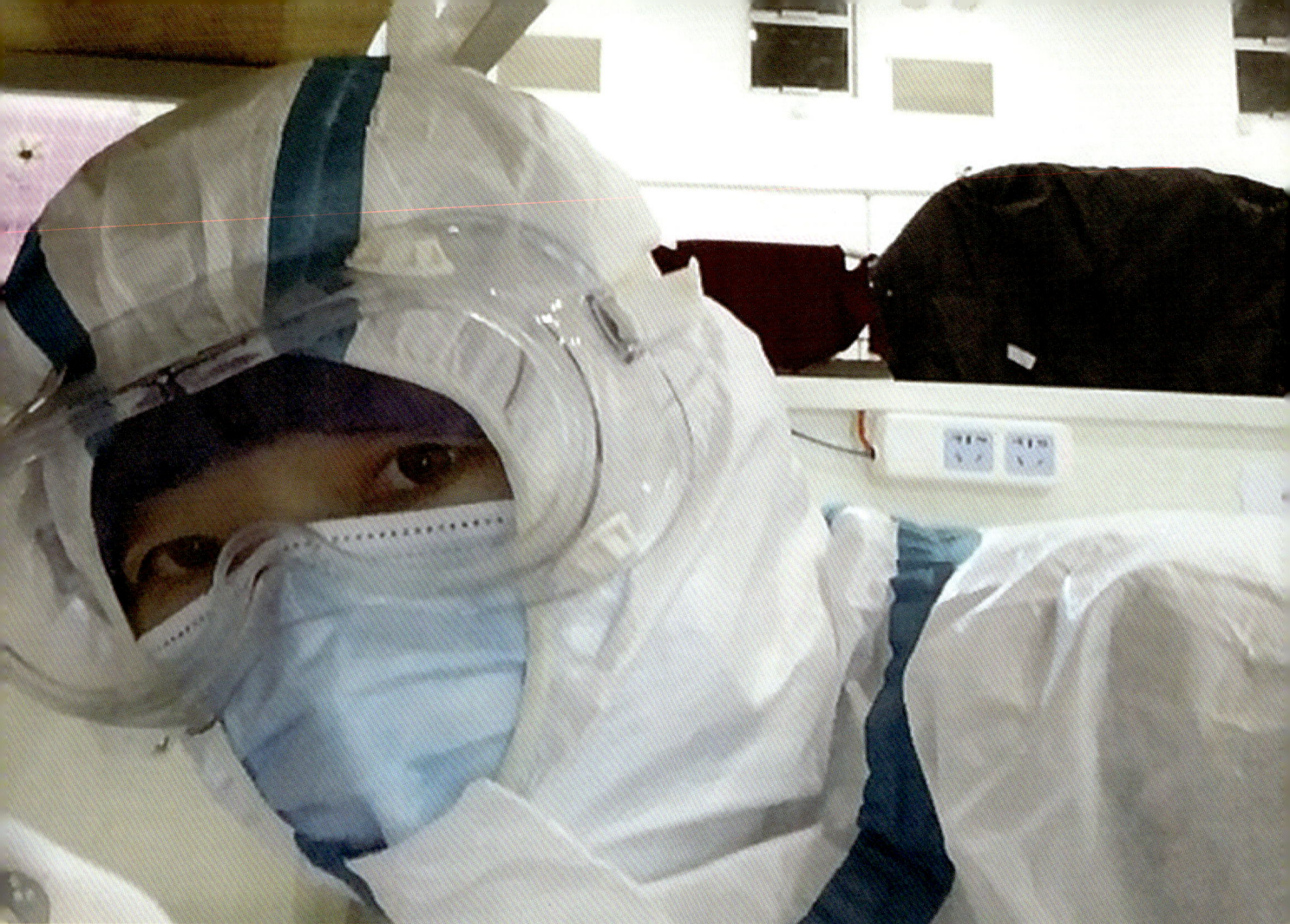

战 "疫" 日记

不必言谢，因为我们是一家人

时　间：2020 年 2 月 23 日

地　点：湖北武汉客厅方舱医院

记录人：宁夏固原彭阳县人民医院　韩列梅

people.cn

不必言谢，因为我们是一家人

武汉的夜很静，2月21日深夜1点半，路上唯一的一辆公交车载着我们宁夏的护理姐妹，疾驰驶向武汉客厅方舱医院，这里灯火通明……经过仔细的交接班，姐妹们有的查对医嘱，有的巡视患者，有的核对药物，有的为明天要采集的咽拭子做准备，大家都闲不下来。

我去巡视病房，生怕防护服和靴套的相互摩擦声吵到患者，我压低了脚步声，轻轻地走着，看到大家熟睡的样子，我安心了许多。就在这时，我发现前面B926床的熊姐没有睡，坐在床上，前面放着一个盆，佝偻着身子。我赶忙过去一看，眼睛瞬间模糊了，原来她是一位哺乳期的妈妈，经过交谈得知，她的孩子才5个月大，她和老公都感染了新型冠状病毒肺炎，都住在武汉客厅的方舱医院，60多岁的婆婆和宝宝也被隔离在宾馆，她一方面太想念自己的宝宝，另一方面涨奶痛得睡不着。

了解情况后，我对她进行了心理疏导，告诉她："为了宝宝，你一定要坚强勇敢一点，吃好，休息好，配合治疗，相信你很快就会康复！"然后，我告诉了医生，看能不能给她开点回奶药，又报告护士长希望能联络外面给她买个吸奶器。

她的情况让我非常着急，因为她出来得急，也没有带换洗的衣服，所以我把我的新秋衣秋裤送给她，当天下午我让换班的老师带给了她，熊姐非常感动，说一定要当面谢谢我。

我心里想：在疫情面前，我们都是一家人，不必言谢，只要我们同心协力、共克时艰，我们和家人一定能够团聚，一定能取得疫情防控斗争的全面胜利。

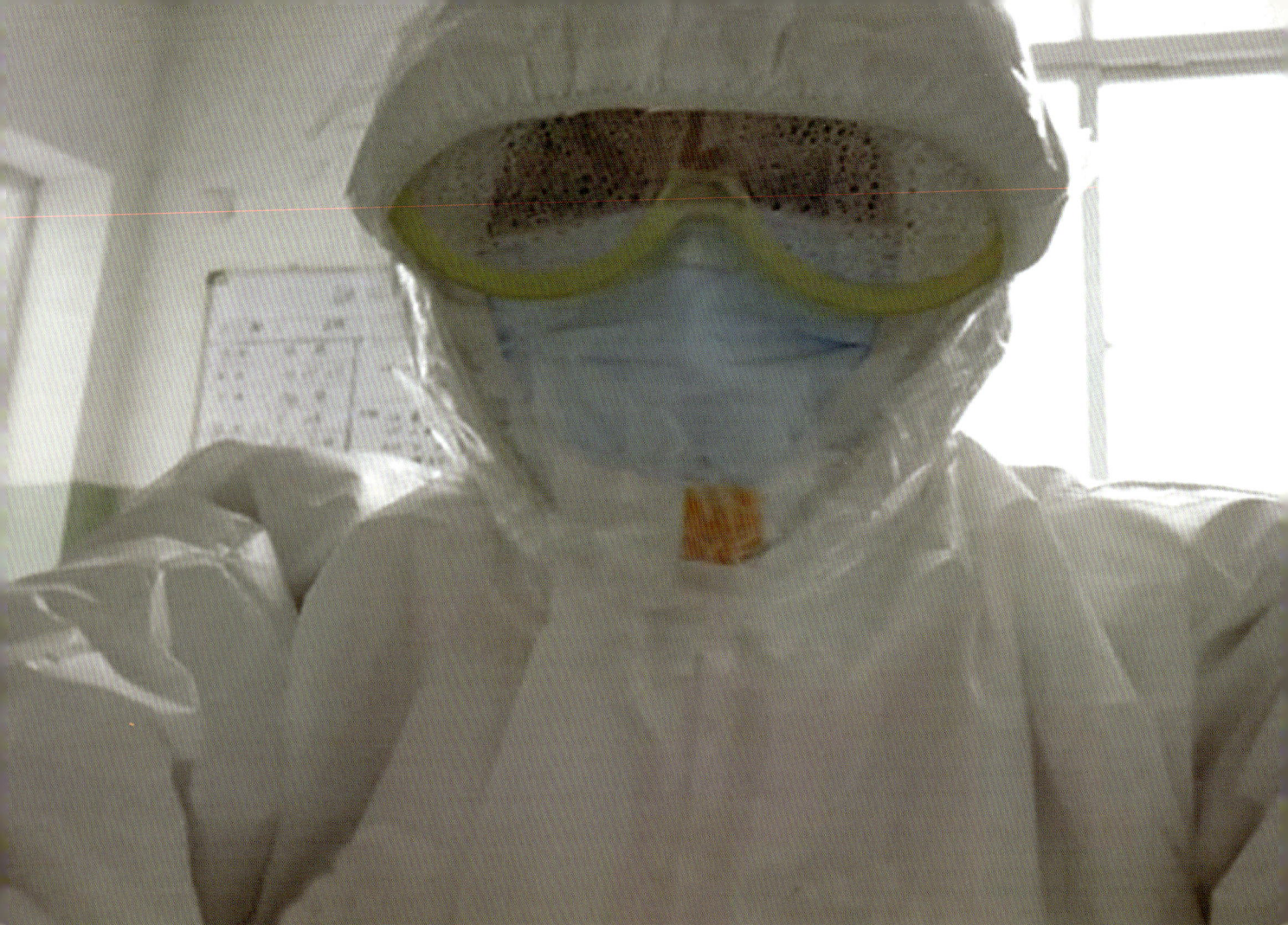

战“疫”日记

这是一位“白衣天使”对“火焰蓝”的表白

时　间：2020 年 3 月 8 日

地　点：湖北航空工业襄樊医院

记录人：宁夏固原市人民医院　邹礼丽

人民网
people.cn

这是一位"白衣天使"对"火焰蓝"的表白

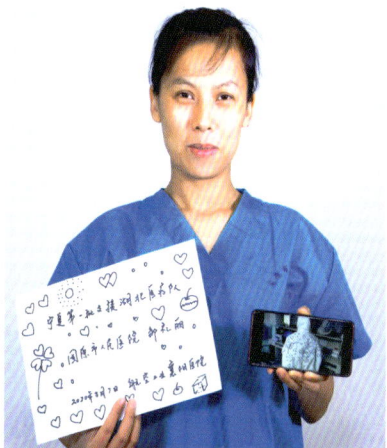

亲爱的老公，谢谢你这些年来对我的关心和照顾。从校服到婚纱，这大概是最美好的爱情。我们有开心有烦恼，有平淡有激情，从二人世界变成四口之家。你是一个好丈夫、好父亲，儿女的到来给我们的生活带来了新的希望。人一生可以爱很多次，但执子之手，与子偕老的只有一人。也许你的笑脸不够阳光灿烂，但足以为我扫清冬日阴霾；也许你的双手不够温柔，但足以为我拂去生活的尘埃。命运安排我们在一起，我就是你一生不离不弃的影子！

大学毕业后你义无反顾报名参加了宁夏消防现役部队，远离家乡来到固原一无所有，我毅然决然地选择跟着你，哪怕吃再多的苦我也愿意，你给予我太多的珍贵回忆。结婚整整8年后，我们终于拥有属于自己的家，再也不用租房子了！

战"疫"日记

张阿姨向我们"表白"：
我爱你们，白衣战士

时　间：2020 年 3 月 10 日

地　点：湖北武汉市中心医院后湖院区

记录人：宁夏固原市人民医院　丁奎兵

people.cn

张阿姨向我们"表白"：
我爱你们，白衣战士

你问我想家吗？我肯定地回答：想啊！那里有我的妻子，我们说好余生要白头偕老；有我年迈的父母，他们是我最坚实的后方依靠；有我两个可爱的女儿，她们是我心中最放不下的牵挂。

还记得出发那天，我的岳父早早就来到了现场给我送行，他老人家手里给我拿着一个热乎乎的花卷和一块牛肉，我顿时热泪盈眶。从过年开始我就没有回过家，春节那几天一直在科里值班，后来疫情形势严峻了，院领导把我调到新成立的普通发热病区，让我带队进行管理。出发前一天我回了趟家看了看孩子，因为情况特殊都戴着口罩，当时我的心里真的很不是滋味。

来到武汉，我们克服了各种困难，也收获了很多感动。有一家我连名字都叫不上来的餐厅，每天会给我们队员送来家乡美食，这家餐厅的老板叫马海龙，是宁夏同心人，他的餐厅离我们驻地有40多公里路程，虽然他们不在一线给病人治病、不是一线的战士，但是他们却用自己的方式给这场战役默默无闻地做着贡献，为了我们能吃到热的饭菜，他们想尽一切办法，还换着花样做，每次我去宾馆楼下拿饭的时候，内心都充满感激。我想，这些人也是这座城市最美的逆行者，他们是武汉上空最亮的那颗星。

现在，在我们的精心治疗下，好多病人都有了好转，17楼的张阿姨还给我们写了一封感谢信，她说，医生和护士待她像亲人一样，还给她洗头发，这件事让她非常的感动。张阿姨在这封信的最后还大胆向我们"表白"：我爱你们，白衣战士。

我想这场战役让我们更加珍惜平淡生活的朝朝暮暮，也让我们感受到人与人之间的那份真情，每一个中国人都在为这场战役努力，相信通过团队的努力，大家都能早日平安回家。

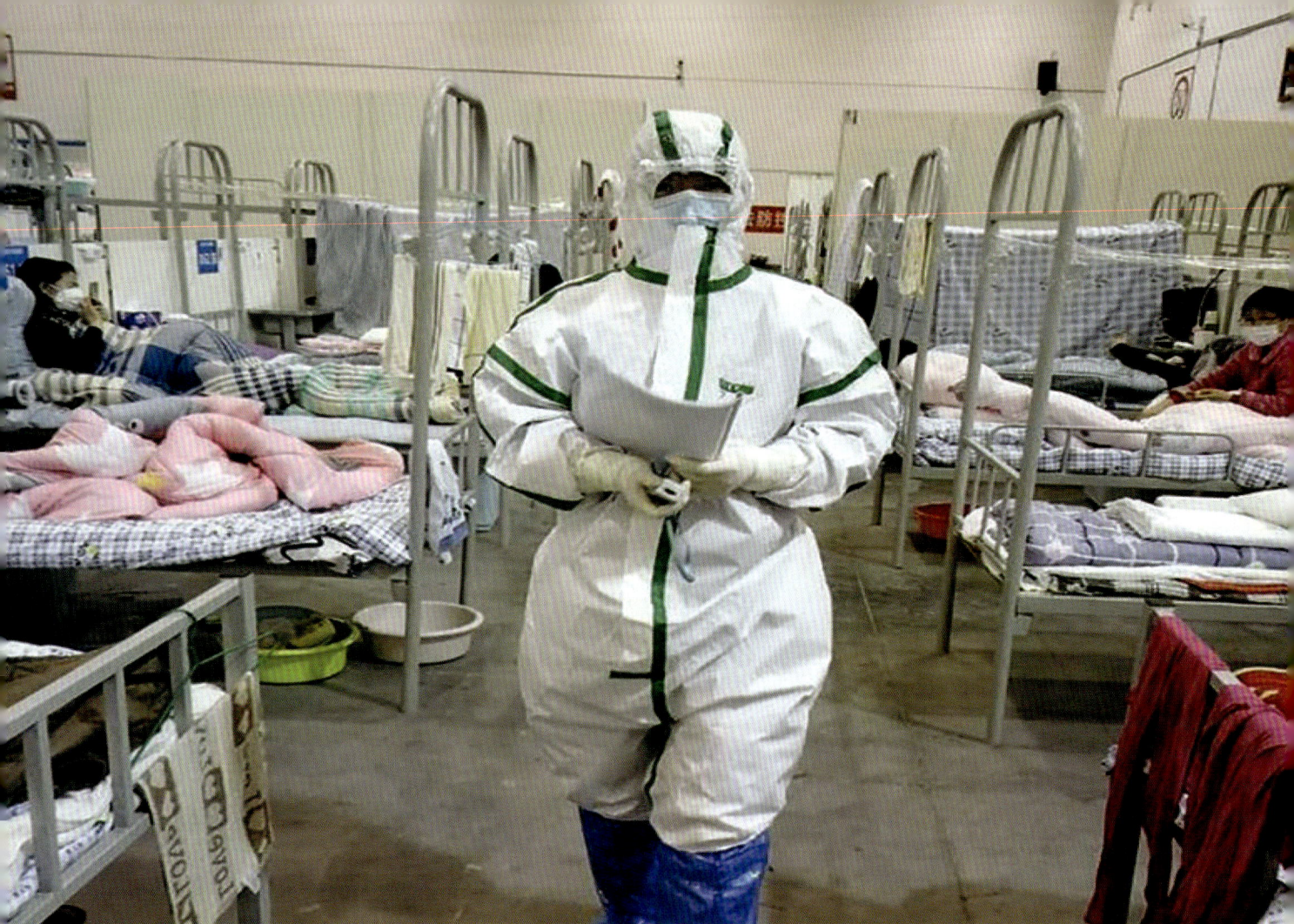

战"疫"日记

珍惜当下，就是最大的幸福

时　　间：2020 年 3 月 10 日

地　　点：湖北武汉客厅方舱医院

记录人：宁夏固原彭阳县人民医院　韩小娟

人民网
people.cn

珍惜当下，就是最大的幸福

有些意外，总是无法阻止，既然意外来了，我们只有靠自己！相信我们可以战胜一切灾难！

来武汉已经一个多月了，从最初的手足无措，到现在的得心应手，不知不觉中，我学到了很多，也明白了很多，珍惜当下的生活，就是我们最大的幸福。我们住的宾馆到方舱医院有半小时车程，每天我们都是提前一个半小时出发，提前25分钟接班。这25分钟也许不算什么，但是在等待交班的同事眼里，看到我们的出现，就像看到了希望。因为穿着不透气的防护服，垫着尿不湿，不吃不喝8小时，真的不是那么容易的，所以我们都愿意提前接班，让舱内的同事早点休息！

最初我们穿好整套防护用品需要整整一个小时，而现在半小时就可以完成，然后互相检查密闭性，再郑重地写上彼此的名字，写点鼓舞的话语，一天的工作正式开始。每天的工作其实和平时在医院没什么大的区别：发药，抽血，测量生命体征，采集咽拭子，但是在这里每次做完这些，最明显的感觉就是护目镜雾蒙蒙的，视线很模糊，身上的衣服湿透了，整个人忽冷忽热的，但是没关系，因为我们的坚持能给患者带来希望！

医者的职责，不是延缓死亡，或让病人重回过去的生活，而是在病人和家属的生活分崩离析时，给予他们庇护和看顾，直到他们可以重新站起来，面对挑战，并想清楚今后何去何从。在方舱医院，我们的病人是一个特殊的群体，他们有的失去了父母，有的失去了伴侣，有的全家人都在住院，他们的内心是脆弱的，核酸的结果，CT的结果，都会让他们的情绪产生很大变化，除了身体的治疗，他们更需要的是心理的安抚，我们每天除了做好本职工作外，做得最多的就是陪他们说话，我们小心翼翼地去安抚他们因为恐惧而脆弱的心，虽然我们都不是专业的心理医生，但只要轻拍他们的肩膀，他们似乎就能平静许多。我们尝试慢慢地、小心地走进他们的内心，了解他们的需要，缓解他们的恐惧，因为在这里他们真的把我们都当作亲人，当作可以依赖、可以信任的人！说实话我从没有像现在这么充实过，我只希望每天在自己上班的这几个小时里，尽自己最大的努力，平复他们的情绪，让他们重拾生活的信心。

第一次进舱，有一个女孩，情绪很低落，她去找医生，哭着说："医生，我想出院，我的父亲在另一个医院病重了，我想去看他，也许这是我能见他的最后一面了。"医生看了看她今天的核酸结果，还是阳性，只能抱歉地说道："对不起。我们还不能让你出院！"女孩哭了，哭得歇斯底里，那一刻，我没有去扶她，我也哭了，这是多么残酷的现实，对我而言这种情景曾经只是电视剧中的情节，而如今却在我的身边上演。我坚定了自己的信念，我要鼓励更多的病友，给他们信心，给他们勇气，让他们知道，全国人民都没有抛弃他们，14亿同胞和他们一同抗击新冠病毒，我也要用自己的实际行动告诉他们：医者仁心，救死扶伤，我们从未退缩。

这次逆行，从接到通知支援武汉到收拾东西出发仅仅用了一个小时，我没有告诉爸妈，因为我怕妈妈会哭，我也知道我并没有自己想象中那么坚强，后来坐上救护车时，爸爸正好开车过来拿东西，他看见我了，但是并没有和我说话，只是远远地望着我。后来听老公说，妈妈知道我去武汉后，哭了。所以现在每天回到宾馆，第一件事就是给家人报平安，一个月过去了，我发现妈妈苍老了许多，额头的皱纹多了，双鬓全是白发。俗话说："儿行千里母担忧"，每次通话，妈妈说得最多的就是你要做好防护，平安回来！这就是一个母亲的爱，没有太多的大公无私，也没有太多的慷慨激昂，但是真的很暖女儿的心。"妈妈，谢谢你帮我带孩子，也谢谢你对我工作的支持，我以后不会再和你顶嘴了，我爱你！"

疫去春来春更暖。我逆行，我无悔，来武汉，将是我人生中最难忘的一次记忆，也是我新生活的开始：珍惜当下的生活，好好孝顺父母，好好教育孩子，好好活着！

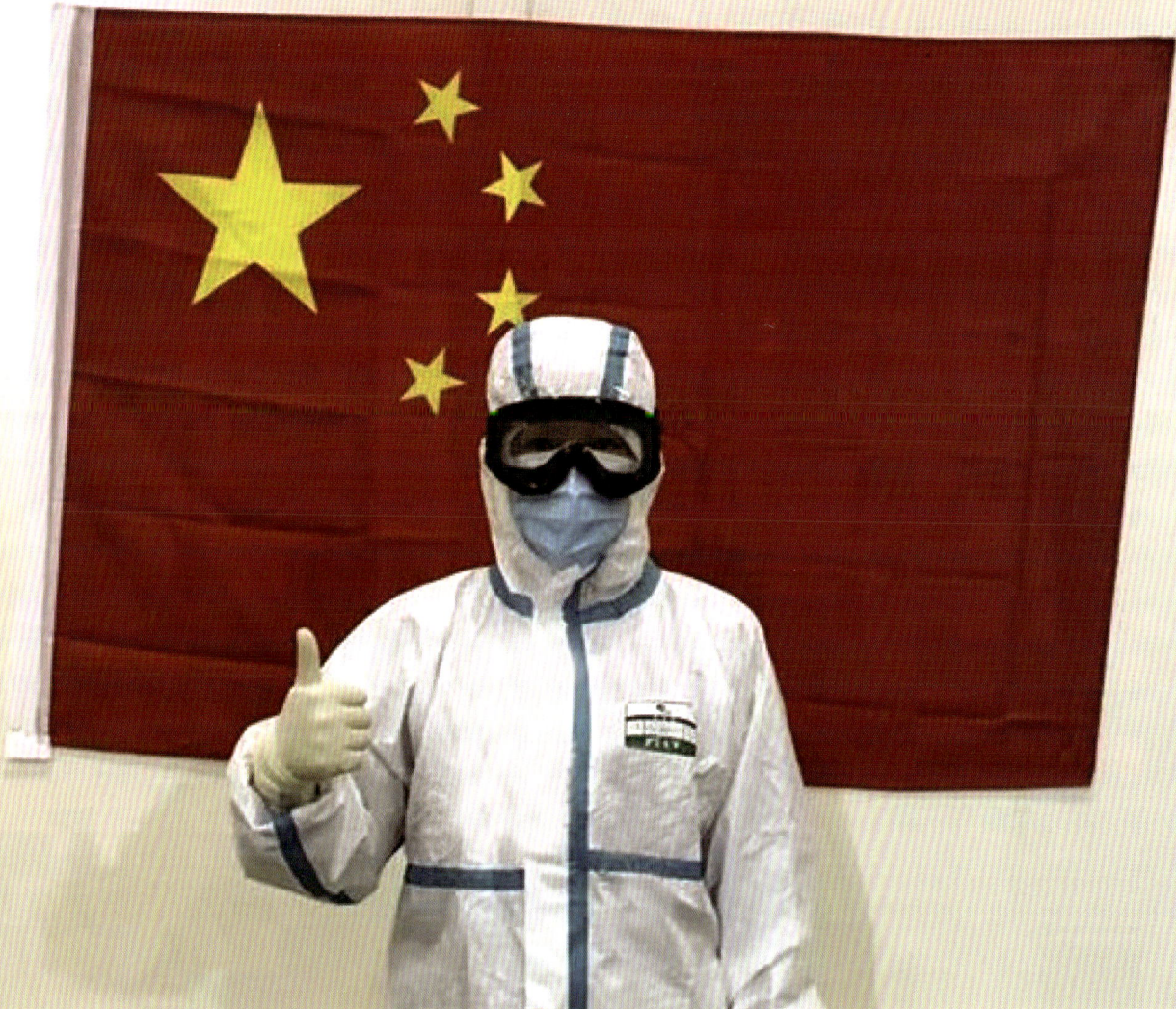

战“疫”日记

愿你我相遇在没有病毒的樱花树下

时　间：2020 年 3 月 13 日

地　点：湖北武汉市东西湖方舱医院

记录人：宁夏固原泾源县人民医院　兰晓娟

人民网
people.cn

愿你我相遇在没有病毒的
樱花树下

2020年，春节来临之际，新型冠状病毒进行了一次漫游世界的"旅行"。大年三十，我刷着抖音，看到了上海、广东、陆军军医大学等5支医疗队飞抵武汉。当时我还在想，如果我是其中一员该有多好。

2月4日，医院发出驰援武汉的通知，我第一时间报名，并且幸运入选。抵达武汉后，经过严格的岗前培训，我进入了方舱医院工作，穿上像"大白"一样的防护服，心理上也有过紧张，但是我的战服给了我力量，我必须战胜紧张心理，开启全新的工作模式。

病毒无情，人有情。在方舱医院里，虽然都是轻症患者，但好多患者对治愈没有信心，情绪低落，所以我们每天医病更医心。给他们边做护理边疏导心理，有时我们也会讲一些笑话，来缓解他们的紧张情绪，让患者产生战胜病毒的信心，减轻心理压力。

在这里，每当看到患者康复出院，听他们说着感谢的话，我会特别开心，看见他们出院时脸上露出的笑容和对我们竖起的大拇指，特别有成就感。

因为有你们的信任，我们携手共进，终于迎来了休舱，虽然病毒还在继续传播，但已是强弩之末。全国上下守望相助，众志成城，建立起一道道防御线。没有过不了的冬天，没有来不了的春天，愿你我相遇在没有病毒的樱花树下。

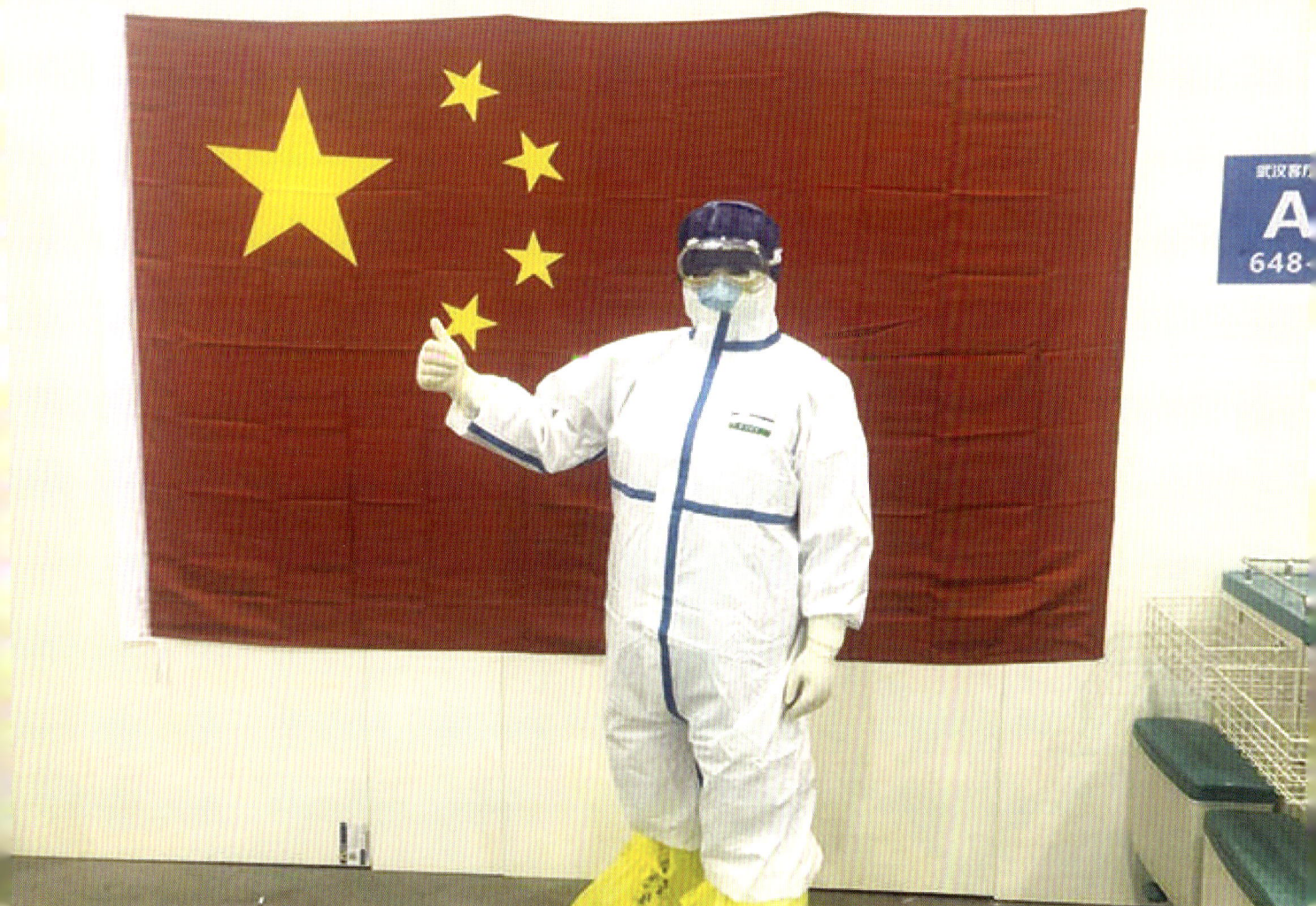

战“疫”日记

武汉，我期盼你永世繁华

时　间：2020 年 3 月 13 日

地　点：湖北武汉市东西湖方舱医院

记录人：宁夏固原隆德县人民医院　柳慧

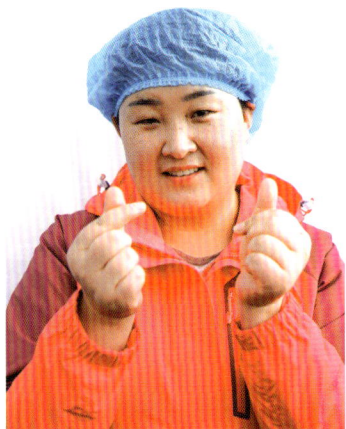

武汉，我期盼你永世繁华

从2月4日的出征到3月8日的封舱，为期一个多月的努力，我们送走了最后一批所负责的武汉客厅方舱医院的患者，这让我们有着满满的成就感。

第一天穿防护服上班进入污染区，第一次采集咽拭子……很多个第一次，说不害怕是假的，可是，当你看到患者那一双双期盼的眼睛，你的害怕、紧张已经表现不出来了，你有的只是安抚患者情绪、鼓励患者治疗的话语。当你看到患者的病情渐渐好转直到痊愈，然后拉着你的手说："谢谢你们放弃和家人团聚，跨越千里来帮助我们，你们辛苦了，等疫情结束，欢迎你们来武汉做客，吃热干面，看樱花雨。"当患者含着泪水给了你一个拥抱，你会觉得被汗水浸透的衣服，看不清的护目镜，被口罩勒得生疼的耳朵都是值得的，再苦再累我们都过来了。

3月17日，我们接到相继撤离武汉的通知，那一刻的心情，不知道要怎么去形容，有着可以回家的喜悦，也有着即将离开武汉的不舍，虽然只有短短的40多天，但是这里的人民，这座英雄的城市，却与我们建立了深厚的情谊。

看着武汉人民给予我们送别的最高礼遇，他们高喊"感谢宁夏，向你致敬"的时候，我所有的付出和辛苦都值了。

此时，从武汉撤回正在接受隔离，待在房间里看着电视上抗疫前线继续奋战的战友，听着融媒体播报出来的感人抗疫故事，眼泪总是会不经意地流出。这43天的一线经历，将是我一生的宝贵财富。病毒无情，人间有爱。我为我有幸成为抗疫队伍中的一员，能以自己的微薄之力为他人奉献，冲锋在前护他人周全，感到自豪。我相信，很快这座英雄的城市就会恢复以往的车水马龙。

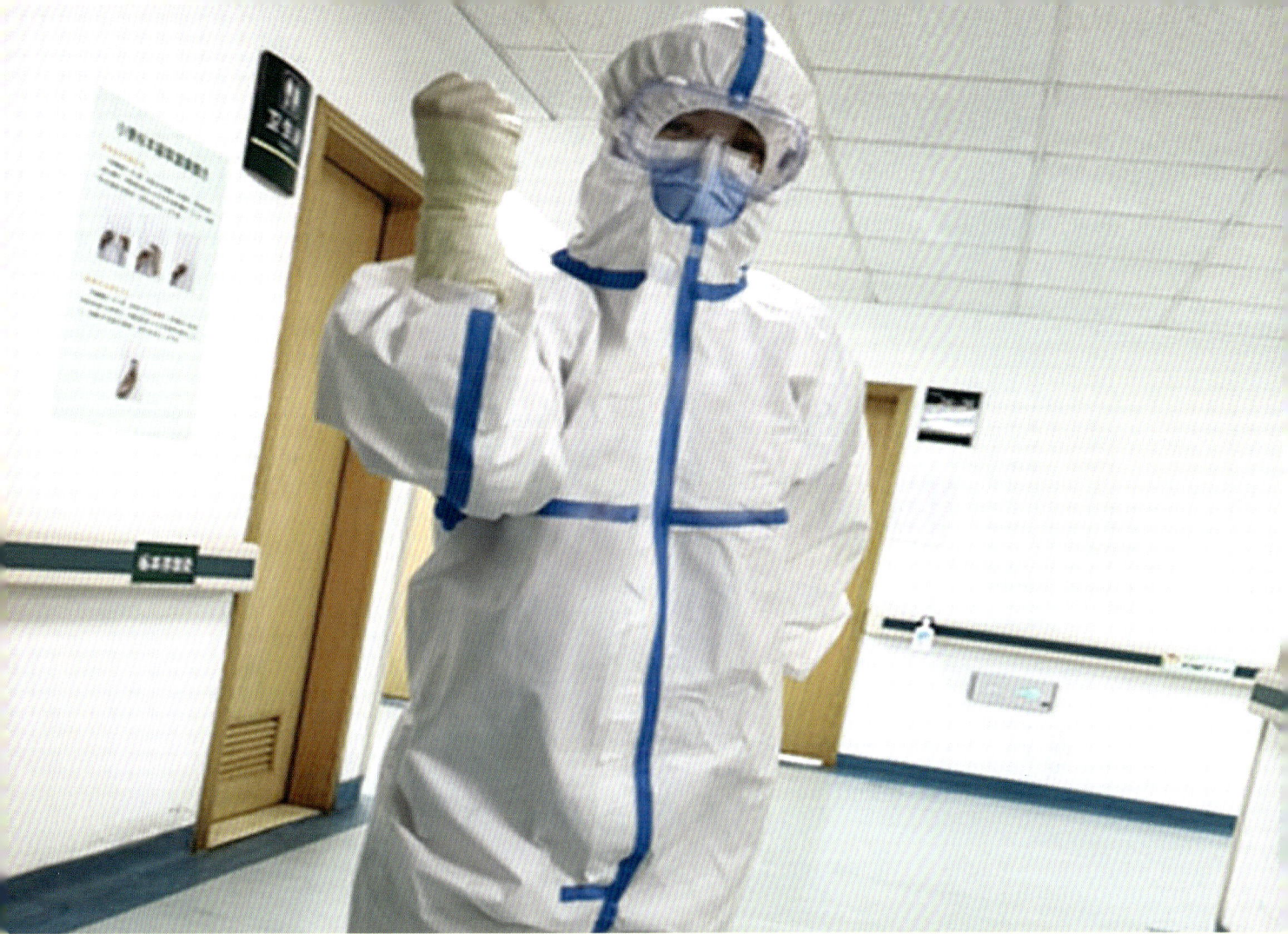

战"疫"日记

比樱花更美的是武汉人感恩的心

时　间：2020 年 3 月 16 日

地　点：湖北武汉市中心医院

记录人：宁夏固原原州区人民医院　朱媛媛

people.cn

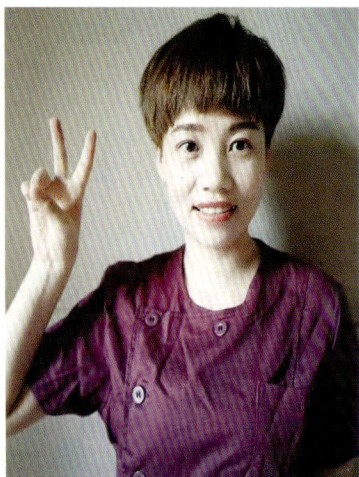

比樱花更美的是武汉人
感恩的心

你们见过凌晨的武汉街头吗？我见过，昏黄的街灯、空空的马路，路上没有人也没有车辆，只有载着我们的通勤车急速行驶在路中央。途经武汉的长江大桥，江面上停靠着几艘游轮，如果没有这场疫情，我想这里说不定热闹非凡。

休息了一天再进入病区时看到36床老奶奶的床铺空了，我有些惊慌她去哪儿了？记得上一个班结束临下班时她还好好的，随后就从队友口中得知老奶奶病情一度加重转进ICU里进一步治疗了，此时我心里仿佛被鞭子抽了一下，再多的语言都无法诠释我内心的悲伤。生命真的好脆弱，听说老奶奶知道自己病情危重了，哭着给女儿打电话留了遗言，她希望自己走后，女儿和自己的哥哥能相依为命。

人们都说这个季节武汉最美的是樱花，可我觉得比樱花更美的是武汉人感恩的心。记得有次交接班时，和我搭班的老师因为护目镜起雾看不清，进门时碰到了门框上，护目镜碰出了一道裂缝，隔壁7床的阿姨非常着急地喊起来："姑娘快退出去离我们远一点，赶紧出去换副护目镜！"那位老师随后就立马出了病区，阿姨却像安顿自己的孩子一样告诉我每次进病区一定要仔细检查装备，"干每一件事时先保护好自己再护理我们，只有你们安全了我们才能安心。"

今天我们有位队友因为大量出汗极度口渴出现恶心症状，几次吐出来的东西又咽下去了，听着好心疼，这种感觉真的只有我们自己才能体会得到。

疫魔无情，人间有爱。昔日我们是父母眼中的孩子，今日我们已成长为中华民族的脊梁，我们是新时代的接班人，我们是黑暗中的一束光。武汉加油！中国加油！我们必胜！

战"疫"日记

"媳妇，谢谢你的支持，有你真好！"

时　间: 2020 年 2 月 3 日

地　点: 湖北襄阳市谷城县医院

记录人: 宁夏中卫市人民医院　廉鹏

人民网
people.cn

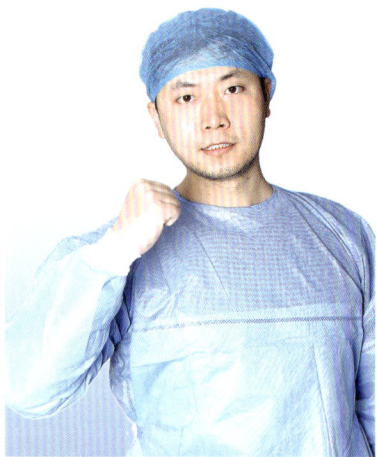

"媳妇，谢谢你的支持，有你真好！"

"20200202"，注定是个好日子。因为我们家壮宝今天终于不再发烧了！回忆起援鄂这几天来的点点滴滴，依然历历在目，刻骨铭心……

1月27日接医院领导指示，我毅然决然地报名参加了此次行动，踌躇满志地踏上了逆行者的征程。从清晨8点出发，经过近16个小时的大巴—飞机—大巴的路程，在我们即将到达此次援鄂的目的地湖北省襄阳市时，妻子打来电话。接通电话后妻子告诉我壮宝今天晚上突然发起烧来，量了体温是38.7度。我立即从旅程的劳累困乏中惊醒过来！从妻子的话语间我能听出来她的无助，作为一名医务工作者，我始终是家中的医疗保健员。家中的诸多事宜都是由我去打理，而且壮宝年龄太小，才1岁半。我立即心跳加速起来，心中充满了不安，但我依然努力地使自己平静下来。认真询问了壮宝的症状，并安慰妻子不要过分担忧，壮宝会好起来的。妻子这时对我说：大多数人在乎你的荣誉，我和壮宝只在乎你的安全。我理解妻子此时话语的含意。

我一有空闲时间就与妻子联系，询问宝宝情况，似乎这个小家伙的体温与我的心跳紧紧地绑在了一起，每一次的波动都会揪住我的心。妻子的心态也逐渐平稳了许多，我感觉一个平时连瓶盖都拧不开的小女孩，突然变得坚强起来了，这使得我的心里也有了些许的安慰。

今天壮宝终于不再发烧了，我心中一块沉甸甸的大石头也放下了。在国家最需要我们的时候我们来了。我们能在抗击疫情的最前线全身心地投入，与我们家人给予的支持是密不可分的。今天我想说：媳妇，有你真好！

致敬——宁夏回族自治区支援湖北 782 名医务人员名单

第一批

郝晓明	王 楠	刘 辉	周 亮	王 艳	马云涛	阚天燕	王志华	翟谦倩	张 雪	葛 琴
刘中慧	苟少花	冯晓娟	宋 薇	冀 丹	李 凯	李 云	刘 倩	王 伟	余 艳	任 璐
李秀忠	周文杰	张 鹏	姚再先	邱晓君	王 茹	徐振艳	闫丽华	尹梅荣	谢丽红	夏彩荷
牛盼莉	季春晓	王爱芳	李爱飞	杨俊芳	刘江龙	张 伟	尤 汇	张兴轩	徐克炜	卢 燕
王珊珊	张 芳	杨春燕	刘 霞	付晶琚	高 娜	卫夏利	刘 鑫	陈 杰	赵亚丽	胡 莹
章 丽	王满庆	阿永辉	马 丽	段晶晶	刘 洋	刘艳红	刘 钺	轩 杰	刘福清	马吉杰
刘福芸	关 骧	张明君	杨 梅	杨桂红	徐梅珍	常小娟	叶 蓉	李建春	苏建军	吴 丹
段 强	王洪波	邵继璁	李 杨	王 娟	吕良德	岳石星	吴爱娟	郑 楠	周 娟	郭丽荣
李丽杰	刘 莹	王业兴	张 晶	屈文慧	李 强	李盼盼	薛 蓉	张娟娟	史晓东	张志红
李 婷	王 红	师文慧	杨丽琼	郝倩倩	邹礼丽	陈 茹	撒 荣	常海强	肖会荣	常保生
梁 健	朱丽娟	郝学军	马晓玲	杨 静	王彦红	马振荣	苏晓荣	王 越	李慧梅	马 丽
杨海霞	刘中华	赫天辉	刘 华	马慧林	姚雪松	廉 鹏	刘 红	任玉杰	高素兰	张文娜
拓守娟	张静霞	郁 燕	詹 艳	何 莎						

第二批

裴沙沙	李艺萌	贾 严	郑 红	白 娟	侯月珍	张 艳	马 娟	王延琴	马丽花	苏艳玲
姬淑光	张 丰	李俊荣	安艳芳	王瑞娟	李 瑞	王 瑾	王 丽	马 瑶	张正莉	石 芳
田灵燕	李 婷	贺 晓	胡丽红	樊 瑞	刘 静	秦 凤	宋丽群	张华萍	伍振娟	陈 荣
胡 莹	王 鑫	路 霞	张 梅	刘玉雯	唐 丹	张静华	侯 娜	魏艳琴	刘彩霞	曹雪燕
张艳琴	张 攀	王 宁	杨润华	任 佳	李文娟	张慧娟	李春霞	李敬菊	张雅楠	莫 静
乔 英	倪小青	岳秀霞	张 蓉	官荣华	张晓琴	王慧玲	詹 兵	赵子莉	平欣琴	张 艳
田 燕	冯 文	马黎娟	舒彦桂	王 蓉	曹兴荣	王淑玲	杨世梅	田红芳	马爱民	刘 瑞
黄 婷	张 露	曹 艳	何 华	逯璺玲	陈东月	朱文军	周晓玲	杨艳红	柳 慧	王亚妮
蔡芸芸	杨艳艳	拜 瑞	刘玉梅	禹 娟	兰晓娟	马 英	李 晶	祁彩霞	韩列梅	韩小娟
杨会利	黄 河	陈中伟	冯 珂	张 曹	冯 育	马汉宁	马 刚	吴岳轩	杨生平	陈 华
石鸿蓝	徐建国	马小斌	张永华	陈建东	张志远	吴文华	闫 荣	虎 倩	朱 固	朱东阳
马 娟	郭海东	马海涛	杨苏康	蒋 桦	陈洪锋	崔 伟	田伟伟	王 浩	徐家宝	武彦斌
鲍 利	闵国军	苏亚军	雷 斌	汤 磊	郝学军					

第三批

黄 涌	田炜宁	郑晓毅	朱 磊	冷万军	齐明山	曲凌光	李宏亮	林泉营	雒丽娜	丁 妮
张毛毛	崔 勇	马贵英	张 莉	赵 丹	于 佳	郭 茹	徐卫国	赵少辉	宋莹莹	陈进东
刘昌龙	高 瑜	张婧娴	齐丰梅	张 萌	魏皎皎	张生润	秦荣荣	段利宁	刘学文	吴 荣
付 磊	闫莉婷	张德英	赵 峰	刘艳丽	王婷婷	王 晶	杨宝金	刘璐璐	李 玲	范 龙
马丽红	侯瑞莲	陈 静	王吉荣	王 雪	韦性坪	王莎莎	芦 芳	张丽娜	杨晓军	李 鹏
曹 昆	朱佳荣	金建宁	任淑锋	樊钟艳	吕 娟	张瑞云	师 蕊	徐 婷	郭 静	赵晓芬
柳 真	田 涛	刘 佳	吴 丽	孔 丽	王文庆	工学芸	陈佳琪	辛 雪	田盼盼	商倩华
田 涛	周 洋									

第四批

张海燕	赵晓伟	杨 伟	满 毅	李勃彤	张林娜	赵金兰	王 静	刘艺璇	张建梅	黄海燕
李艳玲	陈学红	段雅芳	雷亚南	郭 锐	田 璐	尉亮红	张自丽	任 静	马 月	李淑娅

刘志如	王艳飞	张小英	李长寿	王惠敏	李鑫	姬赐祥	肖波	宁小菊	杨平	王绍政
马伟	张蔷	楼晨雁	王娟	陈晓娇	周丽琴	沈丹阳	张金玲	马国兰	高文琴	刘梅
李芳	门娟	王乐	黄晓芳	陈红翠	于巧会	高芬	马梅	王朔辉	朱筱菲	徐婉婷
柳婷	王淑芹	丁世慧	马国强	李潘龙	王彬	火霞	韩永	李思瑜	贾巧巧	黄志荣
肖莉	唐莉娟	张艳美	潘佳	孙丽	柳宁霞	李晓艳	陈立娜	曹霄娜	包芳英	刘利平
耿静	马小燕	张炳瑞	李永琴	陈慧	张静	李燕红	樊燕敏	王晓霞	朱斌	杨飞
程岩	方媛	刘晓菲	郑娜娜	王艳红	杨淑珍	马佳	刘龙霞	张亚红	丁洁	马春梅
杨思茹	米龙	杨荣	张贺							

第五批

王建华	马海忠	范杉珊	孙伟	王忠恩	尚锐军	桑洋	侯文刚	马玉龙	张亮	吕君其
尚涛	赵娟	王翠霞	胡晓芳	王明秋	张微微	孟娟娟	马秋实	杨洋	苟涛	李芳
杨萍	刘佳丽	钟红平	汤自芳	张文娟	余彦玲	谭海	王煜	张雅婷	刘勤富	陆永珍
任华丽	黎萍	郭瑞锋	张文	杨娜	吴娟	刘长芬	魏龙霞	杨晶	杨春丽	张丽玲
李琼	赵子杨	李艳	刘雪岩	谢晓敏	王建峰	张铁英	刘惠莉	李孟飞	杨旭	刘蕾
李云鹤	李雨萌	王昭昭	虎勇	顾婷	王娟娟	刘静	聂丽娟	樊继军	袁有	刘道章
袁路	李海燕	李芳	冯荣灿	张伟伟	苏萍	马金玲	刘静	马小玲	马静	刘婷婷
杨燕	马晓燕	马丽娜	张学明	苏钊	陈心悦	马文静	马春梅	马成兰	纪燕燕	杨静
李月娥	李兰	黑娟	武霞	张佩瑶	王娟	马甜	马艳	杨晓莉	马学花	李存英
杨兰	马秀蓉	王季春	袁春辉	李红	刘晋芳	马旭升	郝志蓉	刘伊莎	彭莉君	杨晓倩
杨超	郭小霞	伍玲	张梅	武艳	张惠娟	徐士媛	李惠	李武	牛世雄	赵玲
陈艳荣	周琼	杜佳丽	杨荣荣	叶芳	牛盼盼	朱媛媛	张艳	吴霞	徐力	谷文博
胡甲龙	范国俭	龙誉婧	刘璐	李娜	蒋帆	张翠花	詹丽梅	姚轶霞	宿冰娥	白丽华
李波	田思露	哈思瑶	徐一璟	吴艳玲	冯佩	段丽娟	包马丽	陈慧瑜	党丽	

第六批

卜阳	张彦杰	丁欢	夏岑峰	田志刚	奥海航	郝绍文	吕永刚	刘志军	宋爱华	叶建华
马磊	袁立志	何芳	杨笑	黄利红	刘新	孙志薇	王蓓	李云阳	伍梅芳	张永辉
周文秀	朱玲	李振华	张亚洲	冯瑞	徐彦荣	石静	张爱迪	周佳男	张彦国	麦莉莉
陈国琼	殷昕	张巧高	王莹	李双庆	王素莉	马红	金纹芝	李晨	李小丽	王斌
孙永涛	靳美	潘家鸣	徐鸣峰	谢文婷	谢亚亚	叶倩	李云霄	朱谊	张景园	杨美霞
杨娟娟	石慧	王凤霞	代江群	连军	王桦	刘明	杨继芹	周莉杰	肖爱民	唐莉
张晓明	吕娜	宋春玲	杨且	刘婵	岳静静	邢崴宏	荆晓惠	王万宝	丁奎兵	姚丽
党艳	虎彤辉	陈景燕	李凯	魏强	田文琴	李莉娟	索学荣	马玲	梁学娟	王玉巧
杨晓芸	白金川	张龙	任英杰	许东	李涛	王强强	季新忠	李敏	黄燕飞	周钰
陈曦	陆晓华	南亚昀	赵丽丽	段伟	彭丽	陈波	黄花	方媛媛	李翔	齐弟霞
王丹丹	刘云佳	张彤	李小琴	殷玉婷	任红	余淑芳	张兴芝	王彩霞	薛睿	张鸿雁
刘婷	樊文霞	谢婷	赵素琴	左婷婷	高婕	李慧萍	郝晓燕	郭璞	郑晓慧	李媛
田晶	丁海艳	孙晓雪	胡瑜	杜娟	高军	邵萍	王芙蓉	陶宁宁	杨迎兰	张宁
马强	白桂荣	高晶	胡耀晖	田莎莎	黄明晖	张颖	王莉	魏骏	马如鸿	吕远
凌梦如	陈媛媛	魏静茹	王转红	杨兴芳	马丹	万君	白姣娇	虎娜娜	赵倩	姚瑞娟
冯羽瑶	童慧萍	王娟娟	王茹玉	王宁宁	杨秀琴	郭清如	马江涛	马耀武	毛慧芸	